JN112409

感染捜査

Infection Investigation

Eri Yoshikawa

吉川英梨

光文社

感染捜査

目次

装幀　大岡喜直
(next door design)

序章

辻村栄一(つじむらえいいち)は、豪華客船クイーン・マム号の客室で、折り返しの電話を待っていた。

部屋の壁に、バロック調の豪華な鏡がかかる。そこに映る自分の顔に目がいく。自覚している以上に年老いた顔があった。黒々として豊かだった髪は細くなり、白いものが増えてきたなと思ってから十年、もはや黒い方を探すのが難しくなっている。仕事柄、紫外線に顔を焼かれ続けたせいで皺(しわ)は多く、現役のころから老けて見られた。日本の領海を守る組織の長に上り詰めた当初は、現場出身の叩(たた)き上げ長官ともてはやされたものだ。

辻村はこの春に海上保安庁長官を退官し、いまは〝プー太郎〟だ。

鏡越しに妻の正美(まさみ)の姿が映る。もう十年ほど前だったか、社交ダンスクラブの発表会があるとか言うので買ってやった臙脂色(えんじいろ)のビロードのタイトドレスを着ていた。

「夕食時には着物に着替えろよ」

「第一種制服で救難活動をしろと言ってるも同然ね」

正美は昭和五十六年に海上保安庁に入庁した、当時では珍しい女性海上保安官だった。二十八歳になったときに辻村と結婚して、退職した。彼女の言う第一種制服とは、海上保安官の礼服にも用いられる紺色の制服のことだ。気の強いことを言いつつも、辻村の肩に置いた正美の手には気遣いがある。

「事故のこと、あまり思い詰めないで」

客室内にアナウンスが入る。

「こちらはクイーン・マム号船長です。本船はまもなく那覇港に入港いたします……」

辻村は豪華客船クイーン・マム号で、十日間の『沖縄・台湾クルーズ旅行』を楽しんでいた。明日には那覇港を出港し、東京港にある東京国際クルーズターミナルへ帰港予定だ。東京港は約一か月半後に2020東京オリンピック開幕を控え、大いに盛り上がっていると聞く。

スマホに折り返しの電話がかかってきた。『海上保安庁　長官』と表示されている。辻村はスマホをタップし、すぐさま尋ねる。

「例の件はどうなった」

現海上保安庁長官、塩崎泰二の声音は忌憚ない。

「残念ながら、発見にいたらず、です」

辻村はベッドサイドに置かれた卓上カレンダーを見た。今日は六月七日だ。

「遭難から五日か……」

五日前、相模湾沖で海上保安庁が誇る『海猿』こと潜水士の潜水墜落事故があった。事故を起こしたのは、潜水士の中でもエリートとして選抜される特殊救難隊員だった。浮力調整に失敗し、装備の重さに耐えきれず海底に沈んでしまったらしい。現場は相模湾のど真ん中の、水深六百メートル地点だった。

「彼ひとりの捜索に人員を割き続けるわけにはいきません。本日で捜索は中止、捜索隊は撤収します」

辻村は言葉がない。

海難現場で命がけの任務にあたる潜水士は漫画や映画の題材として取り扱われ、国民の誰もが知る存在となった。その潜水士の殉職は海上保安庁発足から約七十年、初めてのことだった。

「一体、相模湾のど真ん中でなんの潜水作業をしていたんだ。海難か？」

電話の向こうで、塩崎はなぜかまごついているようだ。

「すみません、辻村さん。これ以上は……」

辻村は察し、電話を切った。元海上保安庁長官とはいえ、辻村は組織を退いた身だ。事案の詳細を聞くことはできない。

辻村はデスクに座り、乗船時に持ち込んだノートパソコンを開いた。正美が嘆く。

「ねえ。あなたは一瞬たりとも、自分が海上保安官だったことを忘れられないの？」

「岸本は海上保安学校長をやっていたときの、教え子だった」

岸本涼太の卒業式の日に見たあの純真な丸い瞳が、脳裏に浮かぶ。

「いま、岸本は水深六百メートルの海底にいる。忘れられるか？」

正美は切なげなため息をついた。

「やはり今晩は、着物にするわね。ダンスはやめておくわ」

正美の気遣いに感謝しつつ、辻村はパソコンの画面を見た。船内Ｗｉ－Ｆｉでインターネットは使い放題だ。ネット検索をして、岸本がどんな事案に対処していたのか調べる。

岸本涼太は、平成二十三年に京都府舞鶴市にある海上保安学校に入学した、二十八歳の海上保安官だ。座学では多少難儀することがあったようだが、水泳では負けなしだった。海上保安学校名物の五マイル遠泳では、班のリーダーとして仲間たちを引っ張った。成績優秀者に与えられる海上保安庁長官賞も受賞し、卒業式後に校長室を表敬訪問してくれた。まっすぐに夢を語った岸本の真ん丸の瞳に、辻村は心動かされたものだ。

「自分は、潜水士に選抜され、やがては特殊救難隊に入るのが夢です！」

辻村は入力画面に様々な言葉を組み替え、検索をしてみた。相模湾沖で特殊救難隊が出張るべき救難事故は起こっていなかった。

ならば、訓練中だったのだろうか。

だが、羽田空港のすぐ脇にある羽田特殊救難基地を拠点とする特殊救難隊が、なぜわざわざ東京湾を出て相模湾沖にまで赴き、訓練をしていたのだろう。彼らの訓練場所はたいてい東京湾だ。東京湾内にも水深が数百メートルになる場所はいくらでもある。レンジャー訓練は奥多摩でやり、氷が張るほどの極寒の潜水訓練は、冬季の奥日光で行われることが多い。

訓練にしては、相模湾沖という場所を選んだことが、却って不自然なのだ。

相模湾と東京湾は、神奈川県の三浦半島を挟んで隣り合っている。

辻村は検索窓に『東京湾　船　事件事故　六月三日』と入力してみた。

一件のネットニュース記事がヒットした。

『東京湾、浦賀水道に不審船　違法薬物取引か』

辻村は眠れない夜を過ごしていた。

クイーン・マム号の十四階屋上デッキまで上がり、二十四時間やっているバーのソファセットに身を沈める。

ネット検索で出てきたあの記事の詳細が、頭から離れない。

東京湾に現れた、違法薬物を積んでいたと思われる、不審船。

反社会的勢力等が海上の船で違法な物品のやり取りをすることを『瀬取り』という。記事の事案も瀬取りの取り締まりのようだが、情報源は警視庁の刑事となっていた。瀬取りの摘発は現行犯逮捕が鉄則だ。東京湾を守る各都県警——警視庁、神奈川県警、千葉県警、そして海上保安庁、東京税関などが合同捜査本部を立ち上げて、船の捕捉を行う。物品を押収し、関係者を逮捕して初めて共同記者会見を開き、情報開示する。だがあの記事には、船からは薬物は出ておらず逮捕にいたらなかった、と記されていた。

　なぜあんな中途半端な事案が、ネットニュースになっていたのだろう。

薬物が出なかったことを公表するなど、捜査機関の失態を晒すようなものだ。警視庁の刑事が、今後なんらかの展開を予測して記事を書かせたのだとしても、薬物取引をしている相手に手の内を明かすことになる。逆効果だ。あの文面に出てくる『警視庁刑事』は一体なんの意図があって、この記事を記者に書かせたのだろう。

　最も不可解なのは、場所が浦賀水道であることだ。

　浦賀水道とは、東京湾の入口にある航路のことだ。東京湾の先にある数多の港を目指し、様々な船が行列をなす。日本全国にある航路の中でも、最も混み合う海域だ。

　浦賀水道は神奈川県横須賀市沖であり、また、千葉県富津市沖でもある。東京都からは遥か南に離れている。東京湾上は各都県警による管轄権の線引きが厳格にはなされていないが、どう見ても、神奈川県警か千葉県警の管内だ。

　なぜ東京都の治安をつかさどる警視庁が、他県警の管内を走行する船に手を出したのか。

　東京湾は海上保安庁では、第三管区海上保安本部の管轄だ。浦賀水道の目と鼻の先には横須賀海上保安部がある。海上で起こるこういった事案には、海上保安庁の協力が必須だ。警視庁との仲は決して悪くはない。なぜ我らが海上保安庁が関わっていないのか。なぜ、警視庁単独なのか——。

　事案の発生は、六月三日未明となっている。

その八時間後の六月三日午前八時、浦賀水道から西へ三十五キロ離れた相模湾沖で、潜水士としてはベテランの岸本が潜水墜落事故を起こした。

辻村の頭の中は、警報音が鳴り続けている。

同じ日に、たったの三十五キロしか離れていない海上で連続して起こる〝不可解な事案〟。

なにかある。

辻村は身を起こし、デッキの柵の前に立つ。夜明け前の黒々とした海を眺めた。手すりに引っかけられていた双眼鏡を手に取る。航海中は様々な景色やイルカのジャンプなども楽しめるので、豪華客船のデッキにはいたるところに双眼鏡が置いてある。現在地は船内のモニターで確かめられるのだが、辻村は元海上保安官だ。電子機器に頼らず、目視で確認できる構造物で、現在地を推定できる。

船はいよいよ、相模湾に入る。

この海の底に、岸本が眠っているのか。

去来する思いを抑えきれぬ。辻村の双眼鏡をのぞく目が涙で潤(うる)んでいく。一度双眼鏡を下ろし、スラックスの尻ポケットからハンカチを引っ張り出して、目頭を押さえた。

再び、辻村は双眼鏡で相模湾を見た。

すでに朝日が昇り始めているからか、海面に青みが戻っていた。双眼鏡で海面を流し見していた辻村は、漂流物が見えた気がして、はたと視線を戻す。

黄色か、白か。なにかが海面に浮かんでいる。

辻村は双眼鏡のダイヤルを回し、望遠を拡大した。白いものは、丸かった。黄色のものは規則正しく前へ振られる。ブイや浮標(うき)ではない。

辻村はデッキを走り、船首部の柵にぶつかる勢いで、進行方向を見る。

黄色と白の物体は明らかに接近している。このクイーン・マム号が北上しているからだろうが、あの物体も南下しているのだ。双眼鏡のダイヤルを最大限にまで拡大した辻村は、叫んでいた。

人だ。

泳いでいる。

白いヘルメットをかぶっていた。黄色はウェットスーツの色だ。ところどころ途切れているように見えたのは、両肩に黒いラインが入っているからだ。

あれは、海上保安庁、特殊救難隊のウェットスーツだ……！

岸本が戻ってきた！


海上保安庁への一一八番通報はもう済んだ。

クイーン・マム号は辻村の一報を受けて停船し、救助のためゴムボートが降ろされた。乗船客ではあるが、元海上保安官であると話し、辻村も岸本の救助に向かうボートに乗った。

すでに朝日が三浦半島の逗子や葉山あたりの山の稜線を舐めていた。あたりは紫がかったほの暗さになっている。

「おーい！　大丈夫か！」

乗組員が、ひたすらこちらへ泳いでくる岸本に向かって、叫んだ。

「いま、浮環を投げる！」

辻村はワイシャツの袖を捲り、救命浮環を放り投げた。それは岸本のすぐ目の前に落ちた。

「つかまれ、岸本！」

岸本は黄色のウェットスーツに包まれた腕を振り、まっしぐらに泳いでくる。舞鶴の海上保安学校時代の遠泳でも、ひたむきな泳ぎを見せてくれた。

だが、岸本は浮環を通り過ぎてしまった。

「岸本、浮環につかまるんだ、引っ張ってやる！」

辻村はロープを引いて、浮環を岸本の方へ差し向ける。岸本は、浮環を嫌がるように避けた。

――岸本。どうした。

救命浮環を無視している。乗組員たちも妙な顔をした。

岸本の表情は見えない。ヘルメットをかぶっているし、黒いシュノーケルが顔の前にぶら下がる。ウェットスーツにはフードがついていて、顔の周りをすっぽりと覆っていた。顔半分が水に浸かっていることもあって、表情がわからない。

「様子がおかしいですね」

乗組員たちが、亡霊を見ているような目で岸本を見る。溺水者救助という興奮は醒め、五日前に海底に沈んだはずの潜水士がいま海面を泳いでいるという現実に、みな困惑し始めている。

「とにかく、私が引き上げる！」

辻村は一歩前に出て、岸本に呼びかけ続ける。ゴムボートまであと十メートルのところまで、岸本が自力で泳いできた。疲れた様子もないし、息切れもしていない。機械のようだった。

「岸本！　がんばれ、あと少しだ！」

岸本がゴムボートに手をついた。辻村は両腕を差しのべた。「私は保安学校の校長だった……」と名乗りが喉元まで出かかったが、引っ込んだ。

岸本が獲物に食らいつくように、大口を開けて迫ってきたからだ。

鮫のようだった。口腔内は真っ赤に腫れ上がっている。歯の白さが、口腔内の赤さゆえに強調され、牙(きば)に見える。これでもかというほどに口が開き、唇の端の皮膚がメリメリと裂けていく。岸本の顔の皮膚はふやけて、爛(ただ)れていた。

これは岸本ではない。

岸本の恰好(かっこう)をした、なにかだ。

かつて純真に光っていた瞳は、白濁している。左眼窩(がんか)は空っぽだった。ミミズのような細長い深海生物が眼窩の穴から何十匹と蠢(うごめ)き、暴れている。

辻村は岸本を振り払おうとしたが、グローブの右手でがっしりと腕をつかまれている。岸本の左手のグローブは紛失していて、腐乱した手首が腐った肉をぶら下げている。強烈に臭(にお)った。一部は骨が露出しているのに、辻村の腕をつかむ岸本の手には、凄(すさ)まじい力がこもっていた。

岸本は、獣(けもの)のように喉を鳴らして覆いかぶさり、辻村の首の根元を咬(か)みちぎった。

第一部　ペイシェント・ゼロ

1

古びた団地群に、梅雨（つゆ）の雨が降り注いでいる。

天城由羽（あまぎゆう）は捜査車両の後部座席で、新聞を切り抜いていた。室内灯をつけると、監視対象者に張り込みがばれる。スマホで手元を照らしているのみで、車内は薄暗い。

時刻は深夜二時近い。東京湾岸地域に古くからある団地群は人の気配もなく、静まり返っていた。

車両の屋根を叩く雨の音と、ハサミが大判紙の海を滑る音が、絶妙な子守唄になっているらしい──運転席に座る相棒の刑事は、いびきをかいて寝ている。

住所的には東京都江東区東雲（しののめ）にあたるこの一帯は、有明（ありあけ）ふ頭（とう）の東側に位置する埋立地だ。人工的に延びた道路網と、工場やスポーツ施設などの近代的な街並みが並ぶ。

由羽は切り抜いた新聞記事に糊（のり）をつけ、スクラップブックに貼（は）りつけた。由羽のスリムジーンズの太腿（ふともも）の上は、紙屑（かみくず）や繊維片で白っぽくなっていた。暑く感じて、半袖の青いネルシャツを脱ぐ。下はカンタベリーのTシャツを着ている。汗をよく吸いすぐ乾くので、お気に入りのブランドだ。長い髪は梅雨時の湿気を含み、不快だった。バレッタでまとめ直し、首回りの汗を拭（ふ）く。

由羽は脇に積み上がったタブロイド紙を開く。薬物事案の記事が出ていないか、くまなく探した。

全国紙には毎日目を通しているが、最近は、全国都道府県にある地方紙も取り寄せている。どこもかしこも、一か月半後に迫った東京オリンピックの話題ばかりだ。

新聞を捲る音がうるさかったのだろう、相棒の刑事が寝返りをうつ。シートを少し倒していて、ヘッドレストから頭頂部の髪がこぼれている。由羽はそれをベルみたいに引っ張った。

「いって」

相棒は飛び起きた。

「起きな。緊張感ない奴」

「あー。やべ。寝てた？」

「だからシート倒すなって言ったの。いつだったかも新幹線の中で怒られたでしょ。次が東京駅だから寝るなって父さんが散々注意したのにさ」

いつの話だよ、と運転席の相棒の刑事――天城謙介は笑う。

謙介は、由羽の三歳下の弟だ。警視庁本部の組織犯罪対策部、組織犯罪対策第五課で巡査部長をやっている。今年三十三歳になる由羽は東京湾岸署の刑事課強行犯係の刑事だ。弟に階級を抜かされ、まだ巡査長だ。

謙介が退屈しのぎという様子で、由羽のスクラップブックを手に取った。『浦賀水道事件　Ｎｏ．７』とタイトルづけしてある。

「相変わらずマメだよねぇ。て言うか意味あるの、福井県警がやった瀬取り事件なんて」

「事件はどこでなにが繋がるかわからないんだよ。大事に決まってんじゃん」

由羽は神奈川新聞を捲りながら、弟の後頭部をつつく。ひとつの見出しが目に入った。

『遭難から一週間　海猿、見つからず』

海上保安庁の潜水士が、行方不明になっている事案だ。場所は相模湾沖だったか。浦賀水道とは、三浦半島を挟んで隣り合っている。

由羽がいま追っている〝浦賀水道事件〟とは、関係がないだろう。

発端は、内航船の船長からのタレコミだった。

「どっかの船長がやばいもんを東京港に運ぶって話。破格の報酬で食いついちゃったらしい。相当やばいブツだって」

新しいタイプの覚醒剤か、危険ドラッグか。由羽は薬物捜査の担当部署にいる謙介を巻き込んだ。

「これまでにないもの」「値がつけられない」という話だったが、どれだけ辿っても件の船長には辿り着けない。「その話は海上保安庁が背後で動いているらしいですよ」という証言も出てきた。それなら話が早いと、きょうだいはそれぞれの上司に情報を上げた。本部や所轄署の中間管理職たちはこぞって「海保や税関との合同捜査本部になるぞ、久々にでかい事案になる」と大喜びした。三日後、きょうだいのそれぞれの上司が、能面のような顔で言った。

「この件からは手を引け」

東京税関も動かなかったし、海上保安庁も動いていないと言う。素直で従順な謙介は「東京オリンピックも近いし、余計な事件は掘り起こさない方がいいね」で終わろうとした。

「あんたには警視庁刑事のプライドってものがないわけ？」

由羽の刑事魂に火がついた。

絶対に件の船を見つけ、船内捜索し、ブツを挙げてみせる。危険な違法薬物が国内に入ってくることは絶対に許せない。

不審船は、東京港にある城南島へ接岸予定と聞いていた。こちらは信念というより、血縁で繋がった刑事二人しかいない。なんとか警視庁の警備艇を一隻、協力に巻き込めただけだ。不審船の船長と城南島で荷受けする人物を同時に逮捕するため、謙介は城南島をひとりで張り込む。海には由羽がひとりで出た。

だが、謙介は城南島に向かう途中で、監察官につかまった。監察官は警察官を取り調べる警察官だ。由羽にも尾行がついていたが、ギリギリのところでまいて、警備艇で出港した。管内にいると警視庁の監察官につかまると思い、由羽は浦賀水道付近まで南下して、件の不審船を待ち構えた。

予定時刻に現れたのは、レンタルボートだった。

静岡県内のマリーナで貸し出された全長八メートル艇で、釣り仲間という五人の男が乗船していた。男たちは揃(そろ)って地味ないでたちで反社会的勢力の男という雰囲気はない。だがベストの下の胸筋の膨(ふく)らみがわかるほど、屈強そうだった。

雇われ船長とレンタルボートを臨検したところで無意味だった。船舶免許と船舶番号を調べるだけだからだ。船内捜索は、令状がないとできない。

右瞼の上に傷痕(きずあと)が残る釣り客に、由羽は注目した。彼が着るベストに販売タグがつけっぱなしになっていたのだ。彼らは釣り客を装っている。他に目的があるのだ。

由羽は船内捜索に踏みきった。

釣り竿(ざお)五本のうち二本には釣り糸が通っていなかった。餌はケースの中に満杯なのに、クーラーボックスの中は〝釣り上げた〟魚が大量に入っていた。魚の口に釣り針の痕はない。購入してきたものだと直感した。

由羽は再三にわたり、釣り客たちに身分証の提示を求めた。やたら大きな眼鏡(めがね)をかけた人物が「法的根拠はない」の一点張りで拒否する。だが、船内捜索は受け入れた。

なんにも出てこないとわかっているから、応じたのだ。

氏名を明かしたらなにかが出てくる。だからこれには応じない。

由羽は、釣り客五人の男たちの顔をしっかり目に焼きつけ、撤退した。

あの晩はあきらめたが、捜査は続ける。

ひとりでも多くの仲間が欲しい。由羽はマスコミを使い、警察が捜査に動こうとしない薬物密輸事案の情報を流させ、組織に揺さぶりをかけた。ネットニュースという扱いではあったが、一社が報じてくれた。

続いて、件のレンタルボートの登録番号から、貸し出された静岡県沼津市のマリーナを突き止めた。レンタル手続きは十日前のことだった。受付に現れたのは船長ではなく、別の男だった。十日前の防犯カメラ映像はもう残っていない。受付をした女性は、男の特徴をこう証言した。

「きっちりとした七三分けで、レトロな雰囲気の方でしたね。流行りのツーブロックなんですけど、オラオラしている感じはなくて、カタブツそうな……。ナチスの将校にいそうなタイプ？」

謙介は、張り込み予定だった城南島の防犯カメラ映像を回収した。映像の中に、岸壁にたたずむ不審な男が映っていた。

黒ずくめの恰好でくるぶしがすっぽり隠れる編み上げ靴を履いていた。背筋をピンと伸ばした早歩きと、隙のない雰囲気は、軍人のような空気が漂う。男は防犯カメラの下に姿を現したが、顔が映らぬよう警戒し、二時間後に姿を消した。男の人相の鮮明な映像はなかった。

だが、整髪料で黒光りした髪型は映っていた。

きっちりと七三に分け整髪料で整えていた。なるほど、ナチスの将校にいそうな雰囲気だ。この男が船の手配をし、ブツを受け取るために城南島で待ち構えていた。だが、由羽が船に立ち入ったため、取引を中止して闇に消えたのだろう。

彼が、浦賀水道事件の首謀者だ。

違法薬物の密輸入を取り仕切る男に違いない。

由羽と謙介がいま張り込んでいる団地は、首謀者が沼津のマリーナで書類に残した住所だ。

由羽は腕時計で現在時刻を確認した。

六月十二日、午前二時十五分。

霧の向こうに人影が見えた。

捜査車両の中、きょうだいが同時に緊張する。男のシルエットが団地の入口に向かっている。千鳥足だった。謙介が弛緩する。

「ただの酔っ払いだ」

由羽は眉を寄せて、謙介の肩をつかむ。

「でも背恰好はよく似ていない？」

霧雨で頭が見えない。

「身長は百八十センチ弱かな。人着は……グレーのポロシャツに茶のスラックス。革靴……」

城南島に現れた首謀者とは全く違う恰好だが、毎日、軍人のような編み上げ靴を履き、黒ずくめの恰好をしているとは思えない。男は団地の入口で一度立ち止まり、壁に手をついた。泥酔しているのか。背中が痙攣したように震える。嘔吐していた。

男はふらつきながら、階段を上がり始めた。横に流していた長い前髪が、額にこぼれた。

七三分けだ……！

由羽は車から出る。

「行くよ。謙介」

「えっ？　マジで」

「なにがなんでもワッパをかける」

由羽は警棒を伸ばす。

「て言うか、いきなり首謀者のヤサに入るなんて、予定してなかったよ」

「本人が帰ってきたんだからワッパかけるしかないでしょ」

「薬物密輸入の首謀者だよ、反社の人間に違いない。チャカ持ってるかもしれないのに、警棒一本で戦えっての？」

弟の謙介は気が小さい。なんでそんな気の小ささでマル暴刑事になったのかと由羽はいつもあきれる。母を早くに亡くしているので、由羽は小学生のときから謙介の母親代わりをしてきた。謙介は由羽の言うことはたいがい聞く。

由羽は謙介の左胸にパンチを入れ、発破をかけた。警察手帳の感触を思い出させる。

「誰のために働いているの。組織のため？」

「違う。都民のためだ」

「よし。東京オリンピックまであと四十二日。東京のアングラでやばい薬物が蔓延してオリンピックがめちゃくちゃになったらまずい、阻止するよ」

足音を忍ばせ、階段を上がる。男が入った５１５号室前に到着した。表札は出ていない。通常なら、ホンボシのヤサに突入する際は、逃げ道になりうるベランダ側に人員を配置する。ここは五階だ。ベランダからの逃亡は不可能だろう。

謙介がチャイムを押した。ベルのような音が、漏れ聞こえてきた。

十秒待っても返事がない。

謙介は二度連続で、チャイムを押した。同時に由羽は、ドアノブをゆっくりと右へ回した。鍵はかかっていない。扉を引くと、明かりと音楽が漏れてきた。カーペンターズの『Ｓｉｎｇ』という歌だったか。子供たちが、ランラララン、と呑気に歌う。暗黒の雰囲気漂う男の部屋とは思えない、平和な音楽だった。

だからこそ、不気味なのだ。

警棒を構えた由羽を先頭に、一歩、玄関の中に入る。この団地の間取りは２ＤＫとすでに調べがついている。狭い玄関前の廊下の先がダイニング、左手に和室、右手に風呂とトイレがある。

ダイニングの扉は閉ざされている。嵌め込みガラスから明かりが漏れていた。カーペンターズの、子供合唱団が森で歌っているふうの音楽が、扉の向こうから由羽と謙介を手招きしている。

罠か。

思わず立ち止まったとき、ダイニングからガラスが割れる凄まじい音がした。

由羽はダイニングに突入する。

「警視庁！　手を上げなさい！」

ダイニングはがらんどうだった。キッチンにはまな板のひとつもなく、テーブルのひとつもない。カーテンが揺れ、霧雨が吹き込んでいた。窓辺にガラスが散乱している。紺色の作業着のような服を着た、由羽と同年代くらいの男が、半長靴の足でガラスを踏みしめていた。

「海上保安庁です！」

確かに男が着ているのは、海上保安庁の第三種制服だ。キャップ帽もきっちりとかぶっている。ＪＡＰＡＮ　ＣＯＡＳＴ　ＧＵＡＲＤと刺繍されていた。

「なぜ海保がここに……！」

「室内で待ち構えていました。男はベランダの窓を突き破って、配管を伝って逃げました！」

由羽は謙介を外へ回らせた。男の姿を確認すべく、由羽はベランダへ出ようとした。海上保安官に腕を引かれる。

「自分も追います、あなたは警視庁から応援を呼んでください」

男は半長靴の足でガラスを踏みしめ、ベランダに出た。ひょいと足を振り上げ、あっという間にベランダの柵の反対側にぶら下がる。

「ちょっと待って！　浦賀水道では協力してくれなかったのに、なぜ？」

「あんたと同じ理由だ」

由羽は海上保安官の目に、魅入られた。切れ長の鋭い目をしているが、熱血が宿る。

「どれだけ上から圧力がかかっても、日本国民を守りたい」

「あの不審船になにが積まれていたのか、知っているの？」

「国を滅ぼすものだ。あれだけは絶対に、蔓延させてはならない」

「一体どんな薬物なの？」

海上保安官は由羽の質問に答えず、熱心に、問いかける。

「あんたの協力が、不可欠だ」

由羽は深く、頷く。

男は、あとは頼んだという顔で由羽を一瞥し、配管を右手でつかんだ。留め金に半長靴の足をかけ、猿のような身軽さでするすると階下に下りていく。簡単そうに見えたので、由羽も追いかけようと、ベランダの柵に足をかけた。高さに目がくらみ、足がすくんだ。あきらめる。

海上保安官が地上に下り立った。ベランダ側の敷地に回った謙介と合流する。全速力で走る刑事と海上保安官の姿は、団地群の建物の陰に隠れ、見えなくなった。

秘密裏に首謀者を追っていた熱意ある海上保安官がいた——由羽は心強く思った。上司を説得できるかもしれない。満を持して、上司のスマホの番号へ電話をかけようとした。

空っぽの室内へ戻りながら、ふと、思う。

カーペンターズは？

室内には、音楽を聴くためのパソコンやタブレット、スマホもないし、スピーカーもない。

あの音楽は、どこから鳴っていた？

由羽は、襖（ふすま）やクローゼットを開け放っていった。玄関脇の空っぽの和室の襖の奥に、脱ぎ捨てられたグレーのポロシャツとスラックスが散乱していた。

ベランダの柵を軽々と超え、五階から一階まで配管を伝って下りていったあの海上保安官——。

帽子の下の髪型は、七三分けだったのではないか。

由羽は謙介に電話をかける。謙介は走りながら通話しているようだ。風を切る音がする。

「いまどこ、海保の男は⁉」

「交差点で二手に分かれた！」

やられた。

逃げられた。

東雲の交差点にある監視カメラに、謙介と海上保安官が二手に分かれていく様子が、映っていた。

由羽は、東京湾岸署の鑑識係のモニターを借りて、その様子を何度も見直す。映像の中の謙介は路地裏へ向かっている。海上保安官のふりをした首謀者は物流センターが並ぶ敷地の中へ入っていき、やがて警視庁の監視カメラ網から姿を消してしまった。

今日は物流センター内の防犯カメラ映像をあたるか。逃走ルートが判明すれば、犯人の本当のヤサ、つまりは現住所に辿り着けるはずだ。

由羽は東京湾岸署の屋上に上がる。東の海から昇る太陽に背中を焼かれながら、軽く体操をして体をほぐす。夜通し監視カメラ映像を見ていたので、体の節々が凝り固まっていた。

湾岸地域だから西側に海が広がるが、大海原ではなく、東京西航路と呼ばれる狭い海域だ。周辺は殺風景な商業岸壁ばかりで、お台場の観光地は殆ど見えない。

早朝六時になり、東京西航路は物流船の入港ラッシュになっている。東京湾岸署の南側にある青海コンテナふ頭では、数千個のコンテナを載せた大型船が接岸している。航路を挟んで向かいに見える品川ふ頭や大井ふ頭もまた、コンテナを揚げ降ろしするためのガントリークレーンが並ぶ。更にその南に、城南島がある。

由羽がいまいちばんワッパをかけたい男が、二週間前、たたずんでいた場所だ。

城南島の南は羽田空港だ。夜が明け、次々と航空機が飛び立ち、東京湾に轟音をまき散らす。

由羽は東京湾岸署の屋上からひとつ下の階の道場へ下りた。女子更衣室でひとっ風呂浴びて、新しいTシャツとジーンズに着替えた。

道場を出たところで、「おい天城!」とジャージ姿の強行犯係長につかまった。由羽の直属の上司だ。首根っこをつかまれる。係長は立派なカリフラワー耳を持つ、柔道五段の巨漢だ。

「なんでうちの休憩室にお前の弟が寝てんだ、バカ野郎」

由羽は外国人みたいに、知らない、と肩をすくめてみせた。

「捜査本部が立ち上がってもいないのに、なんで本部の組対刑事がうちで寝泊まりしてんだって聞いてんだ。まさか例の件、まだ引っ張ってんじゃないだろうな」

「あっ。昨日、弟とこの近くで飲んでて。終電、逃しちゃったみたいでー」

すんませーん、と由羽は誤魔化しながら、巨体の横を通り過ぎる。

「署長が奥の手を使うという話だぞ」

立ち止まる。

「お前の弱点を握る男に、締めつけを頼んだそうだ」

「由羽ちゃん！」

係長の背後の扉が開き、謙介が寝ぼけ眼で飛び出してきた。タイミングが悪すぎるが、なにか重大なことをつかんできた顔をしている。由羽は係長の巨体を突き飛ばし、弟の方へ駆け寄る。

「謙介。どうした」

「来栖光、だって。あの男——」

「どの男」

「だから、浦賀水道事件の首謀者だよ！　海上保安官のふりしてトンズラしたあの男！」

謙介が、右手に持っていたスマホの画面を見せた。

昨日、目の前で取り逃がした男の免許証写真が表示されていた。


警視庁職員四万六千人の中で、桜田門にある本部勤務に呼ばれる人材は少ない。昇進に興味がない由羽は桜田門とは全くの無縁で、本部庁舎へは、書類を届けるお使いとか、上司の命令に背いたことで監察官聴取を受けるとか、ろくでもない用事でしか行ったことがない。

やはり本部勤務に選ばれた謙介は違う——本部にいる鑑識専門官のつてを頼って、東雲の交差点の監視カメラ映像に映った首謀者の顔を切り取り、顔認証システムから本人を割り当てたのだ。

下っ端(したっぱ)刑事は、上官のハンコもなしに顔認証システムを使うことはできない。謙介が鑑識課の専門官を抱き込んでくれたおかげだ。警察庁が一括管理する免許証写真と照合してくれたのだ。

由羽の上司は関わりたくないのだろう、釘(くぎ)だけ刺していなくなった。刑事課フロアに下りるのは憚(はばか)られたので、由羽は謙介と共に一階の倉庫に入った。廃棄直前の旧型のプリンターで、来栖光なる人物の顔写真をギコギコとプリントアウトする。ついでに、謙介に届いた来栖光の画像を、由羽のスマホにも転送してもらった。

インクの湿気を含み少々歪(ゆが)んだ紙が、はらりと排出される。由羽はそれを取り、ホワイトボードにマグネットで貼りつけた。ホワイトボードは脚が壊れていて、傾いている。

改めて、警視庁刑事をまいた来栖光なる人物の顔を拝む。

「昭和六十年生まれの三十五歳。免許証の更新は三年前の八月だって。髪型が違うわね」

ナチスの将校ふうと言わしめた硬派な七三分けではなく、スポーツ刈りのような短髪だった。

「今年の四月に住所変更してる。大阪府泉佐野(いずみさの)市から、東京都中央区豊海(とよみ)町の集合住宅に」

どちらも海沿いの街だ。由羽は集合住宅の名前が引っかかる。大阪に住んでいたときは、『羽倉崎(はぐらざき)住宅』、現在は『豊海住宅』が現住所となっている。

「なんだか官舎みたいな建物名ね。公務員?」

しかも海沿いの街――。謙介が言う。

「まさか来栖光は、本物の海上保安官ってこと?」

東京湾岸署から徒歩五分の場所に、東京港湾合同庁舎(とうきょうこうわんごうどうちょうしゃ)がある。十二階建てのビルの中には東京税関、検疫所など、港の業務に携わる行政機関が入居する。東京海上保安部(とうきょうかいじょうほあんぶ)という海上保安庁の組織も入っている。

　由羽らは入館証を持っていないので、受付でアポを取らねばならなかった。捜査名目で『海の警察』に踏み込むのは、軋轢（あつれき）を生む。仕方なく、由羽は知り合いの海上保安官の名前を書いた。

　矢本隆正（やもとたかまさ）という。

　東京湾岸署と東京海上保安部はご近所さん同士で、仲が良い。合同捜査本部を組むこともあるし、東京港を舞台にしたテロ対策訓練、災害対策訓練なども共に行ってきた。それが縁で東京海上保安部の男たちから合コンに呼ばれ、由羽は筋肉マッチョの海上保安官をお持ち帰りしたことがある。それが矢本だった。

　受付の内線で矢本を呼び出してもらった。

「はい、東京海上保安部の矢本ですが……」

　受話器からおどおどした声が聞こえる。声の弱々しさのわりに筋肉質な男らしい体格をしていた。彼は巡視艇まつなみの乗組員だったか。東京湾岸署の目の前の公共桟橋に停（と）まっている巡視艇まつなみは、昭和天皇が海洋研究のためにたびたび使用したことで『御召船（おめしせん）』と呼ばれる。矢本もどこか、上品な雰囲気のある青年だった。

「あっ、東京湾岸署の天城由羽ですが」

　驚いた様子の返答のあと、矢本の照れ臭そうな笑いで、受話器の声が割れた。

「協力してほしい事案があって。中、入ってもいい？」

「もちろん。九階で降りて。エレベーター前で待ってるから」

　由羽と謙介は受付で入館証を受け取る。指示通り、東京海上保安部の入るフロアで降りた。

　エレベーターの扉が開く。第三種制服を着た矢本が、手を前に組み、落ち着かない様子で立っていた。由羽を見て頬をゆるめたが、隣に立つ謙介を見て、あからさまにいやな顔をした。男連れかよ、とがっかりしているのだ。矢本のこの単純さがまたいい。『男は度胸、女は愛嬌』とひと昔前は言われたものだが、由羽は『男は筋肉、たまに愛嬌』と思っている。いまどきは女の方が度胸がある。

「あ、これ、弟。本部の刑事なんだ」

由羽が言うと、矢本はほっとしたような顔をする。

「へえ、知らなかった。きょうだいで刑事ってすごいねえ」

矢本は謙介にあまり興味を示さず、口元をスケベそうに歪ませながら、ひっそりと由羽に言う。

「急に連絡取れなくなっちゃってさぁ……。一時期あんなに会ってくれたのに」

いま言うな、と由羽は謙介の死角で、矢本の腹を軽くパンチした。由羽は自他共に認める遊び人なのだが、弟の前ではそんな姿を見せないようにしている。

「で？　どんな事案なの」

矢本が、大部屋にある応接スペースに由羽と謙介を案内する。由羽はソファに座るなり、ぺらぺらと作り話を始めた。

「実は弟の上司が、来栖光さんという海上保安官を探してるの。かなり前に合同捜査本部で一緒に瀬取りの捜査をしたときの相棒だったとかで、彼の知恵を借りたい事案があるらしくって」

矢本は「来栖光」と口の中で繰り返しながら、腰を上げる。

「いま、職員録を持ってくるよ。ちょっと待っててね」

矢本がパーテーションの向こうに消えたのを見送り、由羽は謙介に親指を立てて見せた。真面目な謙介は、人に嘘をつくのが大嫌いだ。仕方なさそうに肩をすくめた。矢本が職員録を捲りながら、戻ってきた。

「来栖光さん、いま出向しているね。かなり偉くなっているみたい」

由羽は心の中でぎょっとしつつ、職員録を受け取る。

巻末に近い『出向職員一覧』の中に、来栖光の名前があった。

「内閣官房……」

隣の謙介が腰を浮かせる。

「海上保安官の出向先ポストって、内閣官房の中では決まっているんですか？」

矢本が肩をすくめた。

「さあ。僕みたいな舞鶴出には縁のない世界で」

海上保安官になるには、舞鶴市の海上保安学校か、広島県呉市にある海上保安大学校を出るのが一般的だという。

「呉の保大は幹部養成学校なんだ。基本的には保大卒か特修科を出ている人しか、霞が関の省庁に出向しないから」

「つまり来栖光は、海上保安庁の中では保大卒のエリートってこと？」

矢本が変な顔をする。

「そう捉えてもらって構わないけど、なんで呼び捨て？」

由羽は慌てて、「来栖光さん」と言い直した。隣の謙介を横目で捉える。真っ青になっていた。薬物密輸を取り仕切っていた男が、海上保安庁の幹部だったという衝撃と、現在は政権に近いところにいるという事実に、暗澹たる気持ちになっているはずだ。

不審船事案の捜査に圧力をかけたのは、恐らく、来栖本人だ。政権に近い海上保安庁の幹部相手に、どうやって警視庁の末端刑事二人が、太刀打ちできるのか……。

「矢本さんの周りに、来栖さんの知り合いの人っている？」

「どうだろう……ちょっと待っててね」

矢本が立ち上がる。過去五年分の職員録を抱えて、戻ってきた。

「過去の異動歴がコレでわかるよ。同僚の名前も並んでいるから、適当にピックアップしてあとで僕に見せて。知り合いがいるかもしれないから」

由羽は「助かるぅ」と矢本を拝んだ。パーテーションの向こうから、別の海上保安官が声をかけてきた。

「矢本。船、戻るぞ」

矢本は返事をし、由羽に手を合わせた。

「ごめんね、船長が戻ってきたから行かなきゃ。職員録、見終わったらそこらへんの職員に渡しておいてくれたらOKだから」

由羽と謙介は立ち上がり、二人を見送る。船長はコンビニの袋にカップラーメンをたくさん入れて持っていた。「どれ食う」と矢本と話しながら、見えなくなった。

「さて」と由羽は弟を見る。謙介も頷き、ひそひそ声で話す。

「いきなり巨大な陰謀に巻き込まれた気分。なんだよ内閣官房ってさ」

「とにかく、これで来栖の過去が多少はわかるよ」

由羽と謙介は手分けして、過去五年分の職員録を開いた。

「免許証の住所変更録からして、今年の春に大阪から東京に異動してきたってことよね」

「つまり、内閣官房に異動になったのは、今年の春」

さて前の所属はどこか。去年の職員録の巻末にある人名索引から、『来栖光』の名前を探す。

「あれ、いないよ。来島（くるしま）さんの次が、車田（くるまだ）さんになってる」

「大阪の泉佐野市に住んでいたんなら、大阪海上保安部にいたんじゃないの」

印刷ミスか記載漏れと思ったようで、謙介は大阪が含まれる第五管区海上保安部のページを捲り、所属先から『来栖光』の名前を探す。

「ない」

由羽は、二年前の職員録を取った。やはり、来栖光の名前がなかった。五年分の職員録を探る。来栖光の名前はどこにもなかった。由羽は謙介と顔を見合わせる。

「どういうこと？」

「おい！」

パーテーションの向こうから、由羽と謙介を咎（とが）める声がした。

東京海上保安部のトップである、部長の飯塚智明（いいづかともあき）だった。ロマンスグレーの髪に存在感がある。

「なにをしているんだ。個人情報だぞ。令状はあるのか？」

つかつかと応接スペースに入ってきた飯塚が、由羽と謙介の手から名簿を奪い取った。

由羽は戸惑ってしまう。

飯塚とは顔見知りだ。合同訓練のときに由羽を『東京湾岸署の女ジーパン刑事』とからかってきた、冗談好きの親しみやすい人だった。深刻ぶっている飯塚に、由羽は冗談で返してみる。

「実は前に合コンで知り合った海保の人とどうしても連絡取りたいんですけど、異動しちゃったみたいで……」

いつもの飯塚なら「また由羽ちゃんは男遊びがひどいな」と笑ってくれる。俺も合コンに誘ってくれよ、女房には内緒で、くらいのことは言う人だった。実際には愛妻家で、絶対にそういう飲み会には来ないらしいが。

「業務中にか」

飯塚は厳しい眼差(まなざ)しだ。かつての親しみやすさは、微塵(みじん)もない。

「帰りなさい。どうしても職員録を見たければ、令状を持ってこい」

すでに来栖光が飯塚に根回ししたのか。由羽は弟を促し、立ち上がる。無言で応接スペースを出て、エレベーターホールに向かった。飯塚はついてくる。自らエレベーターの下りボタンを押した。完全に追っ払うまで、監視するようだ。

エレベーターに乗ったが、扉が閉じる直前、「飯塚部長!」と由羽は挑発した。

「来栖光」

飯塚が目を細める。

「必ず正体を突き止めますから」


翌日、由羽は謙介を伴(ともな)い、東京湾岸署に出勤した。今日も一階の倉庫で、たった二人だけの捜査会議だ。

「それにしても昨日の由羽ちゃん、カッコ良かった。あの捨て台詞(ぜりふ)」

謙介が、「必ず突き止める!」とおちょぼ口で高い声を出す。由羽をからかっているのだ。

「あのね、こっちは大真面目なんだからね、もう、その顔……!」

由羽は怒ったが、結局、ブッと噴き出して腹を抱えて笑ってしまう。東京湾岸署の表玄関への階段を勢いよく駆け上がる。「おい」と冷ややかな声を背後から浴びた。振り返る。

胸元に『S1S』の赤いバッジを光らせたスーツ姿の男が、捜査車両から降りてきたところだった。

あのバッジは選ばれし者の証と言われる、刑事部捜査一課の刑事がつけるものだ。謙介のいる組織犯罪対策部や、警備部、交通部、地域部など数ある警視庁本部の部署の中で、あんな自己満足に満ちたバッジを作っているのは捜査一課だけだ。由羽は、あのバッジをつけて闊歩する刑事が気色悪くて仕方ない。

しかもそのバッジをつけた男が、元恋人でもあるからだ。

くるっと前に向き直って、見なかったふりをする。「由羽」と呼ばれる。

別れて何年経っているのか、平気で呼び捨てにする。由羽を捨ててどこかのOLと結婚したのに、やれ「うまくいってない」だの「子供が生まれて変わってしまった」だのとぼやいて、由羽にちょっかいを出してくるクズ男だ。子宮を刺激する低いバリトンボイスに身長百八十二センチの筋肉マッチョ、声も体も由羽のドストライクのタイプだ。たまにふらっといってしまいそうになるが、指一本触れないよう我慢している。結婚している男には絶対に手を出さない主義だ。

「借りるぞ」

警視庁捜査一課、特殊犯捜査係の係長、上月渉が謙介に言った。由羽のネルシャツの首根っこをつかんで、強引にエレベーターに放り込んだ。

「ちょっと！」

上月が後ろ手でエレベーターの「閉」ボタンを押す。閉まり始めた扉の向こうで、謙介が遠慮がちにたたずむのが見えた。階級が上の上月に嚙みつけないのだ。上月は警部、巡査長の由羽の階級よりも三つも上の、警察幹部だ。しかも、ＳＩＴと呼ばれる特殊犯捜査係をまとめる立場にある。

特殊犯捜査係は、誘拐事件や立てこもり事案に対処するスペシャルチームだ。交番の警察官が持つ小さなリボルバーではなく、シグとかベレッタとか、海外ドラマの刑事がぶっ放すようなけん銃を操り、立てこもり犯のヤサに突入する。

「なにしに来たの」

「こっちが聞きたい。お前、なにやらかした」

どうやら、係長が言っていた〝由羽の弱点を握る男〟というのは、上月のことらしい。

「日々、警察職務に邁進しておりますが」

由羽はあえて真面目に答えてみる。上月の正義感溢れるりりしい眉毛と、二重瞼のぱっちりとした目は恋人同士だったころから変わっていない。上月は確かに由羽の弱点を知っているが、由羽だって上月の弱点を知っている。耳たぶだ。あそこを甘噛みしてやるとすぐ勃起する。

「署長もアホね。あなたを私のところへ寄越すなんて」

上月が七階のボタンを押す。訓授室と署長室があるフロアだ。

「勘弁してほしい。お前がなにかやらかすたびに、いっつも俺に話が来る。説教してこいと。あの尻軽暴発女をなんとかしてこい、と」

「尻軽は認めるけど、暴発なんかしてないわよ」

「暴発して人を殺したことがあるだろ」

上月がいきなり由羽の弱点に切り込んできた。

「とにかく。お前が組織人として真面目に勤務していないからで――」

「国内に蔓延したらやばい、新しいタイプの薬物だって噂」

刑事としてあたり前のことをしたのだ。由羽は堂々と、上月に説く。

「私は阻止した。そして首謀者が二度と密輸を企てないように、ワッパをかけようと奔走して、東京の治安を守っている」

「東京オリンピックが近いいま――」

「東京オリンピックが近いからこそ、大人しくしていられない。私は悪いことはなにもしていない。警官として正しいことをしているのはどっちよ」

上月は眉毛を八の字にして、由羽を睨む。

「――やめろよな、お前。尻軽女のくせに、たまにそうやって熱血を振りかざすの」

尻を叩かれた。

「あ、セクハラ。つうか奥さんに叱られるよ、昔の女の尻を触るなんて」

「離婚した」

由羽はびっくりするよりも――つい喜びが溢れてしまう。またこの体に触ってもいいのか。

「まじで！　かわいそう。さみしいねぇ」

調子に乗って、上月の頰を撫でるついでに耳たぶもつまんでやった。

「触るな！　来い。署長室だ」

また首根っこをつかまれて、今度は署長室に放り込まれた。


東京湾岸署の署長、池田紀保警視は、由羽を見るなり汚れ物を見るようにしかめっ面になった。二十三区一管轄の広い東京湾岸署を統べる長とは思えないほど、痩せっぽっちの小さな男だ。銀縁の眼鏡だけはよく似合う。

「もう縛りつけておけよ、その女」

開口一番、池田署長が言った。

「私、ＳＭプレイは苦手で……」

上月がやたら大きな咳払いで、由羽の発言をけん制する。

「まさか、もう飯塚部長から抗議が?」

由羽の問いに、上月が変な顔をする。

「飯塚? どこの部長だ、それ」

海上保安庁の飯塚が、警視庁に抗議の電話でも入れたのかと思ったのだが、違ったようだ。池田がいそがし気に警察制服のジャケットを羽織る。どこかへお散歩か。由羽に釘を刺す。

「とにかく、違法薬物の密輸事件など、存在しない」

「存在します。確かに、釣りを装った不審な船が浦賀水道に――」

「越権行為だぞ、浦賀水道は警視庁の管轄ではない」

「しかし、実際あの船は釣りをしていませんでしたし、城南島で荷役を待っていた男はヤサから刑事をまいて飛んだんですよ」

「で? 肝心のブツは」

由羽は、押し黙る。

「令状もなしに船やらヤサやらに押し入っておいて、成果ゼロのバカ女め、大口を叩くな!」

池田がデスクを叩いた。由羽は男性の威圧的な態度や罵声なんかへっちゃらだ。むしろ、なにも言わない無口な人の方が苦手だ。

上月は、怒鳴り散らされる由羽をかわいそうに思ったのか、同情的な態度になった。

「私から強く言い聞かせておきますので」

「必ずだぞ!」

池田は上月にまで喚き、署長室を出て行った。

上月が背後のソファへ促す。

「由羽。座れよ」

腕を優しく引かれる。左手の薬指に指輪がないことを確認し、由羽はその胸に飛び込んでみた。上月のやわらかな胸筋の上でしくしくと嘘泣きをしてみせる。上月は両腕を中途半端に上げたまま、やれやれというふうに、ため息をつく。

「俺は抱きしめてやらないし、騙されないぞ。お前のそれに何度惑わされて利用されたか」

「利用なんてしてない。私は上月さんが大好きなだけよ」

正確に言うと上月の「体」がだが——。

本部捜査一課にいる上月をなんとか巻き込めないか。来栖光なる海上保安官は、組織に守られている。由羽と謙介の二人では太刀打ちできない。

「離婚したんでしょ？　遊びまくれるじゃん。私と、ベッドの上で簡単にできるエクササイズとか」

上月が咳払いする。

「まずは捜査から手を引け。もう二度とやらないと約束したら、ベッドの上のエクササイズくらいなら付き合ってやってもいいぞ」

由羽は上月を突き飛ばした。署長の椅子にどっさりと腰かける。デスクの上にジーンズの足を乗せてみせた。

「私の捜査に圧力かけに来ただけならとっとと帰れよ、死ね」

「口の悪いところも変わってないな」

由羽は上から順に、署長のデスクの抽斗を開けていった。葉巻がどこかにあったはずだ。

「人のデスクを勝手に探るな」

「葉巻の一本くらい吸わせてよ。あんたが拝借したって、署長にあとで告げ口しておく」

上月がつかつかとやってきて、抽斗を勢いよく閉めた。由羽は思い切り指を挟んでしまった。

「いったぁ……！」

右手を振り、激痛でしびれる人差し指と中指に、ふうふうと息を吹きかけた。とがらせた唇が、突然、塞がれる。上月の舌が歯の隙間から入ってきて、あっという間に舌が絡んだ。耳たぶに触れずともビンビンになってしまった上月を、由羽は心の中で不憫に思う。離婚で心に痛手を負うのは、いつも男の方だ。由羽は一度、顎を引く。

「ここ、署長室だけど？」

「今晩――」

至急報が鳴った。警務課の女性職員の声が「通信指令センターより入電」と放送する。

由羽は身を硬くした。夜のお誘いを続ける上月の唇を、人差し指で塞いだ。

「しーっ。事件！」

上月は悲し気に眉尻を下げた。由羽は放送に耳を傾ける。

「台場一丁目十二番地の飲食店に於いて、複数人のバラバラ死体を発見――」

2

現場はお台場海浜公園の目と鼻の先だった。海との間に、松林と道路を挟んでいる。現場沿いの道路は埋立地らしい直線道路で、現在は通行禁止になっていた。パトカーや鑑識車両、捜査車両が並ぶ。すぐ東側にはスーパーマーケットがあり、タワーマンションも連なる。最寄りのゆりかもめのお台場海浜公園駅は二階のペデストリアンデッキで周辺商業施設と繋がっているため、現場のある地上階は比較的観光客の姿が少ない。

　松林の向こうのお台場海浜公園は、オリンピックエンブレムを撮影する観光客でにぎわっているようだ。野次馬の数はいまのところ四、五十人程度だ。

　現場の飲食店は、入口が非常に小さく、こぢんまりとした店だった。入口の庇にオレンジの瓦屋根を載せ、壁は白いペンキでベタ塗りされている。『スペインバル・モンテズマ』とスペイン語で書かれた木札が鉄柱からぶら下がり、お台場の風に吹かれている。

　木の扉には『本日貸し切り』の札が出ていた。

　助手席には謙介がいる。出動するとき、帰りそびれてロビーをうろついていたのをつかまえた。ひとりならまだしも、複数人のバラバラ死体というのは、強行犯事案では聞いたことがない。反社会的勢力の内輪もめか粛清だという直感があったのだ。組織犯罪対策部にいる謙介の方が、その内情に詳しい。

「第一発見者は？」

「このバルに肉を卸している精肉業者だって」

　午前七時半ごろに店を訪れたところで、店内の〝惨劇〟に気がつき、慌てて通報したらしい。

　由羽はパトカーの後ろに捜査車両をつけた。ネルシャツの腕に『捜査』の腕章をつけ、車を降りる。

　規制線を上げ下げしている警察官が、やってきた由羽に「覚悟を」と言う。

「どんな覚悟？」

「天城さんで中に入るのは七人目です。六人は入口で吐きそうになって、撤退しています」

　由羽は後ろの謙介を振り返った。謙介は大丈夫と頷き返す。シューカバーやヘアキャップ、手袋を嵌める。

「ちなみに血の海です。足の踏み場もないので、鑑識が渡した板の上だけですよ」

「もちろん。で、ホトケは何人？」

「わかりません。あちこちに体の一部が散らばっているので」

スペインバル・モンテズマは、横に細長く定規のような形をしていた。真ん中に出入口がある。窓は少なく、ブラインドが下りていた。

店に入ってすぐ目についたのは、『ＨＡＰＰＹ　ＢＩＲＴＨＤＡＹ』と記された飾りつけだった。割れた風船と、血塗られた花が落ちている。床に包装されたプレゼントが散乱し、一部は踏み潰(つぶ)されていた。

「貸し切り誕生日パーティでもやっていたのかしら」

店の入口から数歩歩けばレジだ。右手にバーカウンターがあり、丸椅子が五つ並んでいる。バーカウンターには酒やワイン、グラスが並んでいるが、食べ物なのか、誰かの肉片なのかわからない血まみれの代物がカウンターの上に点々と残っていた。かつては整然と並んでいたであろうグラスは倒れたり、落ちて床に砕け散ったりしていた。

「やばいね、このにおい。マスクしてても来るわ」

血なまぐさいというのがぴったりの、腐敗臭一歩手前のにおいが漂っている。バーカウンターの丸椅子の脚にもたれかかるように、ひとりの女性がこちらに背中を向けて、死んでいた。顔面を撮影していた鑑識係員が身震いしながら、出入口に戻ってきた。

「ちょっと失礼。耐えられない」

店の外に出てしまった。由羽は鑑識係員が通った細い板の上を歩き、女性の死体に近づく。パフスリーブの白いトップスは血まみれで、やわらかそうな白い二の腕に血が飛び散っている。両手は、血の入った壺に浸したのかというほどに真っ赤に血塗られていた。ショートボブの髪の毛先からも、血がぽたぽたとしたたり落ちていた。

　その膝元に、男性の衣類付きの胴体がある。引き裂かれたポロシャツの下からのぞいているのは、どう見ても人の肋骨と横隔膜のようなものだった。赤黒いものがぐちゃぐちゃに散らばっている。男性サイズのものと思われる黒いスニーカーが、女性の太腿の上にある。スニーカーの中にまだ人の足が残っていて、便利な持ち手のように、白い脛骨が突き出ている。

　由羽は女性の腹に目をやる。ハイウェストタイプのスカートに包まれた腹部がパンパンに膨らみ、フックがはちきれていた。顔を確認しようと前に回り込んだ由羽は、すぐにその場から引き返した。女性の口から、内臓のようなものが溢れ出ていたからだ。男性の胸部と思われる肋骨と横隔膜は残っているのに、その中に守られていたはずの心臓、肺、胃などの内臓は見当たらない。

「……口から出てるの、腸、じゃね？」

　マスクの上からハンカチで口元を押さえた謙介が、囁く。由羽は返事をしようとしたが、言葉に詰まる。女性の尻の先に、小さな子供の手が落ちていたからだ。

　バラバラ死体の中に、子供の死体も含まれている。

　由羽の中の、なにかのねじが飛んだ。

　気持ち悪い、吐き気がする、なんて言っている場合ではなかった。心臓の鼓動が速くなる。あまりの悪臭にもやもやとしていた思考も、クリアになる。

　絶対に解決せねばならない。

　由羽は決意を胸に秘め、入口に引き返す。

店の左手はテーブル席が三つ並ぶスペースだった。ここにもあまりに特異な死体が並んでいた。髪、骨、歯、肉片が散らばる床の上に、三体の死体が所狭しとひしめく。大口を開けて目をかっと見開いて死んでいる大柄な男性は、顔が血まみれで人相が確認できない。節くれだった手と首から下げた紐(ひも)ネクタイから、年配の男性と思われた。口の中に赤い肉が詰まっていた。

老齢の男性の腰に足を向け、T字になるようにして、小学生くらいの男の子が仰向(あおむ)けに倒れていた。口から誰かの指が生えていた。すきっ歯の前歯に、指輪のようなものが引っかかっている。

壁に寄りかかって死んでいる白髪頭(しらがあたま)の女性がいた。首から高価そうな真珠のネックレスを下げている。顔、首、胸に、合計十六本のカトラリー類が突き刺さっていた。

「わけわかんない。なんだよ、これ」

謙介が涙声で言う。この三人の周囲に、ハイヒールやスニーカーを履いたままの人の足が四つと、引き裂かれた衣類がぶら下がった胴体の一部が残っていた。腹に大きな穴があいた状態だった。内臓がひとつも見当たらない。

「カウンター席では、子供が食べられていた。テーブルの席の方じゃ、子供が食べたっていう感じね……」

「こんな都心の観光地でカニバリズム？　東京オリンピックが近いから、お台場の方までどこかの人食い族あたりが観光に来たのかな」

「悪い冗談はやめてよ。どう見ても彼ら日本人でしょ。猟奇(りょうき)殺人犯、愉快犯の類(たぐい)が、カニバリズムを演出したのかしら」

だが——由羽は首を傾(かし)げる。

「愉快犯の仕業にしては、ひとつの現場に残される被害者の人数が多すぎるのよね」

ああいった輩は連続性を好むので、いきなり複数人を殺したりしない。毎月毎週決まった日に、警察への挑戦のように、死体を発見させる。演出の手が込みすぎて、現場に冷酷さだけが際立つ。だがこの現場には冷酷さがない。悪い意味での野性味が際立つ。ここがどこか地方の山奥などだったら「クマの仕業だべ」で終わりそうな現場なのだ。

「ああ、無理！」

写真を撮っていた鑑識係員が、バーカウンターの奥から飛び出してきた。

「カウンターの奥にも死体が？」

鑑識係員は答えず、店の外へ出てしまった。入れ違いで、さっき出て行った鑑識係員が呼吸を整えながら戻ってくる。レジの脇を通れば、バーカウンターの中に入れるという。由羽は渡し板から足を踏み外さないように気をつけながら、バーカウンターに入った。大量の血痕と、複数人が格闘したような足跡が残っている。バーカウンターの更に奥に、小さな厨房があった。鑑識係員が、垂れ下がるビニールカーテンを規制線のテープで壁に留めた。透明のビニールカーテンは飛び散った血で赤茶色に汚れ、透明性を失っていた。

厨房では、アロハシャツを着た男と、白い上下を着たコックと思われる人物が顔を血まみれにして死んでいた。誰かの頭部が二人の間に残されている。頬の肉が抉れていた。視神経がついたままの目玉が眼窩から飛び出ている。唇もなく、歯と歯茎が剝き出しだ。できそこないのしゃれこうべが笑っているようにも見える。

「さすがにもう無理」

由羽は引き返そうとしたが、謙介に腕をつかまれた。

「待って。見てこれ」

謙介がしゃがみ、アロハシャツの男の左眉の下を、手袋の手で指さした。

赤黒い穴が二つあいている。

「射入口に見えるね」

さすが、組織犯罪対策部の刑事だ。銃器と薬物の知識は、由羽の比ではない。謙介はスイッチが入ったようだ。コック服姿の男も、くまなく観察する。

「こっちは眉間に同じ穴が二つあいてる。大きさ的に、9ミリ口径のけん銃の銃弾ぽいね」

由羽は、バーカウンターとテーブル席にある四つの死体の頭部を確認した。バーカウンターの女性は鼻に、紐ネクタイの男は鼻の脇に射入口があった。真珠のネックレスの高齢女性は、上半身に突き刺さったナイフやフォークに目を奪われて気がつかなかったが、右眼窩に銃弾が入っているようだ。眼球が破裂していた。少年は右眉に二つの黒い穴がある。

由羽の心臓の鼓動が速くなる。

犯人は、どういう気持ちで子供の顔面に銃口を向け、引き金を引いたのか。

死体をめちゃくちゃに損壊して、被害者の口に肉片を突っ込んだ挙句に、顔を撃って射殺する。

「人間の仕業じゃない」

目を閉じて、心を落ち着かせる。

由羽もかつて、人を射殺したことがある。

右手に当時の衝撃が蘇る。

「全員、二発で仕留めているね」

難しい顔で謙介が言った。

「一発で仕留められていない上、目や鼻を中心に撃っている。素人？」

プロなら一発で、額のど真ん中に打ち込む――銃殺事件を扱ったことがない由羽は、そんなイメージを持っていた。「逆、逆」と謙介が指摘する。

「頭部を狙って射殺する際、額なんか狙わないよ。頭蓋骨で弾が滑って、致命傷にならないんだ」

「え、そうなの？」

「基本はTゾーンを狙うの」

Tゾーンと言えば、女性にとっては額と鼻のてかりやすいエリアを言うが……。

「銃器のプロが言うTゾーンは両目と鼻を繋いだエリア。ここは眼窩と鼻腔があるから、頭蓋骨の中でも最も骨が割れやすい箇所なんだ。このTゾーンを狙わないと確実に仕留められない」

「でも確実に仕留められなかったから、二発撃ったのよね」

それも違う、と謙介は首を横に振る。

「この撃ち方はダブルタップだ。一度の射撃で確実に相手を殺害するために二度連続で撃つの」

由羽は背筋が寒くなってきた。謙介が結論づける。

「ダブルタップでTゾーンを狙う……。この殺害方法は確実に、プロの仕業だよ」

カタリ、と物音が聞こえ、由羽はハッと我に返る。

音は、すぐ足元から聞こえた。

謙介が立ち上がり、なにか言おうとした。由羽は慌てて「しっ」と人差し指を立てた。しゃくり上げるような嗚咽の音が、足元から聞こえてくる。

音は、レジカウンターのすぐ脇の大きな酒樽から聞こえてくる。オブジェのように置かれているが、もとは店の名刺やフライヤーなどを置く飾り棚の役割をしていたようだ。チラシや割引券が周囲に散らばっていた。

由羽は咄嗟に帯革から警棒を取り出した。酒樽に向かって構える。

「誰！　中にいるわね！」

うわーん、とはちきれんばかりの泣き声が響いた。少女の悲鳴だった。由羽は慌てて酒樽の蓋を外す。

髪の長い女の子がしゃがみ込み、泣いていた。

謙介が外の警察官たちに向かって、叫ぶ。

「生存者発見、救急車！」


夜の九時過ぎ、由羽は自宅官舎に帰宅した。すぐにシャワーを浴びる。朝からとんでもない現場を目にして、以降、食欲がわかない。カップラーメンくらいなら口に入れられるかなと思ったが、湯を注いだときに浮かんだ紙切れのようなネギが、血だまりで浮かぶ誰かの髪の毛を連想させた。食べる気になれずにカップラーメンを放置していたら、麺が湯を吸いすぎて容器から溢れ出てしまった。これがまた、ガイシャの口から溢れていた臓物を思い出させる。

食事はあきらめた。デスクの足元から、ストックしておいた新品のスクラップブックを取り出す。油性ペンで『お台場スペインバル惨殺事件』と書いた。コンビニで買いあさってきた全国紙の夕刊とタブロイド紙を捲っていく。締め切りに間に合わなかったのだろう、バルの事案の扱いは、見出しは大きいが中身が少ない。

由羽は早めに寝床について明日からの捜査に備えることにした。ベッドに入って明かりを消したが、目を閉じれば、バルの血みどろの現場が脳裏にちらつき、目が冴えてしまう。

参ったな、と身を起こし、額を押さえる。

こんな日は筋骨隆々の男を抱くのがいちばんなのだが、相手がいない。

昨日久々に再会した矢本を思い出す。海の男なら、その力強さで今日の現場を忘れさせてくれそうだ。礼も兼ねて電話をしてみたが、繋がらなかった。メッセージも既読にならない。

誰かと激しく求め合って果てて、ぐっすり眠りたい。

上月か。電話をかけた。彼はすぐに電話に出た。由羽からの電話を待っていた様子だ。

「凄絶な現場だったと聞いた。大丈夫か」

「全然無理。ねえ、いまからうち来ない？」

「今晩はなぁ……。家まであと十歩」

元妻と娘の家に向かっているのか。とっとと電話を切ろうとしたら、待て待て、と上月が止める。

「鑑識からちらっと聞いた。恐らく、十一人だろうってさ」

スペインバル・モンテズマで発見された死体の数の話をしているのだろう。何人かは腕だけ、足だけしか残っていなかったが、当日の予約表や店のシフト表から、生存者も含め現場に十二人いたことは間違いがなさそうだ。

「警視庁史に残る事件だろうな。うちの係も待機になった」

ライターの音がする。元妻と娘の住む家には入らず、門の前で煙草(たばこ)を吸い始めたようだ。由羽としばらく会話をしたいらしかった。

「なんで特殊犯捜査係が？」

「犯人は六人も射殺している。しかも顔面に二発入れるダブルタップで確実に仕留めてる。プロの仕業だ。ＳＩＴ特殊犯捜査係の出番だろ」

東京オリンピックが近いので、上層部は早急に幕引きを図りたいようだ。お台場周辺はオリンピックの競技会場がいくつもある。未解決のまま開幕を迎えることは絶対に許されないという上の強い意志か、捜査本部も前代未聞の三百人態勢だ。

「だけど、プロがなんのために死体をぐちゃぐちゃに損壊して、別のガイシャの口の中に突っ込むようなことをするのよ」

「監察医務院から聞いていてないか。射殺されていた六人の胃の中から、人間の肉片が出てきている」

「知ってるよ。改めて口に出して言わないでくれる?」

被害者はけん銃で脅されて、目の前でバラバラにされたヒトの肉片をいやいや口に入れ、飲み込んだのか。しかし、射殺された六人の歯の隙間には人体の筋や肉片、毛髪などが引っかかっていた。六人は、ヒトの肉をむしゃむしゃとしっかり咀嚼して、飲み込んだのだ。

「犯人がけん銃でガイシャを脅し、強要したんだろう」

「なんのためにカニバリズムを強要したのかな。新種のテロかもね。そのうち、東京オリンピック開幕反対の犯行声明が出るかも」

明日から警視庁本部の公安部捜査員も捜査本部に入ると聞いている。

「それから、バラバラになったガイシャの傷口――ちぎれた肉の部分から、生活反応が出たそうだ」

つまり、生きたままバラバラにされ、食われた、ということだ。

「バラバラで見つかった人体のどの断面を見ても、刃物を使った痕跡は見当たらなかった」

つまり、生きたまま食いちぎられた、ということだ。

「あのさ、いちいち指摘されなくても知ってるから。こっちは担当所轄署なのよ」

今日の夕方に開かれた第一回捜査会議は、捜査一課長の訓授をすっ飛ばして始まった。そんなことを聞いている暇がないくらいにガイシャの人数が多すぎたし、手口が残虐すぎた。現場は遺留品と肉片を仕分けるところから始めねばならないくらい、血みどろのぐちゃぐちゃの状態だったのだ。

「大丈夫か、由羽」

「まあ、大丈夫よ」

「ならなんでかけてきた」

「昼間、途中で終わっちゃったしさ」

「埋め合わせは？」

「それをさ、かつてのマイホームの前で言っちゃダメでしょ」

チャイムが鳴る音がした。テロターゲットになりうる警察官舎なのに、この古い官舎はインターホンすら配備されていない。「誰か来たから」と由羽は一方的に言って、電話を切った。

裸足でサンダルを踏みつけて扉に身を乗り出し、のぞき穴から玄関の外を見た。

上月が立っていた。サプライズだとでも言いたげに、胸を張っている。

由羽は扉を開ける。

「バカね、あんた、つくづく……」

言い終わらぬうちに、由羽は上月に、食べられた。


翌朝、湾岸中央病院の前で、由羽は謙介と待ち合わせした。謙介は目の下にクマができていた。

「一睡もできなくてさ……。え、由羽ちゃんは？」

「熟睡」と由羽は親指を立ててみせる。

「お肌つやつやじゃん。あんな現場を見た夜に、すごい強靭な精神だね」

上月と気晴らしの〝エクササイズ〟がなかったら、由羽も一睡もできなかっただろう。

受付で手続きし、山倉那奈（やまくらなな）が入院する病室を訪れた。

お台場スペインバル十一人殺害事件の、唯一の生き残りの少女だ。

小児病棟の壁はパステルカラーで彩（いろど）られ、動物の絵が描かれている。念のため、警備の警察官をひとり置いているが、病棟の中で浮いている。

今日は謙介も腕に『捜査』の腕章をつけている。六名の死因は射殺だ。犯人には銃刀法違反容疑もかかるので、組織犯罪対策部からも謙介を含めた一個班が捜査本部に顔を揃えた。

由羽はピンク色のカーテンの前で、名乗る。

「那奈ちゃん、私。湾岸署のお姉さん。入っていいかな」

小さな咳払いのあと、「はい」としっかりした返事が聞こえてきた。由羽はそっとピンク色のカーテンを開けた。那奈がギャッチアップされたベッドの中から、こちらを見ていた。ベッドの柵に掛けられたテーブルに、果物籠が置かれている。メロンやリンゴ、ブドウが入っていた。

誰が持ってきたものか知らないが、いまの那奈には果物の皮を剝いて、皿にフォークを添えて出してくれる人はいない。

昨日、軽く聴取はしている。那奈は両親、五歳の弟と共にバルを訪れていた。救急車を待つ間にした会話を、由羽は思い出す。

〝お父さん、お母さんは？〟

〝パパは、ママが食べた〟

〝……弟は？〟

〝ママが食べた〟

那奈は錯乱状態で、息継ぎも忘れて事件のあらましについて語ってくれた。由羽は手帳を出してメモを取る暇すらなかった。内容もそうだが、目を血走らせてしゃべる小学校四年生の少女の凄まじい形相に、圧倒されたのだ。

由羽は椅子に座り、果物籠を指した。

「どれか食べたいのある？　皮剝いてくるよ」

「リンゴ……お願いします」

「俺が」と謙介がリンゴを取って病室を出た。由羽は謙介の方を顎で指し、尋ねる。

「あのお兄さんの顔、見覚えある？」

昨日現場にいて救急車の手配をしたのは謙介だが、錯乱状態だった那奈は覚えていなかった。

「私と顔、似てるでしょ」

「弟？」

「正解。私たち、きょうだいで刑事なの」

「かっこいい」

由羽は素直に嬉しく思った。

「私の名前、教えてなかったね」

由羽は名刺を出して、ペンでフリガナを振った。ついでにスマホの番号も書いて、渡す。

「朝ご飯は、食べられた？」

那奈が上目遣いに首を横に振る。残さず食べないと、学校でも家庭でも叱られるのだろう。子供はだいたい、そんなふうにしつけられる。ご飯を食べられなかったことに罪悪感があるようだ。

「いいのよ。午前中はリンゴだけで。夕方また来るから。私も一緒にここで食べようかな」

那奈の表情はあまり変わらなかったが、目は嬉しそうだった。今日はこの子になにも訊くまい——

由羽はそう決めていた。昨日、錯乱状態だった那奈が一気にまくし立てた言葉が、脳裏に蘇る。
〝今日は、私の誕生日パーティで、じいじとばあばと叔父（おじ）さん叔母（おば）さんといとこも来てくれて、貸し切りでパーティだったのに、私の、十歳の、誕生日だったのに、お母さんがトイレで弟を食べてて、お父さんも咬まれて、おじいちゃんはおばあちゃんに咬みついて、いとこも叔父さんと叔母さんを食べ始めて、コックさんは岩添（いわぞえ）のおじさんを咬んで……〟
岩添のおじさんというのは、岩添卓也（たくや）、四十三歳——スペインバル・モンテズマの店長のことだろう。由羽はこの証言をそのまま今朝の捜査会議で発表したが、「子供が錯乱して妄想（もうそう）を話しているだけでは」とみな言った。しかし、遺体の司法解剖を行っている監察医務院や、遺留品の鑑定を行っている科学捜査研究所（かがくそうさけんきゅうじょ）、本部鑑識課から断続的に届く情報は、那奈の証言を裏づけるものばかりだった。

那奈の誕生日パーティに親族一同が集まっていた。そこで突然、人食い事案が発生したということになる。

では、誰が発砲したのか。誰がけん銃を持っていたのか。

那奈の精神状態が落ち着き次第、聞き出さねばならなかった。

謙介が、切り分けたリンゴを載せた皿を持って、戻ってきた。那奈は口に入れようとして、やめてしまう。由羽はひとつ食べることにした。蜜の詰まったおいしいリンゴだった。

「やばーい。超おいしい。お姉さん全部食べちゃうかも」

あっという間にひとつ食べ、由羽は那奈に微笑（ほほえ）みかけた。那奈はやっとリンゴを口に入れた。小さな口で、悲しそうに咀嚼する。

学校のこと、得意な科目、友達のことなど雑談をしているうちに、皿の中のリンゴはなくなっていた。由羽と謙介でひと切れずつしか食べていない。那奈が全部たいらげた。食欲はないだろうが、腹は減っていたはずだ。

「それじゃ那奈ちゃん。また夕方来るね」

立ち上がった由羽に、那奈がきょとんした顔で尋ねる。

「事件の話、しなくていいの？」

「今日の宿題は、お昼ご飯を半分は食べること。夕方、宿題チェックに来るからね。夕飯は一緒に食べよう」

那奈はこっくりと頷いた。由羽はナースステーションで夕食の予約をして、謙介と共に病院を出た。時計を見る。

「山倉家の家宅捜索が始まる時間よ。行こ」

山倉一家は、お台場地域の開発が始まった当初からある、タワーマンションの二十階に住んでいた。

バルで複数人の惨殺死体が見つかったことはすでにマスコミに発表しているが、客同士、従業員同士が食い合っていたことは、伏せた。十一人のうち、六人は死因が射殺であることは公表されている。各ワイドショーのコメンテーターたちはこぞって暴力団の抗争ではないかと語った。『暴力団』のキーワードが出たことで、一般市民は他人事（ひとごと）という様子だ。

マンション前のマスコミの数もそう多くはなかった。世間が五十数年ぶりの東京オリンピックで盛り上がっているいま、その話題に大きく水を差す残虐な殺人事件の報道に尻込みしている。マスコミも空気を読んでいるのだ。

管理人の立ち会いのもと、家宅捜索が始まった。近隣住民からも聞き込みをする。由羽は、山倉家の隣に住む六十代の主婦から聴取した。隣人がバルの事件に巻き込まれたと知り、女性は飛び上がったが、ペラペラとよくしゃべる。

「山倉さんのご主人は広告関係の仕事と聞いてましたけど、とても感じのいい人でしたよ」

那奈の父親は広告代理店で営業企画係長をやっている。昨日のうちに職場に刑事が飛んで聞き込みをしているが、すこぶる評判のいい人物だった。

「奥さんの方は、手先がとても器用な人でね。那奈ちゃんや弟の朔太郎君の手提げかばんとか、ママさんの手作りだったみたい」

模範的な専業主婦という感じだ。

「ちなみに、宗教関係はどうだったか、ご存じですか」

「は？　宗教？」

那奈の証言が真実だとすると、バルにいた客たちは突然、親しい仲間を襲い、食べ始めたことになる。なんらかの新興宗教等の儀式、という線を考えたのだ。

「そこまでは知らないわー」

「このタワマンに、あやしげな新興宗教の勧誘が来たとか、そういうことは？」

「ないない。全くありません」

「違法薬物とかは、どうでしょう」

「は？　違法薬物？」

隣人は宗教関係を聞いたときと、全く同じ反応をした。

「覚醒剤、危険ドラッグ、大麻など……なにか、お隣からそういったトラブルが聞こえてきたとか。もしくは、友人とは思えないような人が、お隣に出入りしていたとか」

売人の出入りがなかったか、暗に尋ねた。薬物による錯乱の線も由羽は考えている。アメリカで以前、薬物中毒の男が、ホームレスの顔面を生きたまま嚙みちぎった事件があった。

「そんなものは、お台場のこの地域にはございませんよ」

隣のマダムは気を悪くしたようだった。由羽は礼を言って、家宅捜索が始まった山倉家に入った。

広々とした玄関先で、鑑識係員が釣り道具一式を押収していた。

「なにか出ました？」

「ご主人の部屋からエロ本と、キッチンの冷凍庫の中から奥さんの物と思しき五万円のへそくり、娘さんのデスクの抽斗奥からは零点の漢字テストが出てきました。あとは息子さんのロボットのおもちゃの中から、コガネムシの死骸が出てきただけです」

善良な外面と些細な欠点……血の通った、現実感がある家庭だと思った。バルであんな凄惨な最期を遂げるような、特異な一家ではなかったはずだ。謙介はテレビの前にいた。手には、ケーブルに繫がったハンディカムを持っている。

「なにか出た？」

「幸せな家族の記録」

テレビに、船で海上に出ている映像が流れていた。日付はちょうど一か月前だ。撮影しているのは母親か。ボートの端に立つ父親が竿のリールを高速回転させている。

〈あー、腕がしびれてきたぁ！〉

大きな口を開けて、快活に笑う。こんな顔をした男性だったのか。由羽の脳裏に、彼の肋骨と横隔膜、革靴の足から伸びた脛骨が蘇る。家族も本人も見たことのない体の内部を見てしまったという妙な罪悪感がちょっとわく。

映像の中で、僕がやりたいと那奈の弟の朔太郎が、父親のふくらはぎにまとわりつく。子供用の黄色い救命胴衣を着ている。ぷにぷにしたやわらかそうな腕と手を見て、由羽は辛くなってきた。

母親の声が聞こえてくる。

「那奈！　パパがもうすぐ釣り上げるよ、出てきなさい」

カメラがキャビンの中を捉える。那奈は退屈そうな顔で椅子に座り、スマホを見ていた。由羽の前では素直で子供らしく見えた那奈も、家族の中では、つんと澄ましたような顔をしている。

カメラが再び、リールを巻き続ける父親を捉えた。父親が嘆く。

〈やっぱ六百メートルはきつい〉

由羽は首を傾げた。

「六百メートル？　釣り糸の長さが六百メートルもあるの？」

普通の釣りではなさそうだ。謙介が意見する。

「深海魚釣りかな。陸が全然見えないし。かなり沖に出ていそうだよ」

テレビから、きゃあきゃあ騒ぐ男児の声が流れてくる。父親が魚を釣り上げたのだ。真っ黒の魚がデッキに打ち上がっている。目玉が飛び出た気色悪い魚だった。怖がる朔太郎に父親が説明する。

〈このお魚さんはね、すーっごく深いところにいたんだよ。だから水圧の変化で、目玉が飛び出しちゃうの〉

由羽はメモをした。

〃父親は深海魚釣りが趣味〃

夕方、約束通りに由羽は那奈の病室を訪れた。今日一日かけて精密検査を受けていた那奈は、少し疲れた様子だった。医師から話を聞いたが、怪我はしていないという。

二人で夕食を食べる。

「今日、担任の先生は来た？」

那奈は箸をのろのろと進めながら、首を横に振る。

「いそがしいんだって。警察が来ているって」

父方の祖父母はすでに鬼籍に入っているらしく、那奈の親類は全員亡くなってしまった。仕事先や学校、友人関係等へ鑑取り捜査を広げるのは必須だ。那奈の小学校にも刑事が行っている。いそがしい小学校教師をつかまえて、あれこれ訊いているはずだった。

「みんな、捜査に協力してくれているのよ。大丈夫、すぐに犯人はつかまる」

「犯人？」

「そう。那奈ちゃんを辛い目に遭わせた人」

由羽は暗に、六人をダブルタップで仕留めた殺人犯を指して言う。彼が店に押し入り、けん銃で皆を脅し、互いに襲わせて食わせ、最後に射殺した——由羽はそういうふうに事件の道筋を立てていた。誰かに脅されない限り、善良に生きていた人々が、子供の誕生日パーティのさなかに突然互いを食い合うはずがないのだ。

那奈は視線を伏せ、納得できなそうな顔をする。

「お姉さんの言っていること、ちょっと違ったかな？　けん銃を構えて入ってきた人がいたでしょう？　そして、ママやじいじ、ばあばを……」

「やっつけた」

由羽は眉をひそめた。殺害された親族に対し、なぜ、「やっつけた」という言葉を使うのか。まるで那奈の親族が悪人のような言い方だ。

「那奈ちゃん。ママとか、おじいちゃん、おばあちゃんのこと、好き?」

「大好き。でも、あの日のママも、じいじもばあばも、大嫌い」

那奈の箸が完全に止まってしまった。

「ママは弟やパパを殺して食べたし、じいじもばあばに咬みついて、ばあばまでパパを襲った」

「――パパを襲ったのは、ママじゃないの?」

「ママは、トイレで弟を食べていたから」

支離滅裂(しりめつれつ)な内容になってきた。まだ十歳の子供だ。時系列で尋ねるのがいちばんだが、当夜に起こったことを、いま詳しく説明させていいのか。混乱させたくない。

「パパはばあばに、やめてくれって言ったのよ。パパはナイフとかフォークで必死にやっつけようとしてたけど、結局、ダメだった」

由羽は細かく頷くことしかできない。那奈が歯痒(はがゆ)そうに布団の端をぎゅとつかむ。

「嘘は、ついてないよ」

「そうだね、わかってる」

「でも、信じてないでしょ」

由羽はあいまいに苦笑いしてみせたが、子供を誤魔化すのは好きじゃない。

「三十三年生きてきて、見たことも聞いたこともないんだよね。普通の人が……那奈ちゃんや朔太郎君を一生懸命育てながら生きてきた人が、家族を殺して食べるとか」

「殺してないよ」

那奈が断言する。

「ただ、強引に、食べようとするの。それで、食べられて、血がたくさん出て、死んじゃうの」

　まるでいま見てきたことのように、那奈は話す。遺体の損傷や被害者の胃の内容物、口腔内の残留物から、那奈の証言は裏づけが取れている。だが、由羽は腑に落ちない。

「誕生日パーティで、お料理がたくさん並んでいたはずよね。どうして突然、家族を食べ始めるの？」

　那奈は疲れたように、ベッドにもたれた。

「ごめんね。夕飯食べよう。ね？」

「いらない」

　由羽は無理強いはせず、ギャッチアップされたベッドを下げてやる。ベッドが水平になると、那奈は身をよじらせて、由羽の方を向く。

「私、夢を見ていたのかな」

　由羽は、那奈の頬にかかる髪をかき上げてやった。那奈は涙ぐんでいる。悔しそうだった。

「ママは、どうしてサクやパパを食べちゃったんだろう」

　サク、というのは、弟の朔太郎のことだろう。

「きっと夢だよ。大丈夫」

　由羽はあえて、そう表現した。

「那奈ちゃんはあの夜、悪い夢を見ていたんだと思う。パパとママは最後まで、ピストルを持った犯人から那奈ちゃんを守って、でも朔太郎君だけはどうしても守れなくて、一緒に天国に行ったの」

　那奈が静かに頷く。

「……夢だから。きっと。大丈夫」

由羽は、自分の弟の話をした。

「いまは立派な見てくれしてるけどね、チビのときは、弱虫だったのよ」

「サクもそうだよ。すっごい泣き虫なの」

由羽は那奈と笑い合った。那奈に添い寝してやりたいような気持ちになる。

「夜、明かりを消すとね、昨日見た怖い夢を思い出して眠れないって、しがみついてくるのよ」

「信じらんない。あのお兄さんが？」

「幼稚園時代の話ね。どういう夢を見たのか聞いて、こっちはびっくり。幼稚園に車が突っ込んできて、私が死んじゃう夢だったの」

那奈は困ったように眉を寄せた。由羽を気遣う、優しい表情だった。由羽は笑い飛ばす。

「今度はこっちが怖くなっちゃって、眠れなくなる番。でも話した弟はすっきりした顔で、ぐうすか口開けて寝ちゃってさ」

那奈が肩を揺らして笑った。由羽は、那奈の目の下にくっきりと浮かんだクマを、親指で撫でる。

「昨日は、怖くて眠れなかったね」

那奈は頷いた。目元にきりっと強さが浮かぶ。話す準備ができているようだった。

「誕生日の夜に見た怖い夢、お姉さんに話してくれたら、今日の夜は安心して眠れるかも」

幼い那奈は、由羽を気遣う。

「でも話したら、お姉さんが怖くなっちゃうよ、きっと」

「大丈夫。怖くて眠れなくなったら、今度は弟に話す」

那奈はいたずらっ子の目になって、微笑む。

「今度はあのお兄さんが、眠れなくなるね」

「そう。三十年前のリベンジ」

那奈は屈託なく笑った。布団の下から、手を伸ばしてくる。由羽は両手でしっかりと受け止める。

「お誕生日パーティは、サプライズだったの」


六月十二日の夜七時、那奈は家族でスペインバル・モンテズマに入った。

バルの店長の岩添と那奈の父親は、釣り仲間だった。那奈は物心ついたときからあのバルに連れて行かれ、岩添からもかわいがられていたようだ。

バルの扉を開けた途端に那奈を出迎えたのは、クラッカーの破裂音と色とりどりのきれいなテープだった。母方の祖父母と、同い年のいとこ一家もいる。誕生日を祝う飾りつけが壁をにぎわせ、レジ脇の酒樽の上には、いくつものプレゼントの包みが置いてあった。

夢のような瞬間だったはずだ。

那奈はテーブルの上席に座らされる。背が高く若いソムリエは、最近おしゃれに興味を持ち始めた那奈に、「ビタミンCたっぷりで、お肌にいいはちみつをたっぷり使ったレモネードだよ」とスペシャルドリンクを作ってくれた。揚げたてのポテトを持ってきたコックは、「那奈ちゃんのためにおいしいお肉とお魚を料理しているよ」と、那奈の頭を撫でてくれた。店長の岩添は、誕生日ケーキをかたどったパーティ用の眼鏡をかけて、盛り上げてくれたという。

どれだけ時間が経ったか——最初の異変は、母親だった。

「なんだか気持ち悪い。お腹(なか)が痛いし……」

母親は席を立った。口元を押さえ、いまにも吐きそうな様子だったという。

「ママといるー！」

甘えん坊の朔太郎が、トイレに入った母親を追いかけていった。母親は、十五分経っても戻ってこなかった。様子を見てくると父親が立ち上がった途端、隣のテーブルにいた祖父が椅子ごと後ろにひっくり返り、苦しみ出した。「お父さん、どうしたの」と祖母が祖父の体を揺すり、店長を呼ぶ。

「救急車を呼んで！」

しかし、厨房からは誰も出てこなかった。嘔吐した祖父は顔が真っ青——というよりも、

「灰色に見えた」

と那奈は断言する。灰色の顔で突然歯を剝いて、祖母の首筋に咬みついたという。祖母は首から血を流し、四つん這いになって逃げまどう。叔父叔母夫婦が間に入ると、祖父は今度はその二人に咬みついた。叔母に対しては、首筋の肉を食いちぎったほどだという。腕を咬まれた叔父は、いとこの少年を抱き上げて店の外に逃げようとしたが、いとこにも異変が起きていた。嘔吐した途端に椅子からひっくり返ったらしい。

「いとこも顔が灰色になっていて、叔父さんの耳を食いちぎったの」

那奈は父親の背中に隠れ震えているしかない。首筋の出血を手で押さえて縮こまっていた祖母が、嘔吐しながら痙攣し、顔を「灰色に」して、那奈の父親に襲いかかってきた。父親はテーブルにあったカトラリー類を武器に抵抗した。

「でも、おばあちゃんは、痛がらないの。ナイフが首に刺さっても、血が出ても、全然平気なの。ガーッて吠えて、パパを押し倒そうとしたの」

那奈は母親に助けを求めようと、トイレへ逃げた。母親は便器の前にぺたりと座り、ひたすら、手と口を動かしていたという。

那奈はトイレで目にしたものについてだけは、詳細を言わなかった。

現場検証では、このトイレから、弟の朔太郎の胴体や頭部の一部が見つかっている。

母親は那奈に気がつくと、歯を剝いて威嚇してきたという。それは、動物園の展示場で、ガラスの向こうの見物人に牙を剝いて襲いかかってきたトラのようだったという。

那奈は母親に押し倒された。母親の口の中の、口蓋垂までもが見えたという。剝いた歯が顔面に迫ってきたとき、誰かが母親の頭を蹴飛ばした。那奈の父親だった。母親は吹っ飛んで、便器にぶつかった。父親が那奈を抱き上げてトイレを出た。

レジ脇では、体中にカトラリーを突き刺した祖母が酒樽にぶつかり、プレゼントの山を床にまき散らしていた。酒樽も倒れて床に転がった。父親は「隠れろ!」と那奈を倒れた酒樽の中に押し込んだ。父親は那奈が入りきらないうちに酒樽を立て直したので、那奈は酒樽の中で逆さまになった。天地もわからぬ混乱のまま、足を押し込められ、酒樽の蓋が閉められたという。

古い酒樽の中は暗かったが、淡い光の帯がいくつも交錯していた。古い酒樽だったのか、木の節が抜けて丸い穴があちこちにできていたらしい。

体勢を整えた那奈は、穴から、外をのぞいた。

バーカウンターの内側、厨房の入口では、警察を呼ぼうとしていた店長の岩添の背中に、顔が灰色になったコックが咬みつくのが見えた。そのすぐ脇では、お腹に大きな穴を開けたソムリエが、ビクンビクンと体を痙攣させ、血を吐いていたという。背中を咬まれた店長は別の扉――恐らく、厨房の横にある事務室だろう、そこへ逃げ込んだ。

コックは痙攣しているソムリエの方へ戻った。穴のあいた胴体の横に膝をつき、内臓をわしづかみにして引きずり出し、口に入れた。嚙みしめるたびに唇の端から血が溢れたという。

すぐに事務室の扉が開いた。那奈は、店長が武器を持って、怪物になった人たちをやっつけに戻ってきたと期待したらしいが、違った。灰色のモンスターになっていた店長は、酔っ払いのような足取りで、コックの向かいに膝をついた。細かい痙攣を繰り返すソムリエの腕に咬みつき、皮膚を食いちぎったという。血管を歯で引っ張り出した途端に、ちぎれた血管から血が大量に噴出して、店長の頬を赤く濡らした。

由羽は話を聞きながら、店長の口腔内の遺物として、人の血管が歯の隙間に引っかかっていたことを、思い出した。那奈の証言と、監察医務院の報告が見事なまでに一致していく。

プロフェッショナルの殺し屋のような、けん銃を持った愉快犯は、どこにも登場しない。誰かがけん銃を持っている様子もない。

那奈は一晩中、酒樽の中で身を縮こませ、助けが来るのを待っていたという。父親の気配はいつの間にか消えていた。人が生肉を食らうくちゃくちゃという音や体液をすする音、衣類を引き裂く音、獣のような息遣いしか、聞こえなかったという。

酒樽の中に隠れてから何時間経ったか——樽の節穴から強い光が差し込んできたという。西向きのバルの中に強い光が入ってくるくらいだから、日の出からかなり時間が経った、午前六時ごろと由羽は推定した。店の扉が開いた音が聞こえ、那奈はハッと我に返ったらしい。

扉を開けた人物は、明らかに客ではなかったようだ。

飲食目的の客なら、悲鳴を上げて逃げていく現場だ。冷静なら通報するか。だが、店に入ってきた人物は「くそ」とひとことつぶやいただけだという。男の声だった。

くちゃくちゃと生肉を食む音がやみ、獣の唸るような、威嚇する声が、あちこちから上がった。那奈は息をひそめ、のぞき穴から外を見た。厨房の入口で、店長とコックはソムリエを食い尽くしていた。肉と血と骨、カツラみたいに残った頭皮を傍らに、コックと店長が、ふらふらと立ち上がった。

顔は見えないが、ゾンビみたいな足取りだったと那奈は表現する。

「ゾンビ……そんな怖くて残酷な映画、見たことあるの？」

由羽が尋ねたら、那奈は首を横に振る。

「映画は知らないけど、ゲームに出てくるし、ハロウィンの仮装でもお面が売ってるよ」

なるほど、ゾンビはもはや一部のマニアが見るスプラッター映画やホラードラマの中に出てくるモンスターではなく、ゲームやハロウィンで定番のアイコンなのだ。

「お店に入ってきたのは、ゾンビハンターみたいだった」

「ゾンビハンター……」

突然、那奈の話がファンタジックになった。表現のせいかもしれないし、由羽がゾンビという単語に持つイメージのせいなのかもしれない。ハンターという、日本では職業として使われることが少ない言葉がくっついているから、余計に虚構じみている。

「ピュンピュン、って音がして、バタバタ、って。岩添さんとコックさんが、倒れた」

「ピュン、って音がした？」

「うん。パンパン、じゃなかったから、けん銃ではないみたい」

那奈は、サイレンサー、消音装置の存在を知らないのだろう。オートマチックタイプのけん銃や小銃の銃口に取りつけられる。パンという破裂音を、小鳥が鳴くようなかわいらしい音に変えてくれる。

「だからね、ゾンビハンター。けん銃じゃなくて、魔法のスティックで、ゾンビを倒すの」

「そっか。きっとゾンビハンターだったんだね。ピュンって音は、何回くらい聞こえた？」

「十二回」

あまりに正確に、那奈は答えた。実際、各遺体から二発ずつ、計十二発の銃弾が見つかっている。

「数えてたの?」

「うん。ゾンビは六人いたから。六回以上聞こえたら酒樽から出て、助けてもらおうって」

「酒樽から、出たの?」

那奈は枕の上で、大きく頷く。由羽は前のめりになった。那奈は射殺犯を目撃していたのだ。

「そこにいたのは、どんな人?」

「男の人。兵隊さんみたいに見えた」

「兵隊……迷彩服でも着てた?」

「迷彩服って、なに?」

由羽はスマホで、自衛隊の画像を検索し、那奈に見せた。那奈は大きく首を横に振る。

「ヘルメットはかぶってなかったし、こういう模様の服じゃないし。まっくろだったの」

「どうして兵隊さんだと思ったの?」

那奈はとても困った顔をしたあと、靴、と言った。

「ママが冬に履いているブーツみたいな長靴を履いてて。でも、長靴じゃないの。強そうな靴。ズボンの裾を中に入れて」

由羽の頭に、機動隊員が履く半長靴が浮かぶ。警察だけでなく、自衛隊も消防も使う。

「歩き方も、きびきびしていて」

「ゾンビハンターのその人は、那奈ちゃんを見て、なんて?」

「びっくりして、慌ててた。抱き上げて外に出してくれたんだけど、急に考え込んじゃって。結局、酒樽の中に戻されたの」

あとで迎えに来るからもう少し隠れていて、と男は言って立ち去ったという。

意味がわからなかった。

殺すだけ殺して、少年までも容赦なく射殺したのに、顔を見られた那奈を一旦救出しようとした。だが結局は元いた場所に隠れさせ、警察に通報することも迎えに来ることもなく、姿をくらました……。

那奈はとても困った顔になった。

「どうしよう。話しちゃった。ゾンビハンターのお兄さんに、怒られる？　叱られない？」

「大丈夫よ。お姉さんがちゃんと捜査して、逮捕するから」

那奈は不思議そうに、由羽を見上げた。

「どうして逮捕するの？」

「えっ」

「ゾンビをやっつけてくれたのに。あのお兄さんは、正義の味方だよ」


由羽は東京湾岸署裏にある海沿いの公園の芝生に座り、あぐらをかいてチキンケバブに食らいついた。

昼になっていた。

署の隣にあるビルの一階には昼時になるとトルコ人のキッチンカーがよくやってくる。由羽はそこの常連だ。「今日、ゴキゲンナナメね〜、ユーチャン」とトルコ人は肉のかたまりに剣のような長い包丁を器用にあて、いつもの倍の量の肉をトルティーヤで包んでくれた。

目の前の東京湾を眺めていたら、少しは気が紛れた。だがやはり、腹が立っているときは空腹時以上に、早食いになる。三分くらいでトルティーヤを食べてしまった。

謙介が両手にカフェのコーヒーを持ってやってきた。隣に座る。

「早っ、もう食べ終わってんの」

由羽は受け取る。カフェモカを一気に飲んだ。

「まあね、ゾンビ。仕方がない」

「わかってる。捜査会議でゾンビなんて言葉を使った私が悪かった。でも、一字一句、正確に伝えたかったの。那奈ちゃんの言葉を」

十一人が命を落とした、虐殺とも言えるバルの現場の、生き残りの少女の言葉だ。

重みを持って、伝えたつもりだった。

新入りの巡査から捜査一課長警視まで、三百人の刑事が集う捜査会議場は、失笑で溢れた。

「由羽ちゃん。みんなの言う通りだよ」

いつも由羽の味方をしてくれる謙介が、珍しく厳しい口調だ。

「ゾンビなんかこの世にいない。ってことは、ゾンビハンターなる正義の味方も、いないんだ」

由羽は謙介から顔を背けて、膝がしらの上に頬をつけた。

「忘れないで。六人を射殺した人間は、正義の味方じゃなくて、ただの人殺しだ」

謙介が由羽のジーンズの尻ポケットから出たナスカンを引っ張る。由羽の警察手帳を取った。身分証の下に折り曲げて入った一枚の写真を取り出す。開かずに、由羽に突き出す。

「バルのガイシャの中には、十歳の少年もいた」

由羽は写真を受け取る。

「たとえ人に危害を加えていたとしても、十歳の少年の顔面にいきなり銃弾をぶち込む？　威嚇射撃もなく、正当防衛射撃もなかったんだ」

由羽は頷く。那奈の証言が真実だとすると、男は警告はおろか、相手の攻撃を阻止するための急所を外すような射撃も、一切していない。

「由羽ちゃん、現場で言ったよね。人間のすることじゃないって」

由羽は警察手帳の中に入れていた写真を開く。

金色のメッシュ入りの髪をツンツンと立てた、眉毛の細い青年が、笑顔でこちらを見ている。

十年前の交番勤務時代に、由羽が殺した男だ。大園昂輝（おおぞのこうき）、享年二十一。


夜の七時、由羽は湾岸中央病院に向かった。那奈は夕食を済ませ、退屈そうにテレビを見ていた。

東京オリンピック関連の番組が増えてきている。六月上旬に行われた北陸での聖火リレーの特集番組をやっていた。有名女優や演歌歌手、アイドルが聖火片手に走っている。三月に福島県からスタートして日本全国に運ばれている聖火は、現在は山梨県にある。七月に入るといよいよ東京都でも聖火リレーがスタートする。

「こんばんは」

由羽は声をかけた。那奈がぱっと顔を明るくする。

「東京オリンピック、楽しみだねぇ」

那奈がこくりと頷く。港区の小学校は区内で行われる競技に無料招待されているようだ。那奈は学校のクラスメイトたちと、お台場海浜公園で行われるトライアスロンを観戦する予定らしい。

そのころまでにはなんとか犯人を逮捕し、事件に区切りをつけたい。家族を喪（うしな）いひとりきりになってしまった那奈だが、東京オリンピックが少しでも慰めになれば、と由羽は思う。切り出した。

「那奈ちゃん。夕飯の前に、ひとつ大事な話をさせて。ゾンビと、ゾンビハンターの話」

「事件の話、ってこと?」

由羽は首を横に振る。

「私の話」

由羽は椅子に座り、警察官になったころの話をする。十九歳で警察学校を出たあと、池袋(いけぶくろ)署の西口交番に卒業配置された。事件の多い新宿・渋谷・池袋署に配置されるのは、実技で際立った成績を残した者だ。

由羽はけん銃の腕が、ピカイチだった。

特に射撃では負けなしだった。初めてけん銃を手にして撃ったときから、的にあたらなかったことはない。射撃は練習を重ねれば、車の運転のように誰でもできるようになる。だが、いつどんな体勢でも正確に的を撃ち抜けるのは、センスや才能にかかってくる。由羽は早くから教官がSPに推薦するほどの腕前があった。女性の閣僚も増えてきているので、女性SPの育成が急務と言われていた時期だった。交番で修業が始まると警護課の課長が顔を出し、近いうちに刑事研修を受けられるよう推薦すると由羽に声をかけてくれた。

刑事研修を翌日に控えたある日――。

由羽は大通りまで出て交通整理をしつつ、スピード違反のバイクを停めて違反切符を切っていた。当直の日だったので、署で仮眠を取ったあと、夜の十時過ぎに交番に戻った。

千鳥足の男がなにやら交番の前で叫んでいる。最初、由羽は外国語だと思っていた。それほど支離滅裂で、意味不明な言葉を叫んでいたのだ。中からベテランの警察官たちもやってきて「目がやばいぞ」「薬物検査するか」という話になっている。

由羽は書類の入った荷物を置きに、男の横を通り過ぎようとした。

目が合った。

昼間、由羽が違反切符を切った男だった。

殺気を感じた由羽は帯革のけん銃に手をかけた。当時、交番警察官の主流だったニューナンブを取り出す。同時に男が懐から出したのは、サバイバルナイフだった。

場が騒然となる。由羽以外に三人いた警察官は、みな警棒を構えた。箱内のデスクに座っていた警察官二人のうち、ひとりはさす股を、ひとりは大盾を持ち出した。

こういうときは五人の警察官が総がかりで犯人を囲む。咄嗟にけん銃を構えた由羽は大盾の背後に下がって援護に回るべきだった。だが、由羽は前に出た。

この男が由羽に復讐するためにやってきたことは、一目瞭然だったからだ。

男がサバイバルナイフを振り上げ、由羽に立ち向かってきた。

由羽は引き金を引いた。

右肩を狙ったつもりだった。だが、本当は心臓を狙いたかった。

結果、ニューナンブに装塡された38スペシャル弾は、男の心臓を貫いた。

男は即死だった。

固唾を呑んで話を聞いていた那奈が、フォローする。

「でも、ナイフを持った人が突然襲いかかってきたら、怖くて撃っちゃうよ」

怖くても撃たない。撃ったとしても、殺さない。これが日本警察の常識だ。由羽は、自分を気遣ってくれる那奈の頭を撫でた。

「ありがとう、優しいね」

その後の由羽が最も辛かったのは、監察官聴取でも、親族への謝罪でもない。

昂輝の母親に、彼が死亡したその日まで使っていた部屋に入らされたことだった。

六畳のクッションフロアの狭い部屋は、生活感に溢れていた。由羽が射殺する数時間前まで昂輝はこの部屋で日常生活を送っていたのだ。ベッドのシーツの皺、頭の形にへこんだ枕、無造作に脱ぎ捨てられたトレーナー、積み上がった車の雑誌、タコ足配線から延びるスマホの充電器……。

その部屋には、由羽が射殺した人の生の気配が、まだ残っていた。部屋のいたるところにある昂輝の私物は「生きて」いて、主が帰ってきて再び使用されるのを待っている。一発の銃弾で奪った命が、とてつもない重量を持って、由羽の心にのしかかってきた。

「だからね、那奈ちゃん」

途中から殆どひとりごとのようだった。那奈には理解できない言葉をたくさん使ってしまったような気がするが、那奈は理解している様子だ。目に涙が溜まっていた。

「あなたは怒らなくちゃだめ」

由羽はあえて、厳しい言葉で言った。人を殺すということがどういうことなのか、わかってほしかった。

「ゾンビハンターなんて言葉、使っちゃだめ」

「………」

「あなたのママやじいじとばあばは、なにかがあって、一時的におかしくなっちゃっただけで、普通の人だった。ただ治療が必要な人たちというだけであって、殺していいはずがないの」

とても悲しい事実を再確認させることになるが、由羽は言う。

「那奈ちゃんにはいま、誰もいないのよ。人を襲ってしまった人たちをきちんと保護して治療していたら、ママやじいじやばあやいとこは、いま、元気に生きていたかもしれない。大好きだった家族がどんな姿になったとしても、ゾンビなんて言っちゃだめなんだよ」

那奈の瞳の形が、歪む。唇をぎゅっと噛みしめ、涙をこらえているのがわかる。

「那奈ちゃんがいちばん怒らなきゃいけないの。那奈ちゃんの家族を、けん銃で殺していった男を」

那奈が声を上げて泣く。由羽は肩を抱いて慰めようとした。だが、那奈は由羽の腕を振り払い、突き飛ばした。那奈は激怒していた。

「もうほっといて。私のところに来ないで！」


病室での騒ぎを聞きつけ、医師や看護師がバタバタとやってきた。由羽は病室から追い出される。

病室の前に、紙袋を提げた上月が立っていた。

「……なにしてんの」

「そっちこそ。なにがあった？」

由羽は答えられない。なにが那奈を怒らせたのか。上月が紙袋を少し持ち上げた。

「那奈ちゃんに差し入れを。暇だろうし、しばらくは学校に行けないだろう」

少女向けのソーイングセットが入っていた。

「ちょっと待ってろ。渡してくるから。飯でも行こう」

上月が力なく微笑みかけてきた。なぜこのタイミングで上月がここにいるのだろう。

あのときも——十年前もそうだった。卒配先で射殺事件を起こし、ＳＰになれなくなった由羽は、行き場を失った。欲しいと手を挙げたのは、当時、捜査一課ＳＩＴ特殊犯捜査係の班長だった上月だ。射撃の腕がいいならと由羽を受け入れてくれたのだ。

俺が育て直す、と。

由羽は上月を官舎に持ち帰った。上月は今日、由羽をいつくしむことに徹している様子だった。九年前だったか、上月と初めてセックスをした日のことを思い出した。あの日も由羽は泣いていた。撃てない、私にはもう無理、警官を辞める、と酒の席で散々泣いて、気がつけば上月の官舎に連れてこられ、いましているようなことになったのだ。以降、当時からふくよかだった由羽の体に、上月は夢中になった。Ｅカップ近い胸の谷間に顔を埋(うず)めるたびに、「肉まんみたいにふかふかだ」とバカみたいに喜んでいた。

「成長してないよね、私たち」

コンドームを外す上月の背中を見ながら、由羽は気だるく声をかける。

「成長？　退化してるんじゃないか」

結婚がうまくいかず、昔の恋人の部屋で腰を振っている上月は、五歳になる娘に対して罪悪感があるようだった。上月がどさりと由羽の隣に寝転がった。

「まだ撃てないのか」

「あったり前じゃん」

「あたり前のことか？」

「どうして撃てないのか、わからないんだよ。どうやったらまた撃てるようになるのかだって、わかるわけない。そもそも、なんであんなに撃てたのかすらわかんないのに」

卒配先でミソをつけた由羽は、ＳＩＴ捜査員として、訓練に明け暮れる日々を送った。大園昴輝の一周忌が過ぎたあと、由羽はニューナンブを一年ぶりに手に持った。初めて触るような、摩訶(まか)不思議な感触だった。型が変わったのかと思ったが、由羽が使用していたものと同じだった。

構え、撃ったが、大きく的を外れた。翌週から、上月はつきっきりで指導した。上月が後ろに立って両手を添えてくれれば、的にあたる。だが、ひとたび上月が離れれば、引き金を引く直前に大きくフォームが乱れてしまい、弾が逸(そ)れる。

精神的なものが影響しているのは明らかだ。上月は由羽のこの状態を「イップス」と呼んだ。スポーツ選手が心因的なことが原因で本来のパフォーマンスを発揮できなくなることをいう。最初の三か月は熱心に指導してくれた。恋人関係になったのはこのころだった。一年経ち、恋人関係が倦怠(けんたい)期を迎えるころ、上月の指導もぞんざいになっていき、「お前、ふざけてるのか！」と帰ってしまうこともあった。

二年後、由羽は自らＳＩＴを出て、所轄署のただの刑事となった。

由羽は枕に埋もれる。

「――私、そんなにまずいこと言ったかな」

上月が頭の下に手をやり、天井を見てぼそっと言う。

「ゾンビってのは、便利な言葉だ」

ゾンビという言葉を使った途端に、全てがファンタジーだ、と上月が言い直す。

「お前は捜査本部で笑いものにされただろう。だが、被害者にとっては笑い種(ぐさ)にはならない。ゾンビで救われるんだよ、きっと」

「……那奈ちゃんにとっては、ということ？」

「そう。彼女は愛する家族だけでなく、頼れる親類も全て亡くした。身内同士が食い合う血みどろの現場を目撃した。こんな過酷な光景を、たったの十歳で目のあたりにした。だが、ゾンビって言葉を使った途端に、残虐性が和らぐ」

彼女は、身内が食い合う残虐な現場で取り残されたかわいそうな少女ではなく、ゾンビワールドで、ゾンビハンターによって救出された、サバイバーとなる。

那奈は自分のことをそういう存在に昇華することで、心を守っていたのだ。

由羽は、額に手をやる。

「私。最低なことを言った」

「刑事の目線としては正しい。だが、被害者少女の前では、ゾンビ化の謎を解き明かす刑事という役を演じろ。ゾンビハンターを探し出すのは、いつか起こるかもしれないゾンビ黙示録に備えて、とかさ」

由羽はくすくすと笑ってしまった。

「ゾンビ黙示録。なにそれ」

「ゾンビ映画の定番だよ。パンデミックか、黙示録」

ゾンビが増えていくパニック状況を描いたものが、ゾンビパンデミックということか。黙示録とは大災害とか終末を意味する。ゾンビが蔓延し、文明が崩壊した世界のことをいう。

「ちなみに、ゾンビにも種類があってな。ロメロゾンビと、ブードゥーゾンビがいるらしい」

「上月さん、ホラーとかスプラッター映画、好きだったたっけ?」

「部下にひとりいるんだよ、マニアが。そいつが話してたんだ」

ロメロゾンビというのは、ゾンビなるモンスターを誕生させた映画監督の巨匠、ジョージ・A・ロメロのことだろう。現在の主流である、人を食うゾンビのことだ。ゾンビに咬まれるとゾンビになってしまい、頭を破壊しないと死なない——この基礎は、ロメロが作ったと言われている。

「もうひとつのブードゥーゾンビは実在する。ブードゥー教の呪術の一種で、ゾンビパウダーなるものを振りかけられると、意思や記憶を失って、奴隷労働をさせられるらしい」

刑事罰の一種のような形で使われていたと上月は説明する。

ゾンビパウダーという言葉で、由羽はがばっと起き上がる。

「それって、なんでできてるの？」

「ブードゥー教の秘儀だからはっきりとした成分はわかっていないらしいが、チョウセンアサガオだという説が有力らしいぞ」

由羽は那奈の証言を思い出す。ずっと引っかかっていることがあった。

「突然人を襲い始めた母親と祖父、いとこの三人は、人格が豹変(ひょうへん)する直前に嘔吐しているのよ。食べたものに、人を錯乱させるなんらかの作用があったのかな」

「出された料理にゾンビパウダーでも振りかかっていたというのか？」

上月は鼻で笑った。

「確かにブードゥーゾンビは実在するし、ゾンビパウダーなる薬物も存在する。だが、記憶を失わせ、意思を奪う作用しかない。人を襲って食うことはない」

「だけどさ、これだけ危険ドラッグだなんだが蔓延している世の中だよ。なにか新種のやばい薬物があって、それとチョウセンアサガオの成分が混ざったとか……」

言いながら、由羽は腹の底が熱くなっていく。スクラップブックが並ぶ棚を見た。

『お台場スペインバル惨殺事件』の隣に、『浦賀水道事件』のファイルが並ぶ。

長らく手をつけられずにいた薬物密輸事件を思い出す。来栖光の顔が脳裏に蘇った。違法薬物を密輸入しようとしていた。味方のふりをしてこう言ってのけた。

〝あれだけは絶対に、蔓延させてはならない〟

由羽は思いきって、上月に言った。

「ねえ。今回の件と浦賀水道の件、繋がっているってことはない？」

上月は目を丸くしたが、そう言えば――と、肌着を腕に通しながら言う。

「バルの店長の岩添卓也。事件のあった当日、船で沖へ出ていたという話だ。レンタルボートを借りていたらしい」


翌日の昼、由羽は謙介と東京湾岸署の裏手にある、海沿いの駐車場で待ち合わせした。

「那奈ちゃんから聞いたよ。朝、病院に顔出したら……」

謙介が心配そうに尋ねてきた。由羽は首をすくめることしかできない。

「謙介から謝っといて。私が悪かったって。今日夕方にも行くつもりだけど……」

「那奈ちゃんからも同じこと言われた。謝っておいてって」

謙介が、那奈から預かった手紙を由羽に渡した。小学生の学習ノートのページが、ハート形になるように複雑に折りたたまれていた。生まれたころからスマホがある世代の女の子も、いまだに手紙をこんなふうに折るのかと微笑ましくなる。二匹のウサギが笑いながら涙を流し、ひっしと抱き合っている絵が丁寧に描いてあった。『また来てね』とある。

「やだ……那奈ちゃんたら」

由羽は目頭が熱くなった。早く解決してやらねばならない。

「さあ。今日の越境捜査、がんばろう」

お台場バルの事件当日の昼、店長の岩添はレンタルボートを借りて沖に出ていた。

「岩添は魚釣りに行くそぶりで沖へ出て、瀬取りでゾンビパウダーを手に入れた。それがなんらかの不手際で、子供の誕生日パーティの料理に混入してしまったのよ」

改めて説明したが、謙介はバカにしたように「ゾンビパウダー」と繰り返す。

「――のような、これまで日本で蔓延したことがない薬物よ。とりあえず、どこの海域を回ったのかは確認しないと」

由羽は午前中のうちに、関東近郊にあるマリーナに片っ端から電話をかけ、岩添にレンタルボートを貸したマリーナを探した。神奈川県藤沢市で釣り船を貸している、ニューポート湘南と判明した。岩添はここの常連だった。

湘南へ向かうため、由羽と謙介は捜査車両に乗ろうとした。

見慣れた東京西航路の青い景色が視界に入る。由羽は違和感を持って、南側の海を改めて見た。

謙介も気がついたようだ。

「ずいぶんでかい船が来ているね」

豪華客船だ。東京湾岸署の北隣にある東京国際クルーズターミナルに入港するのだろう。いまはまだずっと南側の、羽田空港沖にいる。進行方向を北へ変えたところか、船首の一部と右舷側が少し見える。

豪華客船が接岸すると、乗員乗船客が数千人単位で青海やお台場の観光地に押し寄せる。交通渋滞が突然始まり、横断歩道や歩道に人が溢れ返る。管轄する東京湾岸署は、常に東京国際クルーズターミナルの出入港情報を頭に入れている。由羽は捜査車両に入れた片足を抜いた。

「おかしいなぁ。今日、東京国際クルーズターミナルに接岸予定の船はなかったはずだけど」

由羽は捜査車両の中から双眼鏡を出し、南の海を見る。海に高層ビルが建っているかのように見えるほど、大きな豪華客船だった。舳先に特徴的な菊の文様が見えた。

「あれは、クイーン・マム号ね」

日本船籍では最大の、十四階建て豪華客船だ。

五千人の乗船客を受け入れ可能で、中には劇場やダンスホール、映画館の他に、高級寿司店まである。クイーン・マム号の『マム』は、菊を意味する。菊は皇室の紋章で使用されていることもあり、ナショナルフラッグにふさわしい船の名前だ。黒い船体に木目調のデッキはクラシカルな雰囲気で、細い船首は高い鼻のようだ。気品溢れる船だった。

由羽は北側に双眼鏡を向けた。東京国際クルーズターミナルの桟橋には、ワゴン車が何台も停車していた。紺色の作業着を着た人々が、大量の段ボール箱をワゴン車から降ろし、クイーン・マム号の接岸に備えている。

妙だ。

作業着ふうの紺色の制服姿の人々——あれはどう見ても、海上保安官だ。何人かは上下真っ白の合羽（かっぱ）を着て頭部までフードで覆っている。白い上下の背中には、水色の線が十字に入っていた。

「あれ——タイベックソフトウェアだよね」

謙介も気がついたようだ。感染症専用の防護服だ。六年前にエボラ出血熱がアフリカで猛威を振るっていたころ、羽田空港で感染疑いの患者が出たとの一報を受け、由羽は現場に駆り出されたことがあった。実際の移送は検疫所と保健所の職員がやったが、由羽は空港周辺の交通整理のため、あの白い防護服を着用して任務にあたったのだ。患者は陰性だったのだが、由羽はあの防護服を見ると、当時の緊張感と恐怖を思い出す。

由羽がいまいる青海地域の南側には、中央防波堤埋立地（ちゅうおうぼうはていうめたてち）がある。そのすぐ南の海は検疫錨地（びょうち）になっている。東京検疫所が海外からやってきた船を検疫するための海域だが、クイーン・マム号は明らかにその検疫錨地から右折してきたように見えた。基本、船の検疫は無線での口頭確認のみで、船側から感染症発生の申告があったときしか、船は検疫錨地に入らない。

「クイーン・マム号で、なにか感染症が発生したのかな」

謙介は助手席に乗り込みながら、「この時期にそれはさすがにやばいっしょ」と眉を上げる。

「東京オリンピック開幕まであと一か月とちょっとだよ。そんなときに感染症なんか入ってきたら、オリンピックどうなっちゃうの」

ニューポート湘南はヨットが並ぶ江の島のマリーナの、すぐ近くにあった。帆が風ではためく音や、マストのぶつかり合う金属音をBGMに、由羽はマリーナの従業員に事情を説明した。岩添がレンタルした船に案内してもらう。

全長五メートルの、小型の釣り船だった。従業員が操舵席に座り、GPS画面を操作する。

「五日前のなら、GPSで航路が残っていますよ」

由羽と謙介は狭いキャビンの中で、従業員がGPS機器で履歴検索するのを待った。窓の向こうを見る。相模湾が広がっていた。水平線のあたりを船が数隻、航行している。その中でも特に目立っているのが、白い船体に青いラインの入った大きな巡視船だった。海上保安庁の船だ。由羽はマリーナの従業員に尋ねる。

「海保の船、よく相模湾に現れるんですか?」

「海開きしているときはよく沖に停泊してますよ。東に行けば横浜海上保安部、西側の伊豆半島には、下田海上保安部がありますしね。あ、これだ」

タッチパネル方式のGPS画面から、六月十二日の履歴をタッチし、従業員が表示させる。

「出港が午前十時、レンタルは五時間で、帰港は午後三時ですね。まあ、沖に出て魚釣りして帰ってくるには充分というか、一般的な時間ですね」

船が辿った跡が地図上に残っていた。江の島沖の相模湾を南へ二十キロ進んだあと、その周辺数百メートルを何度も旋回している。

「沖で魚を求めてぐるぐる回って、やがて港に戻ったという感じですね」

謙介がGPS画面をスマホで撮影しながら、尋ねる。

「この界隈って、よく釣れるんですか？」

「正直、二十キロも沖に出なくても、一キロ沖で充分、相模湾で捕れるものは釣れますよ。なんでこんな沖まで出たのかな」

由羽は質問の角度を変える。

「最近、相模湾沖――例えば、岩添さんが辿った航路近海で、警察沙汰になるような事案とか、ありましたか？」

例えば、薬物の摘発、瀬取り――由羽は誘導尋問にならないように留意しながら、尋ねる。

「ちょっと聞いたことがないです。聞いた時点で、すぐ警察に届けますし」

「さっき、ちらっとおっしゃいましたね。なんで岩添さんは二十キロも沖に出たのか、って」

「二十キロ沖までなんて最高速度出しても一時間近くかかります。そんなに沖まで出ないで、手前で釣りしちゃえば、往復にかかる時間を釣りの時間に費やせますから。もったいないというか」

「釣りではない用事で沖に出た可能性がある？」

マリーナの従業員は困った顔をする。

「うちとしては、料金をお支払いいただいて、ボート等に傷や損傷のない状態で時間内に返していただければ、それ以上は、なんとも……」

ごめんなさいと由羽は笑って、マリーナ従業員の肩を気安く叩いた。あちらも刑事の捜査と聞いて緊張感があったはずだが、女性の由羽が馴れ馴れしくしたこともあってか、口角をゆるめた。

「ああ。そう言えばさっき、海保の船の話が出ましたが」

キャビンから出ようとした由羽は、はたと足を止める。

「警察沙汰というのとはだいぶ違いますけど。相模湾で海保が事故を起こしたんですよ。ダイバー仲間が衝撃を受けてました」

由羽は新聞記事で見た覚えがあった。

「潜水墜落事故、でしたっけ」

「そうです。海上保安庁の海猿で初の殉職者が出たとかで。潜水中に浮力調整に失敗して、海底に沈んだらしいですが」

謙介は変な顔をした。

「そういうとき、普通はバディが助けに行くんじゃないですか？　仲間の潜水士とか」

いやいや、とマリーナ従業員は手を振った。

「相模湾は深いんです。東京湾の比じゃないですから」

再び操舵席のGPS画面に向き直った従業員は、画面の表示を海底地形図に切り替えた。深度によって青色が濃くなっているので、立体的に見える。マリーナの従業員が指さした。

「ここ、色が濃くて溝になっているのがわかるでしょう。いわゆる、相模湾の海溝です。ここで水深一キロはありますから」

一キロメートルも先にある海の底など、とても人が潜れる深さではない。

「沈んだら最後、海上保安庁の潜水士ですら助けに行けません。探しにも行けない」

「その潜水士は、じゃあ、いまだに……？」

「ええ。行方不明と聞きました。湘南のダイバーたちは仰天ですよ。海猿なんて言ったら、そこらのファンダイバーとは比べ物にならないくらい技術があるし、安全対策もしっかりしている。なんで素人みたいな潜水墜落事故を起こすのかと」

　由羽はＧＰＳの画面を見つめる。

「すいません、さっきのＧＰＳの履歴の画面、出してもらえませんか？　同じ縮尺で」

　潜水墜落事故が起こったとされる地点に指を置いたまま、由羽はマリーナの従業員に操作を頼んだ。岩添が釣りをしていた航路が表示される。

　謙介が、目を見張った。

「一致してる……」

　岩添は、潜水士が墜落した付近をぐるぐると回るように、航行していた。

　湘南のレストランで魚介料理でも堪能してから東京に戻ろうと思っていたのに、すぐに帰ることになった。捜査車両の中は、大騒ぎだった。

「とにかくやっぱり海保。海保なのよ」

「でも、来栖光の件と混同させていいのかな」

「そうだけどさ、捜査をバルの件を進めれば進めるほど、海保ばっかりじゃない。いっつもいっつも海保にぶつかるのよ！　あいつら絶対になにか隠蔽してる！」

「だとしてもだよ。来栖光の件は、相模湾じゃなくて浦賀水道だよ」

確かに、浦賀水道のある東京湾と相模湾は、三浦半島で隔てられている。東京湾に不審船を招き入れてなにかを密輸しようとしていた来栖と、相模湾で潜水事故を起こした潜水士と、その地点でなにかを手に入れて経営するバルで共食い事案が発生した岩添と——。

「繋げちゃだめ?」

「無理があるような、ないような……」

由羽のスマホが鳴った。上月だった。ほぼ同時に、謙介のスマホも鳴る。謙介の上司、組織犯罪対策部の課長かららしい。謙介は路肩に車を停めて、電話に出た。

「はい、天城です……。え?」

謙介は目玉が飛び出そうなほどに目を見開いて、フロントガラスを凝視する。

「ちょっと待ってください、なんの冗談っすか。どこからの圧力ですか!」

謙介は珍しく興奮した様子だ。由羽はなんとなく予想しながらも、上月からの電話に出た。いまどこかと訊かれる。

「湘南。岩添の事件当日の足取りを追っていたら、すごいことがわかった」

「そうか。残念だが、忘れろ」

由羽は目を閉じた。上月が淡々と言う。

「捜査本部は解散になった。バルの捜査は、親族同士がなんらかのトラブルで殺人に発展し、最終的に親族内の誰かがけん銃を発砲して全員死に絶えたということで、終わりだ」

由羽は深呼吸した。あえて沈黙する。

「——由羽?　聞いてるか」

「なんであんたが私に知らせてくるのよ」

「お前が上官の命令を無視するとわかっているからだ」

「あんたの命令だって無視する」

「天城きょうだいに捜査させるなと上から強く言われている。東京にすぐ戻ってこい。言うことを聞かなければ、監察をつけるぞ」

「上って誰よ。どこのどいつよ。名前と階級と所属を言って！」

上月は答えない。由羽の脳裏ではどうしても、『来栖光』に結びつけてしまう。十一人も死んだ不可解な事件を、めちゃくちゃな理由をこじつけて捜査本部を解散させてしまうほどの圧力――。政権が絡んでいる。そして、来栖光は内閣官房にいて、いま、政権と強く結びついている。

「上月さん。ひとつ訊く」

上月はため息を返事とした。

「あんた、なんのために警察官になったのよ。政府の犬になるため？」

言葉遣いをたしなめられるが、無視した。

「あんた、この結末を那奈ちゃんに言えるの⁉」

上月が沈黙した。

「たったひとり生き残って、ひとりぼっちになったあの子に……！」

電話は切れてしまった。

由羽は運転席を見る。謙介はスマホの画面を睨みつけていた。その手が震えている。

「由羽ちゃん。どうする」

「なにが？」

「なにが、って。捜査本部――」

「最初から私たちにそんなもの、必要だった？」

謙介はなぜか、大笑いした。


由羽は今日もひとりで、湾岸中央病院の受付を通った。エレベーターを降りて、那奈の病室に向かいながら、緊張が高まる。

昨日、由羽は那奈を傷つけてしまった。なんと言って謝ろう。かわいい手紙を貰ったので、那奈が怒っていないことはわかっていたが、今度は捜査本部が解散となってしまったのだ。

声をかけて病室に入る。那奈は恥ずかしそうな笑みを浮かべ、由羽を迎えた。

「昨日は――」

「いいって」

那奈はその四文字で、片づけてしまった。子供は立ち直りが早いし、引きずらない。由羽もとりあえず、調子を合わせる。「さて、今日の夕飯はなにかな」と由羽は鼻歌を歌いながら、丸椅子を引っ張った。那奈が遠慮がちに尋ねる。

「もう、いそがしくないんだね」

「え……？」

「捜査、終わったって聞いたから」

東京湾岸署の池田署長自ら、報告に来たらしかった。

「家族は戻ってこないけど、これからがんばるんだよ、って」

射殺した犯人――那奈にとってのヒーロー、ゾンビハンターについては、言及しなかったようだ。

なんと説明すれば那奈を傷つけずに済むか、すぐには出てこない。由羽は話を逸らした。

「今日、お仕事で湘南の方に行ってきたんだ」

由羽はスマホを出し、湘南の海や江の島、海岸から見える美しい富士山（ふじさん）の画像などを見せた。那奈のために撮影してきたのだ。那奈は行ったことがあるようで、飛びついた。

「懐かしい。江の島だ」

「そういえば那奈ちゃんのお父さん、ボートの免許持ってたんだよね」

「うん。私がまだ赤ちゃんのころから、よく釣りに連れていってくれたよ」

海の画像を眺める那奈の目は懐かしそうでいて、悲しそうでもあった。「もっと見たい」とねだるので、由羽はスマホを渡した。那奈は慣れた手つきで画像を拡大したり、タップしたりして、前後の写真を何度も見返す。スマホ世代だからか、由羽が思っている以上にスマホの操作に慣れている。サムネイル表示になってしまった。捜査情報が入っているので由羽は慌ててスマホを取り戻そうとして
――。

「このお兄さん……」

那奈の指が、一枚の画像のサムネイルをタップしていた。

男の顔が、スマホの画面に大きく表示される。

由羽は息を吞む。

「どうしたの――知り合い？」

那奈は質問を質問で返した。

「逮捕したの？　だから捜査が終わったの？」

由羽は、心臓が早鐘を打ちすぎてひっくり返りそうになっていた。

「那奈ちゃん、この男のこと、知っているの？」

那奈が不思議そうに、こっくりと頷く。

「うん。この人だよ。ゾンビハンターのお兄さん」

それは、警察庁の照会画面で出た免許証写真を、スマホで撮影したものだった。

来栖光が、写っている。

3

翌日の昼、由羽は謙介を引き連れ、東京港湾合同庁舎のエレベーターを降りた。扉がまだ開ききっていない。由羽は肩をぶつけたが、勢いを止めなかった。つかつかと、東京海上保安部の廊下を突っきる。この保安部のトップである部長室に向かった。手前のカウンター席に座る海上保安官が、驚いた様子で立ち上がる。

「あの、どちら様で……」

由羽は謙介と共に、警察手帳を示した。

「警視庁東京湾岸署、天城」

ぞんざいに言う。謙介も名乗った。海上保安官は淡々と「アポは」と尋ねた。

「あんたら、海の警察でしょ。捜査で踏み込むときに、いちいちマルタイにアポ取るの？　逃げられるよ。アホだね。海上保安学校でなに習ってきたの」

存分に挑発する。なにごとかと出てきたのは、階級章にそれなりの金糸のラインが入ったベテラン風情（ふぜい）の海上保安官だ。『次長』と名札にある。

「飯塚部長に会わせて」

「アポは……」

「だから捜査だって言ってんでしょう。こっちは六人も殺されてんの!!」

由羽は自分が発した言葉に、改めて、興奮してしまう。

「来栖光が殺した!」

次長は無言で由羽を見返す。

「まずはここの部長の飯塚から話を聞く。飯塚が話さないなら、このままっすぐ捜査車両で内閣官房のゲートを突破して来栖光を逮捕するけど、いいの?」

「落ち着きなさい。内閣官房って……内閣府を警備しているのは、お宅の機動隊だろ」

次長がやけに冷めた声で言った。部長室の扉が開く。

「来栖は内閣官房にはいないよ」

飯塚部長だった。彼と対面するのは一週間ぶりだが——豊かだったロマンスグレーの髪は、今日、真っ白だった。由羽はそこで初めて、今日の東京海上保安部の様子がおかしいことに気がついた。まるで葬式のような空気だった。泣いている女性海上保安官もいる。男性がどこかに電話をしている声も聞こえてきた。

「巡視艇まつなみは二名の乗組員を失ったも同然です……どこかから応援要員を……」

海上保安庁で一体なにが起こっているのか。

由羽は同情を封印し、飯塚部長に向き直る。

「来栖光は、いまどこに?」

飯塚は扉を大きく開け、由羽たちを部長室へ通した。西側の大きな窓辺へ手招きし、双眼鏡を由羽に渡す。窓から右手を指さした。

「東京国際クルーズターミナルだ。見えるか?」

昨日は羽田沖にいたクイーン・マム号が、東京国際クルーズターミナルに入港していた。だが、桟橋に乗組員や乗船客の姿は見当たらない。

「来栖はあの船に乗っている」

飯塚部長が静かな目で、由羽を見下ろす。

「昨日、台場のバルの事件の捜査本部が解散になっただろう」

「よくご存じで」

「あたり前だ。我々、海上保安庁から警視庁に要請した」

「自ら認めるんですか、隠蔽――」

「隠蔽ではない。事案の全貌がある程度つかめないうちから、公表はできない。あんたら警察だってそうだろう。バルの案件で公表していない情報がたくさんあるはずだ」

十一人死んだことは公表しているが、食い殺されたことで五名が死亡したことは、センシティブすぎて公表していない。マスコミが大きく取り上げ、被害者の人権が脅かされるからだ。

「下手にわかっていることだけを小出しにしたら、噂、虚偽の情報、めちゃくちゃな推理が跋扈し、国民はパニックに陥る。東京オリンピックが目前に迫ったいま、そんな事態になったら――」

「来栖光が薬物を密輸しようとしていたことは、認めますか」

「その件は知らない」

「知らない?」

「本当に知らないんだ。だが、バルの件は知っている」

「――来栖が六人を射殺したと?」

飯塚は返事をしなかった。由羽は畳みかける。

「現在内閣官房にいる来栖光は、過去の経歴が謎に包まれています。我々警視庁にも、異動した途端に職員録から名前が消える人員がいます。警備部の特殊急襲部隊、ＳＡＴ(サット)です」

Special Assault Team の略で、ＳＡＴという。昨今はＳＡＴも組織の存在が公式に認められ、部隊の力を誇示するため訓練も公表されるようになったが、発足当初は分厚いベールに包まれていた。ＳＡＴの所属となった者は、表向きは退職したものとされ、送別会まで開かれていたという話だ。

「海保にも、ＳＡＴに似た組織がありますね」

特殊警備隊ＳＳＴ＝Special Security Team と呼ばれる。関西国際(かんさいこくさい)空港がある泉佐野市に、拠点を持つ。戦闘服のタクティカルスーツに身を包み、ＭＰ５サブマシンガンや89式自動小銃を抱え、影のように任務を遂行する特殊部隊だ。

刑事警察は事件が起こったとき、犯人を生きたまま逮捕することを目標とする。自殺されたら、それは負け試合扱いだ。犯人の人権も大切にする。

ＳＡＴは違う。殺害し、せん滅することを目的とする。同じ組織にあって最終目標が違うため、一部の警察官はＳＡＴを毛嫌いする。軍隊気取りで、もはや警察官ではないと断言する者もいる。

海上保安庁の中でＳＳＴの隊員がどう思われているのかは知らないが、海上保安庁は消防業務も担うため、警察官以上に、人命救助に使命感を燃やしている者が多い。海猿が表看板に掛かる組織で、犯人を容赦なく射殺し現場を制圧することを目標とするＳＳＴがどう思われているのか——なんとなく察しがつく。

「来栖光は過去五年もの間、職員録に名前がありませんでした。ＳＳＴの隊員だったのでは？」

飯塚は明言しないが、否定もしなかった。

「元ＳＳＴ隊員なら、ダブルタップで六人の人間を射殺し、場を制圧するのは簡単ですね」

あきらめたようなため息があった。飯塚は認めていると言っていいだろう。

「しかし、後始末があまりにお粗末です。警察に通報すらしない。顔を見られた少女には、迎えに来ると言っておいて結局は……」

「訓練された元ＳＳＴ隊員ですら混乱し、正しく対処できないような事案だったと理解してほしい。ましてや東京オリンピックまであと一か月だ。政府も混乱している」

生き残った少女をどう保護し表向きでもあの事件をどう片づけるのか、上が協議している間に、精肉業者が通報してしまい、なにも知らない警察が事件として取り扱ってしまった、ということか。

飯塚は、応接テーブルの上にたったひとつ置かれた袋を取った。タイベックソフトウェアだ。由羽に投げる。

「すぐに着替えろ。五分で現場に出る。下に車を待たせている」

突然だったが、由羽はなんとか受け止めた。

「私を待っていたんですか？」

「来ないはずはないと思っていた。昨日、捜査本部を解散させたんだからな。むしろ遅い。午前中はなにをしていた」

「上司と喧嘩を」

目撃証言が出たのだ。来栖光の逮捕令状請求書類を押しつけ合い、怒鳴り合いの喧嘩をしていた。捜査終了を覆せず、由羽と謙介は東京海上保安部に捨て身で殴り込みに来たのだ。

飯塚は由羽を面白そうに見る。ふっと力が抜けたように、笑った。

「嫌いじゃないよ。君のような前のめりの若者は。最近は大人しいのが多いから」

謙介が「俺の分は」と前に出る。

「感染の危険がある。警視庁の刑事からはまずひとりと、強く言われている」

感染……。

由羽はひと呼吸おき、尋ねる。

「なぜ、私だけ中に入れてくれるんですか。自分で言うのもなんですが、私は組織の論理には従いませんよ。海保や政府にとって、都合よくは動きません」

「お前を呼べと名指ししている人物がいるからだよ」

「誰です」

「来栖光だよ。この一週間、どれだけ君に会いたがっていたか」

相思相愛だな、と由羽は飯塚に肩を叩かれた。


心配からか感情的になっていた謙介を落ち着かせ、由羽はタイベックソフトウェアに着替えた。汚染を広げないための厳格な着脱ルールをすっかり忘れていたので、飯塚に教えてもらいながら着用する。

迎えの車に乗り、出発した。東京湾岸署の前を通り過ぎ、海に張り出した一本の橋へ向かって、左折する。東京国際クルーズターミナルへと続く一本道だ。普段は人の出入りが自由のはずが、今日は警察官が立っていた。車は直接、桟橋に通じるゲートへ向かった。

フロントガラスの目の前に、クイーン・マム号の船尾が見えた。すぐ後ろには、見慣れない巡視船がぴったりとついている。東京港の公共桟橋にいる船で最大のものは巡視艇まつなみだが、いま、目の前に停まっている船はその三倍近くはありそうだ。ヘリ甲板がついている。普段見れば圧巻の大きさなのだろうが、すぐ目の前に全長二百メートル、十四階建てのクイーン・マム号が停船していることともあり、目立たない。ぶこう、と青い字で名前が入っていた。

車はクイーン・マム号の真ん中あたりで停車した。

由羽は桟橋に降り立つ。改めて、クイーン・マム号を見上げる。

全貌を一眸に収められないほど高さがある。舷側には、QUEEN MUMという英語のロゴを挟むように、上品な菊の紋様がついている。

舷側に簡素な出入口があり、扉が開け放たれていた。手すりすらない簡素なアルミ製のタラップがかかっている。乗組員が出入りしたり荷物を入れたりする荷役口のようだ。乗船客が乗り降りするボーディングブリッジは、今日は桟橋の隅っこに追いやられている。

「せっかく接岸しても、乗船客は出られないんですね?」

由羽は助手席から降りた飯塚に問う。答えたのは、タイベックソフトウェアに身を包んだ男だ。目の前の荷役口から出てきた。

「感染を陸に広げる恐れがありますから。検疫が終わるまでは、誰ひとり、下りられません」

来栖光かと由羽は身構えたが、相手は顔つきも年齢も全く違う中年の男だった。

「海上保安庁本庁から派遣されてきました、増田幹夫です。汚染させる危険がありますので、名刺も渡せませんが」

飯塚が説明してくれた。

「彼の階級は一等海上保安監乙。海上保安庁では、上から四番目。警察で言うところの警視か警視正あたりかな」

なるほど、と由羽は頷いた。増田が言う。

「このたび、感染対策官として任命され、クイーン・マム号の対応の指揮を執っています」

「なぜ海保が？　感染症ですよね。普通は厚生労働省か、検疫所、保健所が取り仕切るのでは？」

「長い話です。まずは中へどうぞ」

飯塚の見送りを受けて、由羽は増田のあとに続いた。増田は背が由羽と同じくらいだった。男性の中では小柄だろう。僧帽筋に盛り上がりが見え、ずんぐりむっくりとした体形だ。

荷役口から入った船内は薄暗く、倉庫のようになっていた。船倉と呼ばれる区画だ。食材の入った段ボール箱や飲料が入ったケースが、パレットごとに積み上げられている。荷役用の業務エレベーターの中に入った。床に台車のタイヤの跡が無数に残っている。

増田は五階のボタンを押したきり、黙っている。

「あの……。来栖光は、五階にいるんですか？」

増田は不愉快そうに眉をひそめた。

「海上保安官のことを、容疑者のように呼ばないでいただきたい」

「先に断っておきますが、私の中では来栖光は殺人犯であり――」

増田が噴き出した。

「バカにしてます？」

「いやいや、あなたのことじゃなくて」

来栖光と口に出し、また増田は噴いた。

「改めてフルネームを口に出すと、あんな奴なのに、少女漫画に出てくるきらきらした男子高校生みたいな名前だな、と」

「……あんな奴？」

「彼は怖いですよ」

増田は真顔になった。

エレベーターが五階に到着した。リノリウムの床の通路を曲がり、ドアを開けた。

別世界が目の前に現れた。

モダンな唐草模様の入った壁紙と、淡いオレンジの照明で演出された空間だった。一歩踏み出すと、ふかふかの絨毯で靴が沈む。大理石でできたカウンターがすぐ脇にある。観音開きの巨大なガラスのドアが閉ざされていた。乗船口だろう。吹き抜けの螺旋階段が乗船口の目の前にある。木製の手すりはつやつやに輝き、金色に輝く欄干はゆるいウェーブをかたどる。大海原の波を思わせた。

三ツ星ホテルのロビーにでもやってきたようだ。

由羽は螺旋階段の真上を見上げた。クリスタルガラスが数百個はぶら下がっていそうな三段のシャンデリアが吊るされている。階段の脇にはかくれんぼでもできそうなほど大きな花瓶がある。大正ロマンふうの文様が入っていた。生けられた花は茶色く腐り始めている。

階段の前にはエレベーターが二基あった。エレベーターの外扉には、咲き乱れる菊の柄が彫金で描かれている。

「こちらです」

増田は吹き抜けの階段とエレベーターを通り過ぎ、可動式壁で仕切られた区画へ歩き出した。由羽は壁に貼られていたフロア案内図を見た。可動式壁の向こうは、普段はダイニングとして使用されているらしかった。

可動式壁に取りつけられた扉を開け、増田が由羽を中へ促した。

由羽は戸惑いで、目を細める。薄暗い通用口からいきなり豪華な空間に出たと思ったら、今度はどこかの警察署に瞬間移動したような気持ちになる。

捜査本部のような様相をした空間だった。コピー機やファクスが壁際にある。ずらっと並んだ長テーブルの上には、電話とパソコンのモニターが設置してあった。

幹部席の背後にはホワイトボードが三つ、折り重なるように置いてある。プロジェクターが白い壁に映像を投影している。

「ここが対策本部です」

中にいたのは二十人くらいで、みなタイベックソフトウェアを着ていた。どこの組織の人間なのか、わからない。

入口のすぐ脇には段ボール箱が並んでいる。新品のタイベックソフトウェアの他、コーヒーのサーバーやポット、紙コップなどが無造作に置かれていた。警視庁の機動隊も使うポリカーボネート製の透明の大盾やヘルメットも置いてあった。海上保安庁と白い文字が入っている。その下に、小さなアタッシェケースがずらっと並んでいる。ＳＡＫＵＲＡのケースだろう。警察官にも支給されるリボルバーは、由羽が撃てないうちに、ニューナンブからＳＡＫＵＲＡに切り替わっている。

由羽は室内にいる全員の顔をつぶさに確認した。

来栖光はいない。

「クイーン・マム号へようこそ」

白衣を着た男性に声をかけられた。人がよさそうな感じはするが、がたいがいい。童顔でもあり、年齢不詳の男だった。この物々しい空気の中で、浮いている。

「――と、乗船するとまず開口一番言われるのだそうですよ。残念です、私も引退したらこういった船に乗って旅に出たかったのに。まさか仕事で乗ることになるとは」

海上保安官だろうか。その割には、猫背で姿勢が悪い。肌はつやつやしているが、鬢(びん)に白いものが交じっている。

「警視庁、東京湾岸署の天城由羽さんですね。私は国立感染症研究所の村上悟です」

名刺を出したいんですが、と村上は困った顔をする。

「ここで物品の受け渡しは厳禁とされています。外に出た途端、タイベックソフトウェアと一緒に焼却炉行きです」

どうぞ、と隅の椅子を勧められる。ここまで案内した海上保安庁の増田感染症対策官はいなくなっていた。幹部席近くで、誰かと立ち話をしている。ちらちらと由羽の方を見てはくるので、遠巻きに動きを監視されているようだった。

「あの……来栖光は？」

「先に感染症の説明をあなたにしてから、と指示を受けています」

村上は由羽の横にしゃがみ込み、パソコンのデスクトップのファイルを開く。

「お台場のバルの件の捜査を担当してらしたんですよね。どこから話そうかなー」

「では、質問させてください。新種の感染症がこのクイーン・マム号で発生しているんですか？」

「ええ。その通り」

「では、バルで人を突然襲い始めた家族も、同じ感染症に？」

「そうです。天城さんは、狂犬病というのをご存じですか？」

いきなり村上が具体的な話を持ち出す。

「野犬などの野生生物に咬まれて感染するんでしたっけ。症状は……暴れる？」

「はい。人格が変わったように暴れ、人に危害を加えることもあります。致死率はほぼ百パーセント。感染し、一度発症したら、助かりません」

「クイーン・マム号やお台場バルで発生した感染症は、狂犬病なんですか？」

「その亜種かと思われますが、まだわかっていないことが多くて」

村上がポリポリとこめかみをかく。わざとらしい仕草だ。

「バルの捜査に国立感染症研究所が関わっていたなんて、初めて聞きました」

「いま初めて言いましたから」

「とてつもない箝口令が敷かれていたんですね」

「そりゃそうですよ。東京オリンピックまであと三十七日なのに、開催国で狂犬病の亜種が発生したなんてことになったら、中止か延期、血税数兆円がパアですからね」

バルの事件翌日には、科捜研から相談が来ていたというから、由羽はがっくり脱力する。無駄な捜査のために数日間、飛び回っていたことになる。村上は由羽の反応にお構いなしに、まくしたてる。

「科捜研から提出されたウイルスを見て我々はひっくり返りましたよ、QMで出たのと同じウイルスが出たんですから」

QMとは、クイーン・マム号の略だろう。由羽も略して尋ねる。

「QMは検疫の真っ最中で、乗員乗船客の下船を許していませんよね。なぜ、ウイルスがお台場のバルへ飛び火したんですか」

「恐らくは魚を食べたことが原因かと。バルの店長が当日、相模湾で深海魚を釣っていたことは知っていますか？」

「もちろん、知っていますが……」

ゾンビパウダーという突飛な言葉を使ったことを由羽は思い出し、恥ずかしくなる。新種の薬物などではなく、釣り上げた深海魚がウイルス汚染されていたのか。そう言えば那奈の父親も深海魚釣りが趣味だった。岩添とは釣り仲間だ。岩添も当然、深海魚釣りができただろう。

「ゲボウという魚だったらしいんですがね。高級魚なんですよ」

「ゲボウという深海魚が感染源なのですか?」

「厳密に言うと、このゲボウも感染してしまったと見る方がいいかと」

「つまり――相模湾の海底で、突如、狂犬病の亜種のウイルスが発生し、深海生物が汚染されている?」

「すでに調査は始まっていますが、汚染されている区域は限定的なようです。相模湾沖五キロ地点の深海生物であるグソクムシ類を調べたところ、ウイルスは検出されませんでした」

「すぐに国民に知らせるべきでは?」

「だから、東京オリンピック」

由羽は閉口した。

「深海魚釣りをする人は少ないです。ピンポイントで追跡調査をし、深海魚を食べないように海保が注意喚起を行うことで事態の収拾を図っていたのです」

「ピンポイントで海保が追跡調査をしていた?」

由羽は前のめりになる。

相模湾沖で深海魚釣りを行ったと思しき人を独自に追跡調査していたのなら、お台場のバルの店長、岩添はすぐに浮かび上がっただろう。注意を促すべくお台場のバルを訪れたが、時すでに遅し――感染は広がっていた、ということか。

「だとしても、早すぎる」

村上は由羽の思考についていけないようで、眉をひそめている。

「追跡調査していた海上保安官――恐らく、来栖光ですよね。バルに辿り着いて、感染が広がったのを見て、即座に射殺した」

だが、感染者は人を食い殺していたとはいえ、病人であり、モンスターではない。

「なぜ殺す必要があったんです？　速やかに隔離、保護し、治療をするのが先決では？」

村上は残念そうに否定する。

「治療法は見つかっていません。狂犬病ですら、治療法がないのに」

「治療の目途が立たないから殺すというんですか？」

「賛否両論あるところでしょうが、なにせ人を咬んで感染を広げる上、そのまま食い殺そうとしますからねぇ。私もどんな対処方法が正しいのか、正直わかりません」

まずは病気の話をさせてください、と村上は一枚の画像ファイルに、ポインターを置く。

「ご覚悟を」

村上が、画像ファイルをクリックした。黄色のウェットスーツと、傍らに置かれたヘルメットが写っていた。『海上保安庁』『特殊救難隊』と文字が入っている。海猿の最高峰と言われる潜水士の装備品だ。由羽は困惑し、村上に尋ねる。

「これのなにに覚悟が必要なんですか」

村上が画像を拡大したことで、由羽は気づいた。ヘルメットの中に、人間の頭部が残っている。ウェットスーツも萎んでいるように見えたのだが、よく見ると胸部、大腿部に膨らみがある。グローブやフィンもついているが、左手はない。装備品を展示した写真ではなく、頭部と左手が断絶した人の遺体だと、理解する。

「六月の初旬に相模湾で、特殊救難隊員が潜水墜落事故を起こして行方不明と聞きましたが」

由羽の問いに答えたのは、いつの間にか由羽の背後に立っていた、増田感染症対策官だ。

「警視庁の刑事さんはさすが情報が早い。おっしゃる通り、この遺体は特殊救難隊の岸本涼太隊員のものです」

村上がずばり、言う。

「彼が、ペイシェント・ゼロです」

感染第一号患者、ということだ。

「つまり、潜水墜落事故で相模湾海底に沈んでしまい、海底で深海魚と同じく、感染した？」

村上と増田が同時に肯定する。

「しかし、水深一キロ近い地点に沈んだんですよね。どうやって引き上げたんですか？」

「自ら浮上してきたんです」

由羽は、眉をひそめて首を横に振った。

「ありえない。水深一キロなら、水圧が……」

「おっしゃる通り。体が潰れる。人間ならボンベで呼吸ができたとしても、即死する」

村上が説明しながら、ウェットスーツを脱がせたペイシェント・ゼロの裸体画像を示した。水圧で骨折したのだろう、手足は明後日(あさって)の方向を向いている。だが、皮膚は水分を含んで、でっぷりとしていた。特殊救難隊員なら、もとは筋骨隆々だったはずだが、その見てくれからはあまりに遠い。

岸本隊員の遺体は銀色のトレーのような、解剖台にあった。どこかで解剖が始まっているようだ。

「彼はいま、どこに」

「国立感染症研究所の、村山(むらやま)庁舎です」

「ＢＳＬ‐４施設のあるところですね」

ＢＳＬはバイオセーフティレベルの略称で、村山庁舎はエボラ出血熱などのレベル４に該当する危険な感染症を扱うことができる施設だ。由羽はＳＩＴ特殊犯捜査係時代に、ＮＢＣ（核・生物・化学兵器）テロのうち生物兵器を使ったテロや立てこもり事案などの訓練で、訪れたことがある。

「以前、村山庁舎では、村山庁舎のＢＳＬ－４で突入訓練をしたことがあります」

驚いた増田に、あっさりと村上が答える。

「村山庁舎では、訓練のために建物を貸すことがあるんですか」

「ＢＳＬ－４施設といっても、殆ど稼働はしていません。地元自治体の賛成をなかなか得られなくて。だから暇だったんでしょう」

住民が反対している上、日本にこれまでエボラ出血熱などの死亡率が高い重篤な感染症が入ってこなかったせいもあるだろう。由羽は初めて国立感染症研究所を訪れたとき、そのあまりのさびれた空気に驚いた。建物は古く、廊下の電気は節電で半分以上消えていた。政府から予算を削られ、それに耐え忍んでいた時期だったのだ。

「現在、このＢＳＬ－４で感染者の解剖とウイルスの培養が行われているところです」

「地元の賛成は得られているんですか？　国民にこの感染症の存在すら知らせていないのに」

「あとから公表ということで、まあ所長は自治体から袋叩きにされるでしょうけど。東京オリンピック」

村上は『東京オリンピック』を全ての隠蔽の免罪符に使うつもりのようだ。

「このペイシェント・ゼロは水深一キロ地点から自ら浮上してきたとおっしゃいましたが、浮上できないから墜落したんですよね。どうやって浮上したんです？」

「もちろん、泳いで、でしょう。手で水をかき、足で水を蹴り」

「泳げたのなら、なぜ潜水墜落になる前に――」

「感染したから、再び泳げるようになったのかと」

様々な疑問点が浮かび上がってきたが、由羽は一旦、質問をやめた。村上の説明に沿って話を聞いた方が早そうだ。なにより、この村上という研究者は、警察や海上保安庁とは一切関係がなく、組織のしがらみを持っていないだろう。都合の悪い情報を出さないとか、こちらの情報を引き出そうとするような駆け引きはしなそうだ。

「まず、このウイルスの概要から説明した方が早いですね」

村上が別のファイルから画像を取り出した。ぎっしりと弾丸が詰まったような白黒画像が表示された。

「これが狂犬病ウイルスです。で、こっちが今回の新種のウイルスです」

弾丸のような形をしたウイルスが、やわらかそうな分厚い膜に包まれている。狂犬病ウイルスよりもひと回り大きい。

「新型狂犬病ウイルスとでも名づけておきますか。ヒトの神経組織と親和性が高く、感染部位から末梢神経を伝い、脊髄及び脳に到達して、増殖を開始します。その後、神経から唾液腺に入って、唾液中に移行します」

「咬傷(こうしょう)感染するのは、唾液にウイルスが含まれているからですか」

その通り、と村上が頷いた。

「ということは、血液は?」

村上がきっぱり否定する。

「血液感染はしません。飛沫(ひまつ)、空気感染もしないと思われています」

感染のメカニズムは狂犬病と同じらしいが、症状が全く違うらしい。

「意識障害、興奮、錯乱は同じなのですが、狂犬病患者は人肉を好んで食べようとはしません」

増田が村上に「あれを見せていい」と話した。村上は驚いているが、増田がさらりと言う。

「今日から、彼女も当事者だ」


村上が、動画のサムネイルをクリックした。

「これは、クイーン・マム号が六月八日に相模湾沖を航行中に、撮影されたものです」

撮影者は外国人だろうか、急いた調子でなにか叫んでいる。荷役口から外を撮影しているようで、相模湾の青々とした海面と、クイーン・マム号の黒い舷側、そこに打ちつける白波が映っていた。

増田が由羽に解説する。もう敬語ではなくなっていた。

「撮影者は、ＱＭ号のフィリピン人荷役係だ。船は停船中だった。海面に溺水者を発見したからだ」

ゴムボートに乗った二人の乗組員と、救命胴衣を着けたワイシャツにスラックス姿の白髪頭の男の姿が動画に映る。

「この男性は辻村栄一元海上保安庁長官です。ＱＭ号で旅をしていたのですが、岸本隊員の潜水墜落事故を気にしておられた。事故のあった現場を航行するにあたり、海面を眺めていて、岸本隊員を見つけたようです」

映像の中の辻村が救命浮環を投げた。岸本は浮環を避けてゴムボートへ泳ぎ着くと、突然辻村を襲撃し、その首に歯を立てた。

由羽は思わず、口元を押さえる……。

咬みついたのではない。岸本は辻村の僧帽筋を、食いちぎったのだ。ボートの上は血の海となった。

辻村は流出した自分の血で滑り、倒れた。岸本はなおも辻村に覆いかぶさり、今度は顔面に食らいつこうとする。乗組員が岸本を引き剥がそうとして、手を咬まれそうになる。辻村が乗組員をかばった。

「私は元海上保安官だ！　民間人は逃げろ！」

乗組員は海に飛び込んで、荷役口へ泳いで逃げた。仰向けに倒れた辻村は、大口を開けて食らいつこうとしてくる岸本の顎を突き上げ、足で強く蹴り上げた。四回目の蹴りが、岸本の顎の下にヒットした。アッパーが入った状態だ。これなら普通の人は失神する。

だが、岸本は首がヘルメットごと取れた。ボートの上に頭が落ちる。体もバタンと後ろに倒れた。

由羽には、なにがなんだかさっぱりわからなかった。

村上がマウスをクリックしながら、淡々と言う。

「体が腐っていて、関節から取れやすくなっていたんでしょう。六日間も海中をさまよっていましたからね」

「生きていたら、普通、首がこんなふうにもげることはないですよね。これはまるで死体です」

村上は口を真一文字にして、大きく頷く。

「つまり、岸本は潜水墜落事故でとうの昔に死んだのに、深海に蔓延しているウイルスによって息を吹き返した、ということですか？」

「理屈上それはありえませんから、死んでいなかったと見るべきかと」

「なぜ。水圧で体が潰れた状態で、酸素もなく、五日間もどうやって生き延びたんです？」

「どういう理屈で、死んだも同然の人が動くのか、そしてどうして人を襲って食べようとするのか、まだまだ研究はこれからです」

隣にしゃがんでいた村上が、疲れたように立ち上がる。由羽も、すでに疲れていた。

背後の増田が言う。

「諸々のことを隠蔽せざるをえなかった事情を、理解してほしい。わかっていないことが多すぎるし、専門家の意見もバラバラだ。こんな不安定な情報は国民に発信できない上、東京オリンピックを控えたいまはセンシティブな時期だ。実直に情報を公開すればするほど、素人の憶測ばかりが広がり、東京オリンピック開催が危ぶまれる」

「いま、辻村元長官は？　治療中ですか」

由羽の質問に、村上が伺(うかが)いを立てるような目で増田を見る。増田は大きく頷き返したが、立ち去るそぶりを見せる。

「終わったら呼んでくれ」

かつて最高位にあった人の変貌を見たくないようだ。


どこかの医務室の防犯カメラ映像を、由羽は見せられる。編集がしてあるようで、日付や時間経過がテロップで入っていた。村上が説明する。

「これは、この船の四階——ここのひとつ下のフロアにある医務室の映像です」

豪華客船には必ず医務室があり、船医と看護師が常駐している。咬まれた直後だろう、血まみれのワイシャツを着た辻村がやってきた。首を右手で強く押さえている。左腕は皮膚が抉れ、動かせずにいるが、自分の足で歩いている。岸本に襲撃されてから、五分後の映像だった。

三十分後の映像が出た。辻村は首から背にかけて包帯を巻いて、ベッドに横たわる。血まみれのワイシャツを取り換えてやっている女性がいた。

「彼女は、辻村元長官の妻の正美さんです。女性海上保安官だったそうで」

海上保安庁の鑑のような夫婦だったのだろう。正美はてきぱきと衣類を取り換えてやっている。辻村は顔色が悪いが、しっかりと会話している。

「このときバイタルは正常でした。異変が起きるのは、一時間後です」

辻村はベッドの上で微動だにしなくなった。船医が声をかけているが反応は薄く、顔色が真っ青だった。

「続いて、咬傷を負ってから二時間後の映像です。体温は三十五度ちょうど、血圧は上が九十、下が五十です」

「ずいぶん低いですね」

「まだまだこれから」

映像の中の辻村は殆どベッドから動かなくなった。反応もない。

「咬傷から四時間後です。体温は三十度、血圧は上が六十、下が三十です」

「それって……生きていると言える？」

「心拍は一分間に二十回。呼吸数はたったの十回です。正直、死の範囲ですが、呼吸も心拍も停止していませんから。死んでいるようでいて、生きているというか……」

辻村が咬傷を負ってから七時間後の映像に変わる。正美が辻村の手を握り、泣いている。呼びかけて胸元を揺するが、辻村から反応はない。心拍は一分回に十回、呼吸はたったの五回しかなかったようだ。体温は三十二度。顔色も目に見えて悪い。死人のような色だ。

「十二時間後に、発症しました」

映像の中、仰臥していた辻村が突然嘔吐した。体を弓状に反らせ、暴れ出す。正美が船医を呼んでいるが、腕をつかまれ、襲われる。正美はベッドの陰に隠れて姿が見えなくなった。駆けつけた船医と看護師が辻村を引き剝がす。正美はベッドの反対側から飛び出し、震えながら逃げまどう。辻村は船医ともみ合ううち、その腕に咬みついた。

「三号ペイシェントです」

村上が淡々と言った。映像の中の船医は腕を振り払い逃れる。看護師や、駆けつけたタイベックソフトウェア姿の男性三人によって、辻村は床に押さえつけられて腕を縛られた。口に嵌められた拘束具や、後ろ手に辻村を拘束したベルトは、精神科病棟などで使用されているものだ。

「この防護服姿の人たちは?」

「東京検疫所の方です。狂犬病のような症状が出ていると言う船医の報告を受けて、六月九日に乗船、結局、うち二人が四号、五号ペイシェントとなりました」

「咬まれたの?」

「ええ。三号ペイシェントである船医の発症がとても早かったんです。十分でした」

村上が映像を切り替える。先ほどの東京検疫所の職員が、船医の腕に綿棒を滑らせ、傷口に付着した唾液を採取しているところだった。船医はうなだれていたが、突然嘔吐し、弓状に体を反らせて暴れ出した。すぐに逃げ出しそうとした検疫所の職員だが、背中に咬みつかれた。タイベックソフトウエアが破れ、血が垂れる。

「感染から発症まで、平均して何分ですか?」

「開きがありすぎて、平均値はあまり意味がありません。最短で十秒、最長で十二時間です」

最短で十秒という早さに由羽は言葉を失う。

「発症していない人は?」

「いません。発症率は百パーセントです」

由羽は咳払いを挟む。心を落ち着けようと努力しながら、確認する。

「いずれにせよ、嘔吐とこの弓状に体を反らすのが、合図ですね」

お台場のバルでも、人を襲った人たちはまず嘔吐していたと那奈が証言していた。

「感染者は、他のものは口にしないの？　水とかパンとか。豚肉とか」

「ヒトの肉だけです。発症直前に嘔吐するのは、そのせいでしょうね。体がヒトの肉しか受けつけないから、胃にすでに入っている異物を吐き出すんです」

「なぜヒトの肉しか受けつけないの？」

村上は、冗談とも本気ともつかない顔で、言った。

「さあ。地球上で最も栄養が豊富なのが人肉ですし、同種である以上、必要とする栄養素が全く同じですからね」

生物学上、ヒトがヒトの肉を食って栄養を摂るのは、非常に効率的で合理的なことらしい。

あくまで生物学上の話――と村上は断り、言う。

「ヒトが本当に飢餓状態になったとき欲するのは、米でもステーキでも伊勢海老でもありません。人肉ですから」

由羽は吐きそうになった。

「それは飢餓状態が進行したときよね。飢えてどうしようもなくなったとき、初めて、亡くなった人の肉を食べる。食べるために直接生きた人に咬みつくような行為は、タブーでしょう」

「感染者に倫理やタブーを押しつけるのはどうかと。なにせ意識欠陥障害のような症状をもろに出していますから」

感染者は唸るように喉を鳴らす。目の焦点は合わず、うつろだ。言語をしゃべることもなく、呼びかけに応じることもないという。

「重ねて言えば、必要以上に飢餓感が強いのかもしれません。最初、天城さんが口にした質問の答えになるかと」

ペイシェント・ゼロ――海底に沈んでいた特殊救難隊の岸本が、なぜ五日も経ってから海面に上がってきたのか、という質問だ。

「恐ろしく飢えていたからでしょうね。なにせ彼らは、人肉しか食べたくない。ですが深海には魚や貝しかいない。飢えて飢えてどうしようもなく、死に物狂いで海面に上がってきたと見られます。こういった行動から、食欲旺盛――というと、健康優良児みたいに聞こえちゃいますが」

ようは摂食障害か。食べても食べても、感染者は飢餓感から逃れられないらしい。

「食べたものは、どうなるの?」

「消化活動が行われているか、ということですか?」

「ええ。排泄(はいせつ)は」

「観察を始めて一週間ですが、排便排尿、一切ありません。便秘かな」

冗談だったようで、村上はヘラヘラと笑った。由羽は全く笑えない。

「排泄などせず、なにもかも栄養として取り入れているんでしょう」

「通常、動物は食べたものだけを排泄するわけではないですよね」

「よくご存じですね。おっしゃる通り、排泄物には血液や細胞の死骸なども含まれています」

「それらは排出しなくていいんですか?」

「そもそも、発症者はほぼ仮死状態にあります。新陳代謝は行われていませんから、死んだ細胞の排出も必要ない。だからか感染者はすんごい腐敗臭がします。風呂に入っていないからという問題でもなさそうで」

　由羽は頷いた。だいたいのことはわかってきたが――。

　深いため息が漏れた。

　殺人事件の捜査をしていたのに、突然ジェットコースターに乗せられ、異世界に飛ばされた気分だった。村上は察したようだ。

「コーヒーブレイクにしますか。疲れるでしょう。すごい情報量ですし、見たことも聞いたこともないような事実ばっかり。私もここに来て一週間ですが、正直、まだまだ混乱の真っただ中です」

　しかもタイムリミットがある。

「東京オリンピック開幕までに、この問題を収束させないといけません」


　由羽は感染症対策本部を出た。五階のロビーにある自動販売機で、水を買う。香りが強いものを体が受けつけられる状態ではなかった。吹き抜けの階段にひとり腰かけて、水を一気飲みする。出たのは、ため息だった。

　村上が由羽を探しに対策本部から出てきた。紙コップに入れたコーヒーを二つ持って、隣に座る。

　由羽は気が進まなかったが、コーヒーを受け取った。村上は座ると、ずいぶん太っていることがわかった。腹がでっぷりと前に出て、横幅もあって階段を占領する。

「いま、感染者は何人になったんですか。五号まで聞きましたけど」

「八名です」

　まだいるのか。

「うち、二名が死亡しています」

「ひとりはペイシェント・ゼロね。首がもげた。もうひとりは？」

「巡視船いず乗組員の海上保安官です。田島さんというお名前だったか」

巡視船いずは、横浜海上保安部所属の船だという。相模湾から東京湾に入るまで、クイーン・マム号の対応にあたっていたらしい。

通常なら感染症が海上の船内で発生した場合、対処するのは検疫所か厚生労働省だが、前面に出て対応しているのは海上保安庁だった。感染者が人を攻撃してくるので、移送も治療もままならないからだろう。これが陸なら、警察が対応することになる。

クイーン・マム号が最終寄港地である東京国際クルーズターミナルに近づくにつれて、今度は東京海上保安部も対応にあたることになった。巡視艇まつなみが出動したのは予想がつく。そここに来る前、「まつなみは乗組員を二人失った」と東京海上保安部で聞きかじったばかりだ。そしてもうずっと前から、巡視艇まつなみの乗組員である矢本と、連絡がつかない。由羽は詳細を尋ねた。村上が頷く。

「東京港の検疫錨地に入ってから、感染者を移送しようと乗り込んだ巡視艇まつなみの乗組員も二名、感染しています」

由羽は唇を噛みしめる。亡くなったわけではないとはいえ、矢本も感染してしまったのか……。

「ペイシェント・ゼロの岸本隊員は首がもげて亡くなった。もうひとりはどのような経緯で亡くなったのですか」

村上は困ったように口をとがらせ、ひとりごとのように言う。

「狂犬病は発症後、インフルエンザのような初期症状が出ます。威嚇行動や全身の痙攣などに見舞われ、やがて全身の臓器障害を起こして、死にいたるんですがね……」

村上が視線を感染症対策本部の方へ飛ばした。もうひとりの致死理由を話すのに、増田の許可が必要らしかった。

「亡くなられた巡視船いずの田島さんは七分で発症しました。他の乗組員に咬みつこうとしたので、仲間の海上保安官が致命傷を与えないように発砲したんです」

手や足、肩に、十二発撃ち込んだらしいが、田島は襲撃をやめず、他の仲間を咬もうとする。弾が切れて追い詰められた乗組員が医務室にあったペーパーナイフで心臓を一突きしても、死ななかったらしい。

「頭が急所かしら」

村上は感嘆した顔になる。

「ほんと、よくご存じですね」

「バルの案件では、感染した六人全員が、海上保安官によって頭部を撃たれ死んでいます」

村上はゆっくり由羽から目を逸らした。目がまた増田を探している。

「結局、巡視船いずの田島さんは誰が殺したの？」

病死でないことは、村上の態度から明らかだ。

「来栖光？」

試しに言ってみた。村上がキラキラと目を光らせた。

「ゾンビマスターのことまでご存じでしたか」

ゾンビハンターの次は、ゾンビマスターか。由羽はうんざりした。村上が興奮気味に言う。

「いまの時点で、情け容赦なく仲間の頭に銃弾を撃ち込めるのは、来栖さんだけですから。正直、誰もやりたくないでしょう。仲間だし。民間人が相手のときもあります」

この村上もまた、来栖のことを英雄視しているようだ。那奈はまだ許せる。サバイバーだからだ。だが、村上がこの現場で来栖を礼賛するのは許せない。

由羽が咎めようとしたとき、増田が対策本部から出てきた。鋭い眼光でキョロキョロしている。由羽を見つけると、ため息をついた。由羽に勝手に動かれるのを恐れているようだ。

由羽は立ち上がり、増田に尋ねる。

「巡視船いずの田島さんの最期の映像、ありますか?」

増田は田島の話をされると思っていなかったのだろう、面食らった顔をしたが、即答する。

「あれは秘匿だ。見せられない」

「来栖さんは見せたいと思っているはずです」

由羽をこの件に巻き込みたい。だから船に呼び寄せたはずなのだ。

増田は神妙な顔をしたあと、懐からスマホを出した。由羽から離れ、ロビーの大理石のカウンターに手をついて、ぼそぼそ話す。会話を聞かれたくないらしい。やがて納得いかなそうな顔で、由羽の前に戻ってきた。

「こちらへ。そして、ご覚悟を」

この言葉、一連の案件が始まってから、何度聞いただろう。

増田がライブラリーと呼ばれるガラス張りの一角に由羽を案内した。対策本部の左前方にある。六畳ほどのスペースしかないが、天井まで届く本棚にはびっしりと古今東西の名著が揃っていた。増田はガラス張りの壁のスクリーンシールドを下ろし、由羽を五つのデスクのうちの真ん中の席に促す。増田はノートパソコンを由羽の目の前に置き、無言のまま、一本の動画を再生した。

海上保安官のヘルメットにつけた小型カメラの映像だろう。目の前に医務室のドアが、手前には、透明の大盾が映っていた。内側からだと『海上保安庁』という文字が反転して見える。床には青いビニールシートが敷いてあった。「構え！」というかけ声と同時に、一歩、大盾を持った隊員が前に進む。

「開けろ」

誰かの合図でドアが開かれた。医務室の狭い入口に、六人の感染者が猫背で立っていた。由羽はいちばん後ろの、足を引きずって動く海上保安官に目がいく。顔つきが変わり果てているが、背恰好でわかる。

矢本だ――。

飲み屋で健康的にビールを呷（あお）っていた姿、衣服を脱ぎ捨てたとき見せた艶（つや）のある筋肉質な体を思い出す。最後に会ったときは親切に職員録を見せてくれた。巡視艇まつなみの船長と「どれ食う」とカップラーメンを選んでいる背中が、健康な彼を見た最後だった。

映像の中で、医務室からわっと飛び出してきたのが、田島という海上保安官らしかった。由羽は田島の本来の姿を知らない。血まみれの顔面はすでに乾いて、灰色というより茶褐色に近い。銃弾やナイフで攻撃を受けたからか、第三種制服は破れ、ぼろをまとっているようだった。勢いよく飛び出してきたが、誰かに足を引っかけられ、つんのめって倒れた。大盾を構えた隊員たちが、一歩後ずさる。足を引っかけた人物が、画面の中にフレームインしてきた。

来栖光だ。

城南島の防犯カメラ映像では黒ずくめの恰好で映っていた。由羽のガサ入れで逃亡したときは、第三種制服姿だった。

映像の中の来栖は、下ろしたてのような真っ白のTシャツに、紺色の出動服らしきスラックスを穿いていた。半長靴の中に裾を入れ込んでいる。腰に巻いた帯革から、自動けん銃や警棒が下がっていた。防具もヘルメットも身に着けていないが、革のグローブをしている。

うつぶせに倒れた田島は、なかなか起き上がれない。すでに銃弾を足に受けているので、もともと立位歩行が難しかったのではないか。

来栖は半長靴の足で、田島を仰向けに転がした。七三分けの前髪が額にこぼれる。その下に見える瞳が、冷酷に光る。

あの目で――バルにいた一般市民を殺したのか。

由羽は、映像の日付を改めて確認する。バルの案件がある前日、六月十一日午後の映像だった。

田島が来栖に襲いかかろうとする。だが、簡単に足であしらわれてしまう。か弱いモンスターを、圧倒的な強者が弄んでいるようだった。来栖は田島の足首の関節を潰しにかかった。仰向けに倒れた人の足の甲を踏み潰せば、足首の関節は簡単に破壊される。かなり胸糞の悪い映像だったが、田島が痛がることは一切なく、来栖の足に咬みつこうとする。

「体への攻撃は無意味なようだ」

来栖が無線に言った。この場にいない誰かに報告をしているようだ。

「咬まれることで感染するのなら、咬めないようにすればいいってことだろう。顎か」

来栖は、両足首の関節が壊れて妙な歩き方になっている田島の正面に回り、両手で頭をつかむ。首をひねった。首の動きについていこうとする体が自然と回転し、田島は足をもつれさせて転んだ。来栖は田島をうつぶせにさせると、半長靴の足を田島のうなじに振り下ろし、踏み潰した。

ぐしゃっという音が、聞こえる。耳に届いたその音に、由羽は悪寒が走った。

映像の中の来栖が、田島の体を足で仰向けにする。田島は下顎が潰れ、赤黒い血を流していた。田島本人が全く痛がっていないのでまだ見ていられるが……。

「つかみ技と踏み蹴りの組み合わせで下顎の破壊は簡単にできる」

来栖は無線に言い、しゃがみ込む。グローブの指先で、田島の口に手をかざす。下顎を破壊された田島は、来栖の指一本、咬むことはできない。

「上顎の奥歯が合計四本残っているのみ。あとは折れた。やはり痛がらないし、死にそうもない」

来栖は無線を帯革に戻すと、仰臥している田島の首に両手をかけた。首を絞め始める。窒息するかどうか、試しているのだろうか。田島はもがくようにもぞもぞと動くだけで、息苦しそうな顔ひとつしない。

三分後、来栖は指の位置を微妙に変え、再び、首を絞め始めた。

由羽は思わず、モニターへ身を乗り出す。来栖の親指の位置と曲げ具合から、それが『首絞め』ではなく『喉絞め』だとわかる。首絞めは殺害までに一分以上かかるが、喉絞めはもっと早い。頸動脈の流れをシャットダウンさせる絞め方で、手練(てだれ)の者にかかれば、十秒で人は死ぬ。

どうやったら感染者に致命傷を与えられるのか、試しているのだ。

来栖は喉絞めを一分ほどで終わりにすると「死なないな」とこぼれた前髪を撫でつけながら、つぶやく。

「最後に残ったのは、頭ですね」

誰かが言った。部下のひとりかもしれない。

「頭だな」

来栖は確信顔で言った。右手で帯革のけん銃に触れたが、取り出さなかった。いきなり田島の方に数歩踏み出すと、右太腿を高く上げ田島の顔を踏みつけた。何度も何度も、鉄板の入った頑強な半長靴の足で、田島の頭部を踏みつける。

こんなに残虐な映像を見せられると思っていなかった。

由羽の背中に冷たい汗が流れる。だが、目は逸らさなかった。

由羽はこのあと、来栖光という男と対峙(たいじ)せねばならないのだ。

来栖の五発目の踏み蹴りで、田島の頭蓋骨は潰れたようだ。骨の割れる音と脳が潰れる生々しい音がして、来栖の半長靴の靴底から眼球が飛び出す。

田島は完全に、動かなくなった。

「やっぱり頭だ、頭」

来栖は淡々と言って、半長靴の足を、雑巾のようなタオルで拭いた。白いTシャツに、飛び散った赤黒い血が点々と残っている。部下の声が問う。

「銃弾を撃ち込めばいいんでしょうか。潰さないとダメですか」

「わからない。誰かで試さないと」

試す——。

それで翌日、お台場のバルで確かめたということか。

頭に銃弾を撃ち込めば、感染者は死ぬ、と。

来栖は「風呂、わかしといてくれ」と部下に言うと、こぼれた前髪を撫でつけながら、立ち去る。

由羽は、来栖を目撃した女性が「ナチスの将校にいそうなタイプ」と表現した言葉を思い出した。

恐らく、その女性は、アーモン・ゲートを連想したのではないか。『プワシュフの虐殺者』とか『ルブリンの血に飢えた犬』というあだ名がついていた。五百人近い罪なきユダヤ人を恣(し)意的に殺害したと言われる。自宅のテラスから暇潰しのように、強制労働中のユダヤ人を殺していった。その場面は映画『シンドラーのリスト』でも使われていた。

誰かが由羽の肩を叩いた。由羽は思わず喉からひっと音を鳴らして、後ろを振り返る。

感染症対策官の増田が立っていた。

「こちらへ。来栖が待っています」

由羽は一旦、トイレに向かった。便器を前にした途端に、条件反射のように胃にせり上がってくるものがある。午前中に食べたものを全部、吐き出した。便器をつかむ手が震える。

来栖に会うのが、怖くて仕方がない。

彼はこの状況下で、犯罪行為すれすれの行動を取っている。あの浦賀水道の事案はどうなのか。来栖の容赦ない残虐性は、薬物から来ているのではないか。薬物でラリっているから、同じ組織の仲間の頭を足で踏み潰すようなことができるのだ。

東京オリンピックをなんとしてでも開催したい政府が、薬物でラリっている男に早急の幕引きを図らせようとしているようにも見える。

由羽は水を流し、便座に蓋をして、その上に座った。うなだれる。背中や脇から汗がしたたり落ちていく。タイベックソフトウェアは空気を通さないので、エアコンが効いた豪華客船内であっても、暑い。空気感染も飛沫感染もしないのなら、脱いでしまっていいような気がした。

由羽は胸元のマジックテープ部分を開こうとして、やめた。

まだこの狂犬病によく似た感染症は、わかっていないことが多すぎる。国立感染症研究所の村上は優秀そうだが、彼の話を鵜吞(うの)みにしていいのかもわからない。

感染したら、来栖に頭を潰される。

由羽は身震いし、脱ぐのをやめた。スマホを出す。

謙介から、状況を案じるメールが届いていた。『なにかあったらすぐ電話して、近くで待機している』という心強い内容に、少しは救われる。

人が入ってくる気配がした。

「奥様、ダイジョウブ？」

片言の日本語が聞こえてきた。クイーン・マム号のクルーだろう。乗組員は半分以上が外国人だ。

「ありがとう、マリア……なにからなにまで」

「いいの。奥様、大変。ご主人も大変。辛いね。大丈夫……」

嗚咽を漏らすような声が聞こえてきた。由羽はそうっと扉を開けた。鏡の前で、臙脂のビロードのドレスを着た女性が、肩を震わせている。花模様のレースのスカーフを肩に巻いていた。ダンスパーティに行くような服装だ。乗船客は検疫中で客室から出ないように指示されているはずだ。なぜあんな恰好をしているのだろう。

「マリア、やはり踊るような気分じゃないわ」

「でも運動不足ね、体も冷めていくヨ。気晴らし、必要」

「夫があんな状態なのに――」

「ご主人も嬉しいよ。奥さんが踊る姿、嬉しそうに見ていたよ。私、知ってるよ」

「ごめんなさい、取り乱してしまって」

トイレの入口から、増田の声がする。女性を気遣っているようだ。

「お気持ち、お察しします」

「夫がこんなことになるなんて――」

「辻村元長官は、海上保安官の鑑です。どんな状態であろうと、要救助者を、仲間を、全力で助けようとした。民間人も守り切った。正義仁愛を貫かれ、感染したのです」

あの初老の女性は、辻村の妻、正美のようだ。マリアという女性は東南アジア系だった。紺色の制服に白いエプロンをしている。

「奥さん、踊ろうよ。私も一緒に行くから。ね？　ダンスホールはお酒もあるよ。アルコール、体も心も、あったまる」

マリアに肩を抱かれ、正美はトイレから出て行った。

由羽もトイレを出る。増田が廊下で待ち構えていた。由羽は正美の背中を見送りながら、尋ねる。

「こんな状況下で、ダンスパーティなんかやっているんですか？」

「下船できなくなってもう一週間だ。情報を開示できない以上、いつまでも船室に乗船客を閉じ込めておくわけにはいかない。余計に騒ぎが広がる」

五千人の乗客を五つのグループに分け、一日一時間ずつ、アクティビティの時間を作っているらしかった。各々、シアターで映画を観たり、ダンスを楽しんだり、ジムで汗を流したりして気分転換をしているという。五つのグループに分けて一時間と決めたところで、一度に千人の人間が船内を動き回るということだ。由羽は不安になる。

「万が一感染が広がったら……」

「血液感染も飛沫感染も空気感染もしない。専門家がいいと言ったんだ。大丈夫だ」

さあ行こう、と増田が歩き出す。来栖のところへ向かうのだ。

「来栖光は、いまどこに？」

由羽が容疑者のように呼ぶことを、増田はもう咎めなかった。

「六階のアミューズメントカジノスペースだ」

日本船籍の船なので、外国船籍の豪華客船のようなカジノはないが、ポーカー台やスロットマシーンはあるらしい。チップを換金できないだけのようだ。SSTはいま、そのアミューズメントカジノを拠点にしていると増田が説明した。

やはり、海上保安庁の特殊部隊と言われるSST特殊警備隊が、対応にあたっているのだ。

「SSTは何個班、投入されているんです」

「いまのところ、二個班だ」

「大盾を持った人たちですか?」

「特殊部隊のSSTは大盾なんか振り回さないよ。あれは特別警備隊、通称特警隊の持ち物だ」

各管区に組織されている、警察で言うところの機動隊だという。そう言えば、見慣れない大きな船がクイーン・マム号の背後につけていた。

「巡視船ぶこうという船がいましたが」

「そう、特警船と呼ばれている。特別警備隊が乗っている船で、普段は横浜にいる」

特警隊が使う大盾やヘルメットは、五階の感染症対策本部に置いてあった。

「SSTは特別なんですね、別フロアのスペースを占領している」

「秘匿の部隊だ。人員や装備品を、同じ海上保安官にすら見せてはならないから」

由羽は増田と共に、六階への階段を上がる。スニーカーの足がやわらかく沈み込む。この先で待ち受ける来栖の姿を想像した。

ナチスの悪名高き将校アーモン・ゲートのような残虐非道な男が、カジノふうの空間で由羽を待っている。ポーカー台でトランプでもいじくっているか。ゆっくり、いたぶるように、由羽と会話をするに違いない。

由羽は深呼吸した。ここで引くわけにはいかない。あえて強く出た。

「増田さん。浦賀水道事件って、知ってます？」

「知らない。なんだそれは」

「違法薬物の取引があるとタレコミがあったんです。荷役予定のふ頭で船を待っていた男は、来栖光でした」

増田は驚いた様子で足を止める。知らなかったようだ。本当かそれ、と由羽を見る。

「本当です。私は二週間以上も前から、違法薬物密輸入の容疑で来栖光の行方を追っていました。しかし、いつも合同捜査本部を組んでくれる海上保安庁は一切協力してくれなかったし、警察上層部からも捜査圧力がかかって――」

まあなと増田は同意してみせながら、ゆっくりと階上へ向き直る。

「来栖は内閣官房に出向している身だ。隠蔽や捜査圧力なんか簡単だろ」

「海保ではどういった立ち位置の人なんです？　長らくＳＳＴにいたようですが」

「誰も知らないよ」

「え？」

「君の言う通り、長らくＳＳＴにいた男なんだろうよ。あの映像を見りゃ一目瞭然だ。特殊部隊なんか、素手で人を殺す技術だって磨いてんだろ」

増田はどこか突き放したように続ける。

「来栖は十年近く大阪基地――ＳＳＴの本拠地だ、そこにいたとかで、大阪を出た途端に内閣官房に出向した。来栖のことを知る海上保安官はごく一部ということだ」

ザッという雑音が耳に入る。増田が腰に取りつけた無線機が鳴った音だ。

「こちら増田、どうぞ」

〈こちら対策本部。ダンスホールで体調不良を訴える者が出た模様〉

増田の表情に緊張が走る。感染者かもしれない。


来栖のいる六階に立ち寄っている暇はない。由羽は増田と共に七階へ駆け上がった。

ダンスホールは、七階の船尾部分にあった。左右に二つの観音開きの扉があり、ドアストッパーで扉が全開になっている。乗船客が自由に出入りしていた。由羽は増田のあとに続き、左側の出入口から中に踏み込んだ。

ムーディな雰囲気が漂う、ブラウン調で統一された豪華な空間が現れた。

すぐ右手――二つの出入口に挟まれる位置にバーカウンターがあった。バーテンダーが心配そうな顔で、ホールの中央を見ている。

無垢材(むくざい)でできたつやつやのダンススペースは楕円形で、菊の文様が浮かび上がる。天井には豪華なシャンデリアが三つ並び、壁には中世の街並みを思わせるランプが取りつけられていた。ダンススペースの奥はショーステージのようだが、いまはビロードの緞帳(どんちょう)が垂れている。ダンススペースを囲むように、丸テーブルやソファセットが並ぶ。

ダンススペースの無垢材と靴底が鳴る独特の音が、喧騒(けんそう)と相まって響き渡る。千人規模の人を収容できそうなダンスホールは、ダンス用の衣装をまとった人々で混み合っていた。重大な感染症が出た船内とは思えないほど人々はきらびやかな姿をしている。

ダンスペースに人だかりができていた。「船医が来た！」「早く診てやって！」といろんな声が聞こえてくる。船医は感染して医者として働けないはずだが……。

増田は「海上保安庁です、道を空けてください！」と叫びながら、人混みをかき分けていく。由羽はその背中に問う。

「船医は感染したんじゃないんですか？」

「自衛隊の医務官が、ひとり応援に来ている」

増田が小声で答えた。乗船客に、自衛隊が対応に出るほどの感染症が発生していると知られたくないのだ。由羽は人だかりの方へ進みながら、乗船客たちの呑気な声を耳にした。

「あの医者、なんて仰々しい恰好をしているの。あれ、防護服じゃないの？」

「狂犬病の一種って言ってたわよね。空気感染はしないんじゃないの」

「吐いただけですってよ。食あたりか、飲みすぎただけじゃないの。人騒がせな」

体調不良者は嘔吐しているのか。由羽は心拍数が上がる。これで弓状反応が出たら……。

人だかりの前に出た。増田はそこでホールの客たちに向き直り、叫ぶ。

「すみませんが、念のため、みなさんは客室に戻っていただけますか」

途端に反発が起こった。

「二日ぶりに部屋の外に出られたというのに！」

「やっとアクティビティの順番が回って来たのに、また閉じ込める気か！」

「酔っ払いだろ。とっとと医務室に連れていって、そこを掃除して、踊らせてくれ！」

防護服姿の自衛隊の医務官がしゃがみ込み、手当てをしていた。パーサーらしいエプロンをした女性、支配人の札をつけたタキシード姿の男性が患者を取り囲んでいた。

ドレスの裾と、ハイヒールが脱げた片足が見えた。肌の色が真っ白だった。欧米人だろうかと思ったが、病人のような蒼白さを伴っている。

増田が目を見開き、自衛隊の医務官の肩越しに、患者の姿をのぞき込んだ。

「まさか、奥様……！」

由羽も駆け寄る。倒れているのは、トイレの洗面台で涙を拭っていた辻村元長官の妻、正美だった。

「奥様、大丈夫ですか。奥様！」

増田は呼びかけながら、「そんなに飲んだのか」とパーサーのマリアに尋ねる。

マリアは大きく首を横に振る。

「一滴も飲んでないよ！　体が寒いというから、ゆず茶を出したの。支配人が誘ってくれてね」

タキシード姿の支配人が、頷く。

「私がエスコートをして、ダンススペースに出た途端、嘔吐されて……」

正美は強く目を閉じ、苦しそうに細かい痙攣を続けている。口元が嘔吐物で汚れ、泡を吹いているように見えた。顔色とは裏腹に、爛れたように真っ赤になった口腔内に、由羽は目が釘づけになる。

正美の目が、見開かれた。瞳孔が異様に縮こまり、白目が目立つ。口元を歪ませ、歯を剝くような表情になった。真っ白だった顔に、首元から網目のような模様が広がっていくのが見えた。血管だろうか。黒く浮き出たように脈打つ。

次の瞬間、正美は、大きく体をのけ反らせた。弓状反応だ。ダンス用のビロードの衣装がズレて、肩紐がちぎれた。

右脇の下――乳房のすぐ脇に、くっきりと、人の歯型が残っていた。咬まれている。

由羽は叫んでいた。

「感染者よ、逃げて……！」

ダンスホールの乗船客たちに出入口を指し示した。出入口へ動き出したのは数人だ。殆どの者はきょとんとしている。この感染症の詳細を知らないからだ。由羽は重ねて叫ぶ。

「咬まれたら感染する、早く逃げて！」

いぶかしげな顔が浮かぶ中、ひとり、二人と、ダンスシューズの足が出入口の方に向く。

背後にいた高齢男性が、自衛隊の医務官を咎めた。

「おい、なんで拘束しているんだ！」

医務官は暴れる正美の腕を拘束具で縛ろうとしていた。

「それは人権侵害だ。これだから自衛隊はいやなんだ！」

自衛隊の医務官が躊躇した途端――。

弓状に体を反らせて歯を剝いていた正美が、ブリッジをしたような状態のまま、むっくと身を立てた。まるで体操選手のような身軽さだ。正美は目の前にいた自衛隊医務官につかみかかり、その首筋に咬みつこうとした。医務官は正美を突き飛ばして逃れた。正美はマリアにぶつかり、共に倒れた。

「奥さん……」

マリアの目が、恐怖に歪む。正美はマリアの頰に咬みついた。鮮血が溢れ出る。

悲鳴があちこちから上がった。やっと人々が逃げ始めたが、スマホで撮影し始める者もいる。由羽は喉を嗄らして叫ぶ。

「早く逃げて！　撮影している場合じゃない！」

自衛隊医務官がマリアから正美を引き剝がしている。増田は無線機に叫んだ。

「感染者、発生！　制圧部隊を呼べ。ダンスホールにはいま乗船客が千人近くいる！」

マリアが右頬に黒い穴を開けて痛がっている。顔が真っ青になっていった。胸元から網目状に黒いものが浮かび上がり、生きた人間の顔つきではなくなっていく。やがて嘔吐し、弓状に体を反らせた途端、すっくと起き上がる。腰を抜かしていた支配人に咬みついた。

自衛隊医務官は正美の制圧に手間取っている。支配人は抉られた首筋を押さえながら、床に倒れ込む。マリアは人だかりの方へよろけ、人の群れをクッションにして跳ね返る。悲鳴が上がり、人々が逃げまどう中、マリアは血で滑って転んだ女性の踵に咬みついた。きえぇ、という叫び声が響き渡る。踵を咬みつかれた女性をエスコートしていた男性がマリアの頭をこぶしで殴り、追っ払おうとする。だが、振り下ろした腕に咬みつかれてしまった。

正美が発症してから、三十秒も経っていない。

由羽がなにもできないうちに、あちこちで嘔吐の音や呻き声が聞こえ始めた。灰色の顔をした感染者が弓状に体をしならせた状態からぬっと起き上がり、周囲にいる人々へ襲いかかる。

警察官だ、止めなければ――。

支配人が感染者となり、獲物を探している。杖を突いた高齢女性に襲いかかろうとしている。由羽は支配人の腰にタックルした。共に倒れる。すぐに支配人の体から逃れようとしたが、支配人は由羽の太腿にまとわりつく。足で蹴ろうとしたら、スニーカーを奪われた。支配人は嘔吐物の残る口を大きく開き、歯を剝いて由羽の足先に咬みつこうとする。由羽の伸ばした手に、さっきの高齢女性のステッキがあたる。高齢女性は腰を抜かしていた。由羽はステッキをつかみ、支配人の顔に振り下ろした。相当な力を込めたつもりだ。支配人の額がパックリ割れ、赤黒い血が顔を汚す。支配人は痛がる様子も、悶絶する様子もない。

〝頭だ、頭〟

ついさっきライブラリーで見た映像の、来栖の声が脳裏に蘇る。

ステッキで目を潰し、そのまま押し込めばいいのではないか。

だがそれは、相手を殺すことを意味する。

感染者は、モンスターではない。病人だ。

治療法が見つかるのを待つ、善良な人たちなのだ。

由羽はできない。殺してしまったあとで襲ってくる後悔を知っている。

支配人から逃れようともがく。ポケットの中で、警察手帳が暴れる。由羽が殺した大園昂輝がそこにいる。その重さに耐えている警察人生に、さらなる贖罪(しょくざい)を背負い込めというのか。

「できない、できない……！」

由羽は無意識に喚いていた。顔の横に、誰かがばたりと倒れ込んできた。先ほどの、ステッキの高齢女性だ。しわくちゃの顔で猛獣のように歯を剝く。知らぬ間に、誰かに咬まれたようだ。

由羽を食べに来た。

真っ赤に爛れた口腔内を晒して、唾液をしたたらせる。嘔吐物で汚れた唇の端が切れるほどに口を開ける。由羽は左手の掌底で高齢女性の顎を突き上げた。化粧の香料とすえたにおいが同時に降りかかり、乱れた白髪が左手にかかる。右手ではステッキを握り、支配人の顔を突き続けている。

由羽の左目に、四つん這いになってこちらに迫ってくる女性の姿が入る。

正美だ。その背後からまだ来る。マリアだ。由羽ひとりに、無数の感染者が群がろうとしていた。

もう無理だ。食べられる。

助けての声すら出なかった。

由羽は覚悟を決め、目を閉じた。

パンパン、という破裂音がした。

銃声と焦げ臭いにおいにハッと我に返り、目を開けた。由羽の股の間で、支配人が目の下にあいた丸い穴から黒い血を流し、倒れている。由羽がひと呼吸する数秒の間に、パンパンという二回セットの破裂音が三回ずつ聞こえた。頬に鋭い風と熱を感じる。右横にいた高齢女性が動かなくなった。左側にいた正美は鼻が破裂し、後ろにひっくり返って動かなくなる。マリアは眼球が炸裂し、血みどろの顔で倒れる。

ダブルタップだ。狙撃した人物を視界に入れる暇もなく、由羽はタイベックソフトウェアの襟首をつかみ上げられ、引きずられた。

「まだ来るぞ。なぜ反撃しないんだ！」

グローブに包まれた手首と、タクティカルスーツの太腿が見えた。膝や脛、腕を保護する強化プラスチック製の防護パッドがぶつかり合い、硬質な音を鳴らす。反対側の手に、89式自動小銃を持っていた。帯革には自動けん銃をぶら下げている。背中に背負うようにして身に着けているのは、MP5サブマシンガンだ。

人相がわからない。鼻まですっぽりと覆うバラクラバという目出し帽に、透明のゴーグルをつけていた。防弾ヘルメットを目深にかぶるが、鋭く光る目が周囲をくまなく見渡している。防弾ベストには、『海上保安庁』の文字が見える。タクティカルスーツの腕には、八つの盾が円形に並ぶモチーフのワッペンがついていた。

SST――特殊警備隊だ。

「くそ、クラスターになっちまった！」

「クラスターってなに」

「集団感染だ！」

ＳＳＴ隊員は無線で方々に指示を飛ばす。

「こちらダイク。オペレーター二名は前進、残りは出入口を固めろ。感染者を絶対に外に出すな！」

ダイクと名乗ったその隊員は、由羽を引きずりながら後退する。自分で歩けると由羽は立ち上がり、腰にぶら下げた警棒に手をかけた。タイベックソフトウェアを着ているので、もたつく。そうこうしている間にも、感染したドレス姿の女性が両手を伸ばし、由羽に襲いかかってきた。

ダイクと名乗るＳＳＴ隊員が89式自動小銃を構える。

「やめて撃たないで！」

由羽は叫んだ。

「人なのよ、怪物じゃない！」

ダイクが銃口を下げる。グローブに包まれた大きな手で女性の頭頂部をつかみ、突き飛ばした。女性がそっくり返る。

出入口付近から大量の悲鳴が上がっていた。ダイクの無線機から、応援を求める声がする。

〈こちらバッテン。出入口付近で感染が広がっている。オペレーターを二名戻してくれ！〉

ダイクは「すぐ行く」と無線で応える。素性を明かさない組織だけあり、各々あだ名で呼び合っているようだ。特殊部隊の隊員をオペレーターと呼ぶのも、秘匿性ゆえか。ダイクは由羽に「勝手にしろ」と吐き捨て、出入口の方へ駆け出していった。

由羽はひとりがけ用のソファを横に倒し、背もたれをつかむ。椅子の脚を武器に、感染者から身を守り、出入口を目指す。由羽の目の前で、すでに四人の感染者が射殺された。さっきそっくり返った女性も含め、由羽が椅子を武器に突き飛ばした感染者は、七人、八人、九人……。

どんどん増えていく。一体どこからわき上がってくるのか。次々と感染者が両手を差し伸べてくる。指の関節を醜く曲げ、つかみかかろうとしてくる。これほどまでに猛烈な、複数の殺意に取り囲まれたのは、生まれて初めてだ。恐怖で震える膝に力を込めて、前進する。

ダンスホールは、シャンデリアの下に上流階級の人々が集う、きらびやかな空間ではなくなっていた。

血みどろの、惨劇のホールと化していた。

二つしかない狭い出入口に人が殺到している。「閉めろ」「開けろ」と正反対の指示が飛び交う。人が将棋倒しになっていた。そこにまた、逃げまどう人々が覆いかぶさる。誰が感染者で、誰が無傷なのか、区別がつかない。

バーカウンターの内側へも、次々と人が逃げ込んでいた。衣装が派手なので、カラフルな色のついた滝の流れを見ているようだ。だが、内側で誰かが発症したのか、次々と感染者が這い出てきた。

バーカウンターの周囲にガラスや割れた瓶が散乱する。瓶を武器に勇敢に戦う乗船客がいたが、バーカウンターの上から飛び込んできた感染者——五歳くらいの子供だ、その両手両足で頭部を固められ、頭頂部をかじられた。頭から血を噴き出し、後ろへバタンと倒れる。一分もしないうちに嘔吐物を口から垂らしながら、体を弓のようにしならせ、むっくり起き上がる。人を襲い始めた。

椅子を盾に自力で出入口に向かっていた由羽は、なにかにつまずいた。

女性の膝から下が落ちていた。破れたストッキングが、足首あたりで縮んでいた。その少し先に、引きずられていくもう一方の足が見える。膝の断絶部が真っ赤な肉片をぶら下げていた。その女性は五人の感染者にたかられていた。玉虫色のドレスが裂かれ、露(あら)わになった乳房に咬みついたのは、高齢の女性だ。乳首を咬みちぎり、白い脂肪が溢れる乳房をむしゃむしゃと咀嚼している。口の端に残った嘔吐物の隙間を縫うように、血が垂れていく。反対側にいた男性は、乳房があった場所に手を突っ込み、肺のようなものを引っ張り出していた。女性は全身が痙攣している。まだ生きていた。

取れた右足に、十歳くらいの少女が食らいつく。手で骨をつかみ、断絶部にぶら下がる肉を食らう。血管がピンと張り、やがてちぎれて血が噴き出す。少女のふわふわしたピンク色のドレスに残虐な真紅の水玉模様ができ上がっていく。

「花音(かのん)ちゃん、だめよ、なにしてるの!」

少女の周囲をうろつく女性がいた。母親らしい。いまにも感染少女に触れそうだ。由羽は母親の腕を引いて、外へ避難させようとした。

「放して、娘を置いていけない!」

母親は娘を連れ戻そうと引き返してしまう。

「逃げて、死にたいの!」

由羽は叫んだ。母親が血走った目で訴える。

「あの子を置いていくくらいなら、死んだ方がまし!」

SST隊員が近づいてきた。ダイクだ。錯乱する母親の腕をつかみ、外へ放り出した。

「花音ちゃん、花音ちゃーん!」

母親の金切り声をかき消す凄まじい音がした。ガラスや物が大量に割れた音だ。

バーカウンターにSSTの隊員が次々と上る。ホールにいる人々に向かって銃口を構えた。

「撃て!」

ダイクが命令を出した。バーカウンターに上がった隊員たちが手に持つのは、89式自動小銃よりも更に殺傷能力が強い、MP5サブマシンガンだ。連射ができる。

まだ生きている人もいるのに、マシンガンで連射なんかしたら――。

「ダメよ、何人殺す気なの！　海上保安官でしょ！」

由羽の叫びに、手や足を撃たれた感染者が振り返る。叫ぶということは、私は餌だと宣言しているも同然だと気がついた。由羽は襲いかかる感染者たちを椅子の脚で蹴散らしながら、SSTの隊員たちに訴える。

「なんのために海上保安官になったの！　人を殺すためだったの⁉」

バーカウンターに並ぶSST隊員たちが、戸惑ったようにダイクを見る。ダイクは出入口の真ん中に立ち、〝選別〟していた。将棋倒しに倒れた人々の襟首を乱暴に持ち上げて「咬まれてないか」と確認している。

「咬まれた」

ダイクに訴えたのは、自衛隊の医務官だった。ダイクはシグと思われる自動けん銃で、その眉間に銃弾を撃ち込んだ。

「ちょっと……！」

ダイクは由羽の咎めを無視し、部下に撃つように指示を出している。隊員たちは、MP5を背中に回し、ダイクと同じようにシグで発砲を始めた。手や足を狙い、致命傷を負わせないようにしている。恐らく89式自動小銃は弾切れなのだろう。

だが……。

致命傷を与えない手足への発砲は、なんの意味もなかった。感染者はふらついたり倒れたりするも、あっという間に体勢を立て直し、周囲にいる人に咬みつく。雨後の筍（たけのこ）のように感染者が増えていく。

「ふざけんな！　遊んでるつもりか、弾の無駄だ！」

ダイクは隊員たちを叱った。追加の銃弾を持ってくるように無線で要請した。断られたようだ。

「制圧は無理だ。オペレーター撤退、ここを封鎖する！　できる限り生存者を探して、外へ逃がせ！」

バーカウンターにいた隊員たちが飛び下りる。弾切れの89式自動小銃の銃身で迫りくる感染者の顔を突いたり、殴ったりしながら、バーカウンターを起点に放射状に先へ進む。戦術性を持った動きをしているが、由羽には意思を持たないロボットのようにも見えた。

ダイクが由羽に近づいてきた。由羽が構える椅子にしがみつく感染者の喉を、自動小銃の先で突いて追っ払った。子供の感染者はグローブの手で顎をつかみ上げ、放り投げる。

ダイクが再び由羽の首根っこをつかんだ。由羽は振り払う。

「ひとりで歩けるったら！」

背の高い燕尾服姿の外国人男性が襲いかかってきた。喉を鳴らし、大口を開けて由羽の顔面に迫る。由羽は掌底で感染者の顎を突き上げて、股間を蹴り上げた。膝頭に男性の睾丸（こうがん）を潰した感触があったのだが、感染者は痛くもかゆくもない様子だ。獣のように唸り、由羽の両肩につかみかかってくる。

由羽は両手を組んでまっすぐに伸ばし、一瞬で振り上げて男の両腕から逃れた。脇に回り、背後から逮捕術を仕かける。大外刈（おおそとが）りで転ばせた。感染者の腰に膝をついて下半身の動きを封じ、腕を素早く後ろ手にねじり上げる。

大概の者は関節のきしみに悲鳴を上げてギブアップする。だが、感染者は全く痛みを感じていない様子だ。上に乗る由羽を揺り落とそうとしてくる。由羽はますます関節を締め上げた。

「無駄だぞ」

ダイクが傍観している。たまに感染者が襲ってくるが、彼は片手片足で追っ払う。由羽の前では撃たないと決めたようだった。

由羽はムキになり、なおも感染者の両肩の関節を締め上げた。ぼきっと音がした。折ってしまった。

感染者は痛そうな顔ひとつしない。うつろな目で由羽を見据え、歯を剝いて威嚇してくる。体を反転させ、由羽に襲いかかってきた。

分厚い半長靴の底が、由羽の視界の端で線を描く。ガツンと鈍い音が響き、感染者は吹っ飛んだ。ダイクが頭を蹴ったのだ。

由羽は結局、ダイクに首根っこをつかまれる。

「これで全部だ」

ダイクは出入口の隊員に言うと、ダンスホールの外へ、由羽を放り出した。薄暗くムーディな雰囲気だったダンスホールから、一転、デッキから太陽の日差しが降り注ぐ、明るい廊下に出た。由羽は目が眩む。途端に息苦しかった気がして、深呼吸する。

周囲には、ダンスホールから逃げきって倒れ込む人、泣いている人、怪我をして動けない人などが大勢いた。大騒ぎしたり、悲鳴を上げたりしながら、階段を上がって逃げていく人もいる。

「客室に一旦戻ってください！　怪我をした方は申し出てください！」

拡声器で指示を出しているのは、いつの間にかダンスホールから逃げたらしい、増田だった。

由羽は出入口を振り返る。

ＳＳＴの隊員が十五人いる。革張りの大きな扉を両手で押し閉めようとしている。内側から感染者が殺到していた。灰色に変色した両腕を無数突き出し、隊員につかみかかろうとしている。枯れ枝が隙間から無数に生えているようだ。

「くそ、閉まらない！」

誰かが叫ぶ。右側の扉はたったいま閉まったところで、即座に鍵がかけられた。

「板でも鉄板でもなんでいい、扉を塞ぐものを持ってこさせろ」

ダイクが無線で指示している。右側の扉が封鎖されたので、中にいる感染者は左手の扉に殺到したようだ。閉まりかかっていたのに、隙間が広がっていく。ひとりの感染者が体をくねらせ、脱出しようとしてくる。中年の、髪を結い上げた女性だった。スパンコールの衣装はびりびりに破れ、人の波を縫うたびに裂けていく。セットしたらしい髪も乱れ、バレッタが毛先からぶら下がる。

その体を見た由羽は、ぞっとする。死人のように血の通わない真っ白な体に、幾重もの黒い筋が浮かび上がり、ぴくぴくと脈打っている。ふくらはぎまで黒い網目模様を追ったとき――。

由羽は、感染者の足の間の向こうに、取り残されて泣いている少女がいるのを見つけた。ダンスホールの床の上にぺたりと座っている。茫然と、涙を流していた。

「生存者がいる！」

由羽は叫んだ。咄嗟に反応したのは、ダイクだった。扉を押さえていた隊員が、「無理です！」と訴える。

「いま力を抜いたら、扉が開いてしまう。感染者がホールの外に溢れ出ます」

「特警隊に周囲を固めさせろ！」

ダイクは叫び、匍匐前進でダンスホールの中に戻っていった。感染者たちは扉を押さえるＳＳＴ隊員たちに執着し、足元を進むダイクに気がついていない。

増田が無線で「特警隊、出動！」と指示した。どこかで待機していたらしい特警隊が、透明のポリカーボネートの盾を突き出し、隊列を組んで集合してきた。その動きは、警視庁に九つある機動隊員たちとよく似ている。

ダンスホールの目の前に、一ミリの隙間もない、透明の壁ができる。

「構え！」

特警隊は盾に身を隠す。その隙間から、にょきにょきと、銃口が生えてくる。

由羽も、いつまでも転がっているわけにはいかない。扉を押さえるのを手伝った。隣で上半身を震わせて腕を突き出している隊員が、限界だと言わんばかりに叫ぶ。

「ダイクさん、急いでください！」

ダイクさんという言葉が、由羽の頭の中で『大工さん』と変換されたとき——由羽の耳に、カーペンターズの曲が流れた。東雲の団地で不気味に流れていた『Ｓｉｎｇ』だ。カーペンターズは『大工』という意味がある。

あの隊員は来栖なのか？

だが、バラクラバの隙間から見えたあの目——来栖の目だっただろうか？

お台場のバルで六人の民間人を射殺して海上保安官の頭部を足で踏み潰して殺害した、ナチスの将校みたいな目だったか。由羽を助けたダイクの目は確かに鋭かったが、親身だった。

だから、全くの別人だと思っていた。

そもそも、来栖光は現場にいないと思っていた。ポーカー台に肘をつきながら、無線で指示をしているだけだと思っていた。

ダイクが左小脇に中学生くらいの少女を抱え、匍匐前進してくる。少女はダイクの首に両腕を巻きつけ、しがみついている。銃器や装備だけで恐らくは三十キロ近くあるだろう。ダイクは息ひとつ上がっていない。いまにも泣き出しそうな少女に、「し」と人差し指を唇に当てる。右腕と足の力だけで、前へ進んでくる。

とうとう、スパンコールの衣装をぶら下げた感染女性が、扉の隙間からぴょんと跳ね出してきた。筋肉を震わせて扉を押さえている隊員の足に、かぶりつこうとする。

「撃て!」

特警隊が一斉に射撃した。急所を外している。スパンコールの女性は銃弾を受けた衝撃で体がはじけ、手や足、臀部が穴ぼこだらけになった。体にあいた無数の穴から流れる血の色は黒ずみ、量も少ない。ひるむ様子もなかった。ふらっと立ち上がり、扉を押さえるSST隊員に迫る。

「頭、撃て……!」

特警隊の隊長が指示を出した。

弾丸はひとつも飛んでこなくなった。

みな、躊躇している。

由羽の足元になにかが飛び出してきた。助け出された少女だ。ダイクが、床を滑らせるようにして出入口から押したのだ。ダイクはスライディングしながら、ダンスホールの外に躍り出る。その動作のうちに、スパンコールの感染者の頭をダブルタップで仕留めた。

「うおおおお!」

SST隊員たちの大きな声が上がる。

扉は、閉まった。

増田が前のめりにやってきて、施錠する。

感染者たちの唸り声や、喉を鳴らす音、舌なめずりするような声が、扉に遮られる。水の底で唸っているように、くぐもって聞こえた。

ダイクが立ち上がった。ヘルメットの留め具を片手で外すと、その動作のうちにバラクラバとゴーグル、ヘルメットを一気に剝いだ。激怒しているのか、ヘルメットを床に叩きつけた。七三分けの前髪が、額にこぼれる。

やはり、来栖光だ。

特警隊の隊員たちに叫ぶ。

「お前ら、ＳＳＴを見殺しにするつもりか！　なぜ頭を撃たなかった！」

ずらりと並んだ特警隊員たちが、目を逸らしたり、伏せたりする。

「あんたもだ！　撃つな撃つなと騒がしい！」

来栖が指さしたのは、由羽だった。

東雲の団地で逃げられて以降、一週間ぶりに、顔を合わせる。

由羽は来栖を怖いと思っていた。いま改めて顔を合わせてみて、別の感情がわき上がる。これまで溜めてきた怒りや悔しさだ。

「あんた、なにさま」

由羽の言葉に、来栖が目を眇める。

「軍隊気取りで民間人殺しまくって、なにやってんのよ。いまの二十分の間に何人殺した？　普通は殺さない、頭を撃ち抜くことなんかしない。海上保安官でしょ、海の警察官でしょ、国民を守るために給料貰ってんでしょ！」

来栖は薄い唇をきゅっと結び、由羽を見据える。

「彼らはモンスターでもテロリストでもない。感染者、病人なの！　治療法が見つかればまた元に戻る善良な市民なのよ！　次々と殺害して、あんた、ゾンビゲームでもしているつもり！」

由羽は無意識に来栖と距離を取りながら、その周囲をせわしなく行きかっていた。来栖は微動だにしない。我ながら、仔犬が大型犬に負け戦を仕かけているような気になる。

「わかってる。私は知ってるわよ。あんたがどうしてそんなに自国民に対して残虐になれるのか」

来栖は黙ったままだ。

「内閣官房に出向中ですってね。政府の犬ってことでしょ。東京オリンピック開催のために自国民が何人死んだってどうでもいい！」

しかも——と由羽は息継ぎをして続ける。

「違法薬物を密輸入しようとしていたわね」

周囲がにわかにざわつく。特警隊員たちは咎めるように来栖を見た。

「あんた、薬物でラリってんのよ。だからゾンビ相手のシューティングゲームをするみたいに、次々と善良な市民を殺害できる！」

来栖は視線を外し、由羽をバカにしたように笑った。由羽は感情を逆撫でされる。壁に掛かったデジタル時計を見た。

「過剰防衛による複数人殺害で現行犯逮捕する。このあと、お台場のバルで民間人六人を射殺した罪も問う。書類を揃えて、薬物密輸と使用の件も追及する！」

日付と時刻を言い、タイベックソフトウェアを開いて手錠を出そうとした。

「日付を間違えているぞ」

来栖が挑発してくる。由羽は言い直そうとして、頭が真っ白になる。今日、六月何日だったか咄嗟に出てこない。冷静さを欠いている証拠だった。

来栖が動いた。それは由羽が目視できないほどに速く、認識する間もないほどだった。手錠を掛けようとした手首をつかみ上げられ、ひねられたのはわかる。気がつけば来栖は背後に回っていた。由羽の後頭部をわしづかみにし、同時に膝の後ろを蹴っていた。

ものの一秒で、形勢逆転だ。

膝をかくんと折られた由羽は、頭頂部を力で押され、床にひざまずかされた。右手首は背中の前でひねり上げられている。手錠は床に落ちた。来栖は足で由羽のふくらはぎを踏みつけながら、自身の帯革から、シグを抜いた。由羽の後頭部に突きつける。

――なるほど。これが特殊部隊の人間なのだ。

来栖が由羽の左腕を限界まで後ろへひねり上げる。手のひらが後頭部に達するほどだった。肩の関節から変な音が鳴る。あまりの激痛に由羽が悲鳴を上げたところで、やっと来栖は手を離した。

来栖はもう、由羽のことなど眼中にない様子だった。増田に詰め寄っている。

「あんた、この責任をどう取る」

「なぜ私に――」

「俺は言ったぞ！　辻村元長官の妻は襲われている。防犯カメラ映像では死角に入っていて映っていなかったが、咬まれているかもしれないと。裸にして確認しろとあれほど言った！」

「元長官の細君で、元海上保安官だぞ。裸になんかできるか！　確認はした、彼女は咬まれていないと言った」

「自己申告で済ますなとあれほど忠告した」

「人権がある」

「たったひとりのばあさんの人権を守った結果が、これだ！」

「殺したのは、お前だ！」

「殺させたのは、あんただ！」

来栖が増田の肩を右手で突いた。大袈裟な感じはなく、ひょいと腕を前に突き出しただけのように見えたが、増田は簡単にひっくり返ってしまった。震え上がり、来栖から後ずさる。来栖が増田に命令する。

「ダンスホールにいた乗船客全員を調べろ。咬まれているのに、逃げ出したのがいるかもしれない。厚労省、検疫所の職員総出で、乗船客を素っ裸にして尻の穴まで調べさせろ！」

さもないと――来栖はたっぷり間を含ませ、増田の襟首をつかみ上げて迫る。

「またクラスターが起こるぞ。いや、あれはもうオーバーシュートだ」

来栖が、感染症の専門用語がわからない由羽を見て、意地悪く意味を説明する。

「爆発的感染者急増、だ」

それから、と来栖はため息交じりに、閉ざされたダンスホールを見る。緊迫の静寂の中から、感染者たちが不気味に発する音が喧騒となって聞こえてくる。

「感染者の殺害を一刻も早く合法化しろと総理に言え」

増田が喉を震わせている。

「たった六人の感染者で手を煩わせていたのに、たったの十分で五百人以上に増えたと。あんたの口から総理に言え」

来栖は増田の襟首を軽く突き放し、歩き出す。部下には「風呂、焚いといてくれ」といつかのように軽い調子で頼む。靴底にべったりとついた血をタオルで拭いながら、立ち去った。

第二部　第一次感染捜査隊

1

東京オリンピック、延期か中止か
　豪華客船クイーン・マム号で新型狂犬病ウイルスが蔓延していることが判明してから一週間が経った。感染者が六百人規模に膨れ上がっていることも判明し、国内だけでなく海外からも、七月二十四日の東京オリンピック開幕を危ぶむ声が出始めている。ＩＯＣ国際オリンピック委員会は、ＷＨＯ世界保健機関の調査次第としており、日本政府と東京都は来日中のＷＨＯ調査団の対応にも追われている。

　由羽は自宅官舎の部屋で、新聞を捲っていた。

　キーワードは『クイーン・マム号』『お台場バル』『新型狂犬病ウイルス』、そして『海上保安庁』だ。

　切って、貼って、捲って、また切る。口にはチュッパチャプスをくわえている。くちゃくちゃと音を立てながら、電話もかけていた。

　夜のお相手を探している。

　我ながら、スマホの電話帳に入っている男たちが、警察官ばっかりなのが情けない。出会いを求めて数少ない女友達のツテを頼っても、女刑事と合コンしたがる男は少ない。合コンに出たところで、引き立て役か色モノ扱いされる。女刑事はとにかくモテない。周囲に掃いて捨てるほどいる男性警察官を片っ端から食っていくしかないのだ。

だが、誰も引っかかってくれない。気遣われる体で、断られる。

「由羽ちゃん、こないだ大変な目に遭ったって聞いたよ。少し休んだ方がいいって」

「うちもクルーズ船対応で人手を取られてていそがしいんだよ」

知らぬ間に結婚していた者もいた。由羽は電話を切り、連絡先を削除した。既婚男性には絶対に手を出さない。鉄の掟だ。独身の筋肉バカを愛でるのが由羽の趣味なのだ。

結局、上月しかいないのだが……。

「お前、感染してるかもしれないだろ。悪いが、万が一うつったら――。しばらく会うのはよそう」

と、あっさりフラれてしまった。

クラスター現場に居合わせた由羽は、一応、感染症専門医の問診を受けて「感染していない」とお墨付きを貰っている。それでも東京湾岸署の池田署長は、由羽に二週間の自宅待機を命じた。二週間経てば発症しないという根拠はなんなのか尋ねても、池田は答えられなかった。

いずれにせよ、出勤したところで、もう捜査本部はない。

お台場のバルの案件は、結局、警察上層部が判断した通りの処置が正しいと言えるだろう。新感染症にかかったことでその場にいた者たちが互いに食い合い、海上保安庁が周囲に感染が広がらないように先手を打ったという結末だったのだ。

だが、浦賀水道の件は解決していない。

来栖光とは一体、何者なのか。

クイーン・マム号の感染症対策の最前線に立たせるべき人物なのか。

あの男の裏の顔を暴く。

だから由羽は今日も情報を集めて、切り貼りするのだ。

クイーン・マム号で起こったことが報道されて以来、東京オリンピックの中止または延期を求める声が、日に日に強くなっている。感染症の正体がわかり始めたので情報公開に踏みきったと政府は言っているが、数百人規模の目撃者が一般人から出たのだから、隠蔽しようがなかったのだろう。そんな政府の態度がまた国民の不信感を呼び、東京オリンピック開催可否の世論に影響していた。

現在、ダンスホールの二つある出入口は、板や鉄板が打ちつけられ、固く閉ざされている。海上保安庁ＳＳＴ特殊警備隊の四個班が二十四時間態勢で封鎖を守っているらしい。

いくら安全と言っても国民は納得していないし、世界も敏感に反応している。海外各国は、初期の段階でウイルス発生を隠蔽していた日本政府に不信感を募らせ、選手団の派遣をいったん延期する国も現れた。

２０２０東京オリンピックは、もはや中止か延期以外の道がないように見えた。

由羽は不眠症に悩まされていた。

眠りに落ちようとすると、感染者に襲われる夢を見て、目が覚めてしまう。自分に強烈なトラウマが残っていることを、自覚する。大園昂輝の件だけでいっぱいいっぱいだったのに、さらなる過酷な現場に居合わせたのだ。いまこんなに人肌恋しいのは、あれを見た反動だと思っている。

ダンスホールは『死』で溢れていた。

由羽にはいま、生命力が必要だった。

いったんスクラップ作業から離れて、また、男の番号にかけ続ける。繋がった。警察学校時代の同期で、いまは高井戸署（たかいどしょ）の刑事だ。

「もしもし、天城由羽だけど。元気？」

「元気元気。あれ、由羽ちゃんいま、隔離中だっけ」

こいつまで知ってるのか。元気だということをアピールしながら、今晩の約束を取りつけるべく、まずは雑談する。結局はクイーン・マム号の話になった。いろいろ訊かれるので、由羽はスクラップブックを捲った。

死亡者の人数、把握できず
海上保安庁のクイーン・マム号対策本部は現在、同船のダンスホールで発生したクラスター現場での死者の数の把握に努めているが、中に入っての鑑識作業や遺体の収容ができないため、難航している。クイーン・マム号に乗り込んでいた五三一五名のクルー、乗船客のうち、行方不明になっているのは、七五三名だ。ダンスホール内に設置された防犯カメラの映像から、海上保安庁は、感染者は概算で六一九名と発表した。

高井戸署の刑事が言う。

「つまり、あのクラスターで百五十人もが死亡したことになるよね。クラスター発生前の感染者数は十名もいなかったのに」

「八名よ。死者は二名」

由羽は仕方なく事件の話に付き合いながらも、正確な数字を教えた。

「クラスターが発生してたったの二十分の間に百倍近くに増えたことになる。怖いよ。怖すぎるよこの感染症。由羽ちゃん、現場にいたなら、精密検査くらいは受けた方がいいよ」

感染症の正体がよくわかっていないのに、なんの精密検査を受けろと言うのか。

由羽は電話を切った。

スクラップブックを睨む。

由羽は、政府と海上保安庁の発表に、ひそかに憤(いきどお)っていた。

感染したことによる死亡と取れるような発表をしているからだ。

彼らは感染したから死んだのではない。食われたから、またはＳＳＴに頭を撃たれたから、死んだのだ。政府は「狂犬病の亜種と思われる感染症」としか発表しておらず、発症したらどうなるのか具体的な症状に言及していない。いまの状況で海上保安庁の特殊部隊が制圧のために感染者を射殺したと発表したら、前面に立って対応にあたる海上保安庁は、針の筵(むしろ)になるだろう。今後も海上保安庁にクイーン・マム号の対応を任せる他ないから、その組織に国民の批判が向かないように、政府が配慮しているように思えた。

チャイムが鳴った。謙介が訪ねてきてくれた。

「どう、体の具合は」

「いつも通り。ありがとね。平日の昼間にこんなとこ寄って、仕事に支障はない？」

「平気、平気。那奈ちゃんを担当することになったから。毎日、本部と病院の往復だけだよ」

那奈は由羽に会いたがっているようだが、お台場バルとクイーン・マム号、二つのクラスター現場に居合わせた人物を引き合わせるのは、病院側の負担になる。事件当初から那奈と交流があった謙介が、身の回りの世話をしているらしかった。

謙介はスクラップブックと大量の新聞やタブロイド紙が散乱している部屋を見て、ため息をつく。

「相変わらずやってるね、アナログなことを」

謙介はテレビをつけた。

「一二〇〇（ヒトフタマルマル）から政府が緊急記者会見だってさ。東京オリンピック中止か延期表明だろうね」

「そりゃそうよ。こんなウイルスが出ちゃっている船が東京港にいるんだよ。世界中から東京に人を集めていいわけがない」

ＮＨＫは朝ドラの再放送をしていたが、日本で発生した新感染症についての情報を、上部と左側に垂れ流し続けていた。すでにＷＨＯ世界保健機関の研究者や担当者も来日しており、この感染症に名前がついたというニュースが出ていた。

ＨＳＣＣという英語の横文字が、何度も画面上に躍る。

「Hypometabolic Syndrome with Clouding of Consciousness の頭文字、だってさ」

謙介が噛みそうになりながら、英語で発音する。

「意識混濁型低代謝症候群、って意味らしいよ」

由羽は今朝の朝刊の切り抜きを、謙介に見せた。

ＨＳＣＣ意識混濁型低代謝症候群と命名
この感染症は、発症すると人格を失い、強烈な飢餓感に襲われ、生きた人の肉を食べようとする。また心拍数や呼吸数が極端に落ち、体は冬眠状態のようになり、血の気を失い、肌の色が真っ白になる。痛覚は鈍くなるが、神経活動は活発になる。このウイルスはヒトの神経組織を一斉に乗っ取ると言われ、支配された神経組織は真っ黒に膨れ上がり、外面から見ると、肌に網目状の模様が広がっているように見える。

由羽が目撃した、肌の上を黒く脈打つ網目状の模様は、血管ではなくて神経組織だったようだ。

「見た目はどんな感じになるの」

謙介が興味津々な様子で尋ねてくる。感染者の姿は、人道的配慮から公表されていない。

「肌が灰色に見える。血の気を失った肌に、黒くなった神経組織が肌に浮かび上がるから。どれだけ攻撃しても、痛がりもしないし、血まみれになって襲いかかってくる」

謙介は心底同情した様子で、由羽の顔をのぞき込む。

「凄まじい現場にいたんだね。ほんと、よく生き残ってくれたよ。感染者は不死身になるってことでしょ。やばすぎる」

発症すると体が冬眠状態になると言われつつあるが、存命する最も古い患者——辻村元海上保安庁長官ということになるが、彼についてもまだ発症して二週間しか経っていない。今後、悪化して生命に影響が出るのか、冬眠状態のまま延々と生き続けるのか、専門家が公式発表できる段階にないのだろう。由羽もあいまいに答えるしかない。

「不死身かどうかは判断がつかないけど、体が冬眠状態になるからね。心拍も呼吸数も通常の人間の二分の一以下、痛覚も働いていない。完全なる不死身ではないけど、死ににくいのは確か」

この件については、タブロイド紙が国立感染症研究所の研究員からの非公式の見解として、記事を載せている。感染者を『ゾンビ』と称し、大問題になった記事だ。人権派から抗議の電話やメールが殺到し、保守派や政治家からも苦言が出た。米国メディアが『ゾンビ』という言葉を取り上げてしまい、『ゾンビがいる国でオリンピックか』と大きく発信してしまった。これを機にオリンピックに対する風向きが変わってしまったと言われている。

人を攻撃し続けながら延々と生きる？　まるでゾンビ
　発症した者が活動状態のまま冬眠状態になるというのは本当なのか。国立感染症研究所の研究員によると、ペイシェント・ゼロと言われる海上保安庁の特殊救難隊員は、空気ボンベなしで五日間も海中を漂っていたと言われる。
　人に危害を加えようとする感染者をどのように制圧するかで、海上保安庁と政府の間で見解が分かれている。万が一、発症者に襲われた際、我々はどのように防衛すればいいのだろう。感染者は呼吸の回数がヒトの二分の一以下でも生きていける状況だから、首を絞めたところで苦しまない。冬眠状態で血流量が少なく、心臓も殆ど動いていないので、心臓に打撃を加えたところでぴんぴんしている。ある研究員はＨＳＣＣを『急性ウイルス性ゾンビ様症候群』と呼び、直接的な言い回しを避ける現状に警鐘を鳴らす。つまり感染者はゾンビであり、我々は、街中（まちなか）でゾンビを見かけた場合、逃げる以外に生き延びる方法がないのだ。

　由羽は記事を指ではじきながら、謙介に言う。

「唯一の弱点は、頭みたい」

「脳の活動を停止してしまえば、死ぬってこと？」

「そう。私が見た中でも、襲ってくる感染者を制圧できたのは、脳を破壊したときだけ」

　タブロイド紙が感染者の致命傷まで踏み込まなかったのは、感染者に対し、積極的に頭を攻撃するような状況に人々を誘導しないためだろう。謙介が、「あまり自分を責めないで」と由羽の肩に手を置く。

「犯人の射殺——またせざるをえなくなったんだね。今度は感染者だけど、あちらが襲ってきたのなら、仕方ない」

「私は撃ってない。撃てないの、知ってるでしょ」

謙介は目を丸くした。

「よく逃げきれたね」

「来栖光が助けてくれたの」

由羽は正直に言った。謙介の丸くなっていた瞳が、険しくなる。

「彼がいなかったら、私もいまごろ骨だけになっていたか、誰かを襲って食べていたと思うわ」

そうか——と謙介は深いため息をついた。

「難しいね。射殺していいわけないけど、射殺しなかったら死んでいた人もいたわけで……」

「感染者が出たときに警察や海保がどう対応するのかという議論も必要だけど、喫緊(きっきん)の課題は、六百人に膨れ上がって豪華客船のダンスホールを占拠している感染者をどうするか、よ」

感染者の処遇について疑問符をいち早くつけたのは、左派で知られる全国紙だ。

生存者の安全か、感染者の人権か

治療法がないとはいえ、HSCCの感染者は病人であり、基本的人権の尊重で守られるべき個人である。ベッドに寝かせ、食事を与え、排泄の世話をするべきだ。だが、暴れて人を襲撃する感染者をどうやってあの船から下ろすのか、海上保安庁は頭を抱えている。いずれは感染者たちを病院に移送せねばならないが、すると今度は警察の出番となる。海の警察官である海上保安官たちですら移送が難しく、感染してしまったのだ。警察関係者はどの部署で対応すべきかで、すでに各部署間で押しつけ合いが始まっているという話だ。

謙介が指摘した。

「タイベックソフトウェアは破れやすいから、暴れる感染者から身を守ることはできないし。ＮＢＣテロに対応できる防護スーツを着用して、対処するとか」

由羽は首を横に振る。

「あれは確かに頑丈にできているけど、身動きが取りにくいのよ。暴れる感染者と格闘して制圧するのは難しいと思うよ。麻酔銃使うとかかな」

「麻酔は効かないって話だよ。最新情報」

謙介が、つい三十分前に配信されたネット記事をスマホで見せてくれた。

「神経をウイルスに乗っ取られてるからね。麻酔は一切、効かないらしい」

それなら――と由羽は、警察が持ちうる用具をアレコレ想像し、提案してみる。

「さす股を使って壁際に追い詰めて、猿轡噛ませるしかないよね。防声具が有効だとは思うけど」

由羽は防声具の絵柄や写真をスクラップしたページを見せた。大声を出す受刑者に対して取りつけられるもので、ヘッドギアのような形をしている。口元を覆うマスクのようなものと一体化している。装着された人物が勝手に取り外せないような形になっているので、装着の仕方が複雑で、手間がかかる。

「六百人だよ、六百人」

謙介が嘆いた。ダンスホールに蠢いている六百人の感染者に一気に防声具をつけるのは不可能だ。

「自衛隊の投入ということになるんじゃない？」

「自衛隊なんかまず無理よ。海保が特殊部隊を使ったことですら、いまだ公表できないくらいセンシティブなことなのよ」

　自衛隊が人を制圧するために動くには、総理大臣の命令と国会の承認も必要だ。治安出動か防衛出動という名目しかない。防衛出動は対外的なものなので、この場合は該当しない。

「治安出動ってことになるのかな」

「相手は武器を持たない自国民、しかも病気に感染した人よ」

「無理だね。じゃ、災害派遣の体裁を取れば可能かな」

「感染者の制圧を目的に災害派遣することはできないでしょう」

「てことは、結局、警察か海保だね」

「そう。クイーン・マム号という海上の船の中での出来事だから、いまは海上保安庁が表に立っているけど、陸に感染が広がれば、私たち警察官が前面に立たなきゃならない」

　謙介が嘆く。

「普通さ、ゾンビが来たらどこの国も軍隊使って制圧するじゃん。世界中のゾンビ映画、見てみなよ。軍隊が出てこない作品なんか殆どないよ」

　法で活動を制約されている自衛隊を、日本は使うことができるのか。

「日本は無理よ。相手は自国民であり、感染者――つまり、病人よ。自衛隊に出動要請をかけようかと口に出しただけで、左派や人権派が大騒ぎして政権の基盤が揺らぐ。口が裂けても言わないと思うよ、政治家は」

　世論の強い後押しがないと政治家は自衛隊を動かさないだろう。世論がそれを求めるようになるのは、市中感染が広がり、人々があの感染症の脅威を目のあたりにしてからになる。その時にはもう手後れになりかねないほど感染力が強いのに――。

由羽は議論に疲れてきて、ソファにもたれた。

「これからどうなるのかな」

「飲まないとやってらんないね、こりゃ」

謙介が立ち上がり、勝手に冷蔵庫を開けて、缶ビールを取った。由羽にも一本飛んできたが、謙介はウーロン茶を飲む。勤務中だからだろう。相変わらず真面目だ。由羽はプルトップを上げながら、ため息をつく。

「六百人の危険な感染者をどうやって船の外に出すのかも問題だけど、どの病院に移送するのかってのも大問題よね」

「移送場所は国立感染症研究所のＢＳＬ‐４しかないんじゃない？」

「六百人も収容できないし、地元自治体の賛成がないとだめらしいわよ」

住民投票が行われるらしいが、賛成票を投じる住民がいるとは思えない。そもそも東京オリンピック開催を控えた都内には、感染者を絶対に入れたくないだろう。

「それじゃ、他県の感染症指定医療機関かしら」

「受け入れ反対運動、もう日本各地で始まってる。そもそもＨＳＣＣは新感染症だよ。一類から五類のどれかに分類して、法整備する必要があるじゃん」

「なるほど。まずはそこからね」

「指定感染症ということにすれば、フレキシブルに法適用ができるらしいけどね。病原体が明らかにはなっていないから、指定感染症とする法的要件を満たしていないんだって」

「めんどくさ。エボラ出血熱くらいやばい感染症なんだから、もう一類でいいじゃん」

「専門家の間じゃ、一類は反対意見が多いらしいよ」

「なんでよ。あんな危険な感染症を一類指定にすることの、なにに反対するというのよ」

「だって、死なないじゃん」

謙介がずばり、指摘した。

「感染し発症しても、死なないどころか、冬眠状態だから長寿だよ」

病原体に感染して死ぬことはない。いまのところ致死率は〇パーセントなのだ。

「厚労省の担当者も頭を抱えているという話だよ。前例がなさすぎる。病原体も、狂犬病に似ている特徴はあっても、深海一キロメートルからやってきた。そもそもなんでそんなところで狂犬病の亜種が誕生したのか。まずは相模湾の海域に探査機を降ろすところから始めなきゃだよ」

「東京オリンピックまであと一か月切っているのに、海底探査機を降ろしている場合じゃないね」

謙介が肩をすくめ、話を感染症法に戻す。

「どう考えても、感染者は特定感染症指定か、第一種感染症指定医療機関に移送するしかない。でも国内だけで百十三床しかないらしい」

由羽は鼻で笑うしかない。患者はすでに六百人以上いるのだ。

「日本各地で指定病院の周りに住民が座り込みしているよ。絶対に感染者を受け入れるな、警察の留置場に入れろって」

冗談、と由羽は目を剝いた。

「警察官に殉職しろと言っているようなもんだわ」

「病院も同じだ。感染者を病棟に移送することは、医師や看護師を殉職させるも同然」

突き詰めて考えると、いままさに最前線に立たされている海上保安庁に、同情してしまう。特に、六百人の感染者が蠢くダンスホールの封鎖を守っている、海上保安庁ＳＳＴ特殊警備隊に……。

ダンスホール・クラスターのあった日、誰も来栖光に逆らえない様子だった。それは、彼が元ＳＳＴの隊員で屈強なことや、現在は内閣官房にいて権力を持っているからだと思っていた。

違うのかもしれない。

来栖の残虐さに、みな、心のどこかで頼っている。

殺してくれて、感謝すらしている。口には絶対に出せないが、ひとりでも多くの感染者を、なんの良心の呵責もなく殺してくれる来栖の後ろに引っ込んでいれば、ラクだろう。

昼の時報と同時にＮＨＫがニュース番組に切り替わった。総理官邸の記者会見場が映る。見慣れた濃紺のビロードのカーテンをバックに、内閣総理大臣が壇上に立つ。

会見が始まり、総理大臣が、ＨＳＣＣ発生から今日にいたるまでの情報提供の不備を謝罪する声明を読み上げた。原稿につっかかったり、追加情報が必要なときなどに、そそくさと脇からやってきて原稿を差し出し、耳打ちする男がいた。謙介が言う。

「大活躍だねぇ、篠崎さん」

「誰。知り合い？」

知らないのーと謙介が苦笑いする。

「元警察官僚だよ。いまは内閣危機管理監をやってる、篠崎唐一郎。国家安全保障局の初代局長でもある」

「ふうん。つまり、警察組織の中でも現場じゃなくて政府寄りの胡散臭い奴ってことね」

謙介が大笑いしたので、抑揚のない総理大臣のスピーチが聞こえなくなる。「海上隔離」という言葉が耳に入った気がした。

「ちょっと待って。なんて言ったいま」

「笑っちゃっただけだよ」

「違う。総理大臣。なんて言った？」

耳を澄まして、総理大臣のスピーチに耳を傾ける。

「東京都民の安全、並びに船内にいるＨＳＣＣ患者の安全を守るため、日本政府は、患者の移送を一旦断念し、クイーン・マム号を特別指定病院船とし、船ごと日本領海内に海上隔離することを、決定いたしました」

夜、由羽はコンビニで購入してきた夕刊紙の見出しを並べ、ため息をついた。

『海上隔離』『東京オリンピック強行開催へ』の文字を一面に出しているものばかりだ。

十五時には、ＷＨＯ調査団が「海上隔離ならば東京オリンピック開催は問題ないだろう」との見解を記者会見で示し、早々に成田空港をあとにしたという話だ。

十六時、日本政府とＷＨＯ調査団の会見を受けて、ＪＯＣ日本オリンピック委員会が記者会見を開いた。会長は虎岩和子という元バレーボール女子日本代表選手だ。もう七十歳近いはずだが背筋がピンと伸びて、記者団の男たちを見下ろすほどに背が高い。日本のスポーツ界を牛耳る女傑であり、元国会議員でもある。彼女が、２０２０東京オリンピックを予定通り開催する旨を正式に読み上げると、記者団から猛烈な反対意見が噴出した。

感染者を遠く陸から離れた海上に隔離するなど人権侵害ではないか、とする記者の意見に、虎岩和子は「政府が決めたこと」と短く返す。万が一都内の湾岸地域にウイルスが残っていて、東京オリンピック開催を機に世界中にＨＳＣＣが蔓延したらどう責任を取るのか、という質問には「ＷＨＯが開催に太鼓判を押した、ＪＯＣの責任ではない」と堂々と宣った。

刑事課の由羽も、オリンピック期間中だけは東京湾の海上警備に駆り出される。警備艇に乗ってテロを警戒したり、交通整理を手伝う予定だが……。

「こりゃ、とんでもないオリンピック警備になりそうねぇ」

ついひとりごとを言っていると、チャイムが鳴った。夜の十時を過ぎている。謙介はとっくに帰った。

ドアののぞき穴から外を見る。上月だ。

由羽はドアを開けたが、わざと顔を近づけて、煽(あお)る。

「なにしにきたのよ。感染するんでしょ?」

「なんで電話に出ない」

「男が来てたから」

「来てないだろ」

「なんでわかるのよ」

「目が欲しがってる」

由羽は思わず、天を仰いだ。いきなり抱きしめられる。上月はもう欲情していた。由羽の部屋になだれ込み、体を求めてきた。

「ちょっと。一体なんなの。どうしたの」

「終わったら、話す」

「終わる前——っていうか、始める前に話してよ。東京オリンピックの件?」

上月は答えない。かなり参っている様子だった。由羽を抱きしめると深いため息をつく。胸の谷間に、上月の熱い吐息がかかる。

「……口にしたら、勃たなくなる」

それきり、上月は黙り込んでしまった。上月は昔から、無言で由羽の体を抱きしめたまま、動かなくなることがあった。幼い子供が不安からぬいぐるみを抱くのと同じ心情かもしれない。由羽は上月の背中に手を回し、撫でてやった。

「ああ――。安心する」

「肉まんボディだっけ?」

上月がちょっと笑ってくれたので、由羽もほっとする。むくっと上半身を起こし、上月はワイシャツを乱暴に脱ぎ捨てた。ベッドの下ではなく、テーブルの上に山積みになっていたスクラップブックの山にかぶせる。いや、隠したのか。『お台場スペインバル惨殺事件』も『クイーン・マム号事件』も思い出したくない、という様子だった。上月は自暴自棄な仕草で由羽の中に入ってきた。自分勝手に腰を振り、勝手に頂点を迎えると、さっさとシャワーを浴びに行った。だいぶやけになっているのがわかる。

「今日、突然、辞令が出た」

シャワーを終えた上月が、髪から湯の雫を垂らし、やっとしゃべり出した。

「辞令って……」

いまは六月、異動がある時期ではないし、内示もなかったようだ。

「どこに異動なの」

「第一次感染捜査隊だと」

「はあ? なにそれ」

「新しく設置される。明日、警視庁と海上保安庁の合同記者会見で発表するそうだ」

「海保も……ってことは、警視庁内にできる新しい部署ではないの？」

「クイーン・マム号の対応にあたる部署だ」

由羽は絶句した。

感染者ごとクイーン・マム号を海上隔離すると発表されたのは、つい半日前のことだ。

「警視庁からは、特殊急襲部隊のSAT四個班三十四人と、一から九まである機動隊から選抜された一個班各五人の計四十五人。それから、立てこもり犯の制圧ができる捜査一課特殊犯捜査係の、俺の係を含め、全個班二十人が選ばれたそうだ。総勢約百人。海保からも、なんちゃら部隊とかなんちゃら隊が百人近く集められている」

由羽は言葉が見つからない。

「出港は、感染していない乗船客の検疫と下船が終わる、一週間後の七月一日だと」

上月があまりにさらりと言うので、由羽はついていけない。

「聞いたか？　海上隔離の場所。日本領海内と言っているが、とんでもない絶海に追いやられるらしい」

硫黄島沖だ——と、上月が突き放すように言った。

東京から千二百キロも南に離れた、絶海だ。

「上陸はしない。その周辺をぐるぐる回るんだとさ。東京でオリンピックを無事開催させるために」

そして、万が一のときに感染者を制圧する警察官や海上保安官を選りすぐり、第一次感染捜査隊というのを発足させて、船に乗り込ませることにしたらしい。

上月はやけくそな調子で笑った。

「ウケるだろ。感染捜査隊だと。捜査なんかしないのに。実際にすることは、監視と制圧だ。だが人権派がうるさいから、その言葉は使えない。だから、『感染捜査』だと」

由羽は無意識に、ベッドの上に正座していた。お台場のバルの現場を見たし、あの船に乗ってクラスター現場に居合わせ、たくさんの死を見てきた。自分も死ぬと思った。だが、陸に接岸された船の中だったから、すぐに逃げ出せた。

上月ら第一次感染捜査隊は、違う。

海上隔離となると、海のど真ん中で感染者と隣り合わせだ。しかも硫黄島沖という絶海——。豪華客船とはいえ、船という構造物の中だから、安全な逃げ場などない。

死と隣り合わせの任務は七月一日から、東京オリンピック・パラリンピックが終わる九月六日までの約二か月間らしい。かける言葉がない由羽に、上月がそっと言う。

「第一次感染捜査隊は、合計二百名だ」

「……そう」

「由羽」

「ん？」

「お前の名前もあった」


翌日、由羽に出勤許可が下りた。東京湾岸署の刑事課のいつもの席に座った途端、係長から、署長室に行くように指示を受けた。

池田署長から、辞令を受け取る。

東京湾岸署から第一次感染捜査隊に選ばれたのは、由羽だけだった。

「特殊部隊でも機動隊でもＳＩＴでもない所轄署員を出すことは遺憾だとして、私は抗議した。しかし、クイーン・マム号が接岸する東京国際クルーズターミナルを管轄している上、お台場のバルの案件の対応をした所轄署からひとりも出さないわけにはいかないと言われて……」

そのひとりがなぜ由羽なのか。厄介払いしたい池田署長の思惑かと思っていた。だが、池田署長は辞令を渡す手が震え、目が真っ赤になっていた。戦地に部下を送り出す心境らしい。

「ひとり出すにあたって、柔剣道の有段者や、けん銃検定で成績の良いものを選抜して候補者名簿を作ったが、君の名前は入れなかった。女性を入れるはずがない」

「──では、なぜ私が？」

「上のご指名としか、言いようがない」

由羽を指名するために、東京湾岸署からも人員を出せと後付けの理由が作られたようだ。

その日のうちに、由羽は桜田門の警視庁本部に呼ばれた。

第一次感染捜査隊に警視庁から選抜された百人が顔を合わせる。第一次感染捜査隊の名簿も渡された。警視庁は機動隊や捜査一課ＳＩＴ特殊犯捜査係の捜査員たちのフルネームが記されていたが、ＳＡＴ特殊急襲部隊については、班と人数が記されているだけだった。

海上保安庁からは、全管区から集められた特警隊から六個班、合計六十名の名前が記されている。海上保安庁ＳＳＴ特殊警備隊からも五個班投入とあるが、こちらもＳＡＴと同じく名前がなかった。

来栖光が含まれていることは想像がつく。名簿に名前は見つけられないと思っていた。現在は内閣官房に出向中とはいえ、ダンスホール・クラスターの現場ではＳＳＴの隊員と全く同じ恰好をして、制圧の指揮を執っていた。その冷静さ──いや、冷酷さを買われ、一時的にＳＳＴにも在籍している状態になっているのだろう。

由羽は知った名前がないか名簿を捲り続け、はっとする。

タイトルだと思って飛ばしてしまった最初のページに、その名前があったからだ。

『第一次感染捜査隊　隊長　来栖光　三等海上保安監』

来栖にまるまる一ページ使うほどの、仰々しい扱いだった。

由羽はネットで海上保安官の階級を調べた。三等海上保安監は上から六番目、下からは七番目だった。ちょうど幹部クラスに入ったところだろうか。来栖は免許証情報によると、由羽の二つ年上の三十五歳だ。幹部になるのは早い方だという感じがする。

他、名簿を繰り続けると、『後方支援態勢』というページに出くわす。クイーン・マム号を誰が操船するのか知らないが、単体で硫黄島沖まで追いやるわけではないらしい。海上保安庁最大級の船である巡視船しきしまを筆頭に、各管区から選ばれた巡視船五隻が、航行域を守ってくれるらしかった。どれも、特別警備指定船という肩書がついていた。特警隊を乗せている船であり、テロや市民運動などの警備事案で前面に出る巡視船のことらしい。

隣に座っていたスーツ姿の男性二人が、ひそひそと話している声がする。

「名簿には名前が載ってないし、公表もされないらしいけど、海上自衛隊も護衛艦を出すらしいよ。潜水艦もくるって」

「そりゃそうだろ。あのウイルスは、生物兵器になりうる。日本政府は、感染者の人権保護以前に、ウイルスが国外流出して生物兵器にされることを、米国側から強く懸念されているという話だ」

東京オリンピック開催まで一か月を切っている。感染者そのものやウイルスがテロリストに奪取されてオリンピック会場に解き放たれたら、前代未聞の惨劇になるだろう。

「てことは、米軍の護衛艦や潜水艦も来るんじゃね?」

「すげーな。歴史に残るだろ、これ」

由羽は、「あのー」と人なつっこく、話しかけてみた。襟足を刈り上げた男性警察官たちが、怪訝そうな顔で由羽を見る。この場に女性がいることが、不思議でならないようだ。

「私、東京湾岸署の天城です。第一次感染捜査隊に選抜されて……」

え、と喉を詰まらせて、隣の男が驚く。分厚い胸板をしているが、童顔で甘いマスクをした男だ。次々と男たちが言葉をかけてくる。

「女性も選抜されてるんですね、まじっすか……」

上月の部下には女性捜査員がひとりいる。由羽もすでに名簿から名前を見つけている。吉岡早希という女性だった。

「女性はもうひとりいるみたいだぜ。SITから一名」

年齢や顔は知らないが、階級は巡査部長とあったので、恐らく同年代だろう。

「俺らは、第五機動隊から来てます」

三人の男たちの中央に座っていた人物が言った。機動隊員とは思えない、痩せた男だった。一から九まである機動隊は、それぞれの隊にシンボルとキャッチフレーズがある。第五機動隊のシンボルは梅の花で、管内に湯島天神があることから『学の五機』と言われている。そのせいか、三人の男たちもインテリ臭がした。

由羽は隣の男――川合佳樹という二十九歳の巡査長と、名刺交換する。由羽がバルの案件を担当していたこと、ダンスホールのクラスター現場にも居合わせたことを話すと、第五機動隊の三人だけでなく、前に座っていた第六機動隊の面々も、食いついてきた。気がつけば、右隣に座っていた第七機動隊の男たちも由羽に質問をしてくる。由羽を中心としたハーレムができ上がっていた。

第七機動隊の隊員が、旅行会社から持ってきたという、クイーン・マム号のパンフレットを見せてきた。

「俺、嫁さんに話したら、選抜されたことすっごい羨ましがられましたよ。私もご飯係でいいから乗りたいって。任務でもない限り、こんな豪華な船に乗る機会ないっすからね」

ずいぶん呑気な話だが、第五機動隊の川合もあっけらかんと言う。

「まあ、封鎖線が破られたら大変だけど、最前線に立つのはＳＳＴとＳＡＴらしいよ。世界の特殊部隊と切磋琢磨している連中が、病人六百人襲ってきたところで、十分くらいで制圧できるっていう話。船内は全く安全らしいから、大丈夫だよ」

由羽はたしなめる。

「でも、感染者を制圧していいのかという倫理的な問題、法的な問題が残っているじゃない」

第六機動隊員が笑顔で答える。

「いざとなったら正当防衛射撃でパンパーンでいいでしょう。俺らの隊じゃ、隊長が九十九パーセント安全で、二か月の航海の間にすることは、大盾訓練だけって話してましたよ。あとは豪華客船の旅を楽しめって感じで、選抜隊の立候補が殺到したくらいなんですから」

呆気に取られた。

由羽は赤紙が来たくらいの覚悟を決めて今日、ここにいる。

あまりにショックで、まだ謙介にも話せていないほどなのだ。だが選抜隊の中には、上層部にうまいこと乗せられ、立候補してしまった隊員がかなりの数いるらしかった。

そうでも言わないと人が集まらない、と機動隊の上層部も思ったのだろう。

会議が始まった。

訓授をしたのは警視総監と警備部長というそうそうたるメンバーだった。警察庁の警備局長までも顔を揃えた。現場の士気は高まる。階級社会に生きる現場の警察官たちは、ピカピカの肩書がある警察官僚が顔を出してくれるだけで、取り扱い事案に箔がつくから、嬉しくなってしまうのだ。

現場に同行することになった官僚は、警察庁警備局内で指名された、比企亮太という感染症対策官だ。海上保安庁側の感染症対策官である増田と同じ立場の人のようだ。

比企という四十歳の警察官僚は、一般的には各都道府県警本部の課長クラスか、警察庁内部部局付けの役職に就くのが普通だ。現場に出ることは少ない。マイクを持つ細い手は終始震えっぱなしだった。増田と比べても頼りない。汚れ仕事を押しつけられ、心の中で泣いているに違いなかった。

比企がHSCCの説明、お台場バルの案件、ダンスホールのクラスターについての説明をしたあと、クイーン・マム号の船内構造の説明に入った。

十四階建て、全長二百メートルの船は、船内図も細長い。一般乗船客が出入りするボーディングブリッジは五階にあるロビーと直結している。医務室は四階だが、辻村元長官をはじめとする初期感染者六名を隔離中で、使用できない。

「大浴場とジム、十四階屋上デッキにあるスポーツコートとゴルフパタースペースは、使用できることになった」

二か月間、陸に上がれないのだ。多少のアクティビティは残しておかないと、隊員たちは参ってしまうだろう。

「わかっていると思うが、ショーやビンゴゲームもない。バンドや劇団は第一次感染捜査隊には入っていない。船を航行するクルーが乗り込むのみで、彼らは客室のサービスはできない。大浴場等も、当番で各自が掃除をするようになるから、そのつもりで」

クイーン・マム号を運航する日本船舶株式会社から、乗組員を出すらしい。第一機動隊から質問が上がる。

「船には民間人も乗り込むんですか？　海保が運航することはできないんですか」

「法的な問題の前に、技術的に難しいようだ」

全長二百メートルのクイーン・マム号に比べ、海上保安庁の巡視船は最大でも百五十メートルほどらしい。トン数でいえば、クイーン・マム号は十一万トン、海保の最大巡視船は約七千トンというから、十五倍の差がある。機関エンジンの数も違うし、操舵方法だって全く違うだろう。クイーン・マム号を知り尽くした民間乗組員に運航してもらう他ないのだ。

「あの、飯はビュッフェとかっすか」

朴訥（ぼくとつ）な質問が第八機動隊員から上がった。比企は苛立（いらだ）ったように、答える。

「先ほど言ったように、船を動かす乗組員を運航会社から出してもらうので精一杯だ。警察官や海上保安官の飯係のために、シェフを乗せろとでも言いたいのか？　三食は弁当だ」

客船の厨房を勝手に使うこともできないから、後方支援としてやってくる四隻の巡視船の主計科が回り持ちで、弁当も作ってくれるらしい。一日三回、順次、運び入れられる。

「あの、映画館もあるんですよね。非番の日に映画は観られますか？」

第四機動隊員の質問に、小さな笑いが起こった。比企はあきれた様子だ。

「さっき説明した通りだ。クイーン・マム号のクルーは、船を動かす連中のみ。誰が映画を流すんだ」

同じ人物が続けざまに質問する。

「部屋割はどうなるんですか。全部で千室以上ありますよね」

「民間乗組員、第一次感染捜査隊、医師や看護師、厚労省や保健所からも何人か乗船予定だが、全員に個室をあてがってもおつりがくるくらいの部屋がある。相部屋にはならない。心配するな」

「あの、俺はバルコニー付きの部屋がいいんですけど」

「部屋は選べない」

「えーっ。じゃ、スイートとかは誰が使うんですか」

「最大のスイートルームは、仮医務室となる予定だ。十二階にある。四階のが使用できないからな」

結局、警視庁からの選抜隊が集められた会議では、現場でなにをするのか、どういう態勢で任務を遂行するかの質問もなければ、HSCCの症状についての説明もなかった。

「詳しくは、来週の第一次感染捜査隊結団式で、海保側から説明があると思う。横浜の方で行われる予定だから、そのつもりで」

浮ついた雰囲気のまま解散となった。豪華客船の設備に関する話ばかりだった。甘い言葉で若い機動隊員を集め、大事なことやネガティブなことは、海上保安庁に言わせればいいと思っているのか。こんなばかばかしい会合に出たことを心の底から後悔する。

由羽は会場を出た。階段の前で、腕を組んで立っているスーツ姿の刑事がいた。

謙介だ。


警視庁本部近くの日比谷公園を、カフェのコーヒーを片手に持ちながら、きょうだいで歩く。霞が関のすぐ近くということもあり、スーツ姿の男性がわりといる。銀座とも近いので、優雅なマダムや外国人観光客の姿も交じる。

由羽は謙介と噴水広場のベンチに腰かけた。謙介がぽつりと訊く。

「出隊は、いつだっけ」

「七月一日水曜日の、午前九時に出港だって」

「もう来週じゃん」

東京オリンピックがなければ、こんな前代未聞の早さで、人権問題をはらんだ海上隔離措置に踏みきらなかっただろう。政府もＪＯＣも、日本国民や世界に早くクイーン・マム号のことを忘れてほしいのだ。一刻も早く東京港から出ていってくれないと、数兆円の税金を投入し何年もかけて準備してきた東京オリンピックが、台無しになるのだから。

「乗船客の下船も大急ぎだろうけど、咬まれていないかどうか、どうやって確認を取った上で検疫終了とするか、はっきり決まってないようだから。現場も大混乱でしょうね」

当初は自己申告で終わらせる予定だったらしいが、ダンスホール・クラスターの発生で、事態が急変した。咬まれたことを隠している乗船客がいないとも限らない。これまでは発症までの最大潜伏期間は十二時間とされたが、正美がいつ咬まれたのかがよくわかっていないため、最大潜伏期間の可能性が広がってしまった。

「自己申告で下船させた場合、万が一のことが起こったら……」

「確かに。陸に広がったら、大変なことになる」

「ただ、自己申告ではなく目視でとなると、乗船客を丸裸にする必要が出てくるよね」

正美も、咬傷部位が乳房のすぐ脇だった。歯型がついていただけで咬みちぎられてはいなかったし、十二時間以上経っても発症しなかったから、本人は咬傷ではないと判断してしまったのかもしれない。首や手だったら誰かが気がついてもいただろう。

発症していないからいいや、と黙っている者が出てくるのは自然なことだ。船上での海上隔離など誰だってされたくない。感染症法では、感染の有無を強制的に調べる権利を行政に認めていない。むしろ、憲法の三本柱のひとつである、基本的人権の尊重が優先される。

「海保と検疫所は、急いで法改正して、強制的に体を調べられるようにすべきだと政府に訴えているらしいけど、人権派の議員が猛烈に反対しているという話」

会議で比企が話していた言葉を、由羽はそのまま謙介に伝えた。

「永遠にもめていればいいのに。そうしたら、由羽ちゃんが第一次感染捜査隊として出港するようなことにはならないでしょう」

「なるわよ。なんとしてでも。東京オリンピックがあるんだもの」

「由羽ちゃん。なんで辞退しないの」

女性なら辞退は受け入れられるはずだと謙介は訴える。

「だいたいおかしいじゃん、所轄からたったひとり女性が選ばれるなんて。他はみんな、機動隊とかSATとかSITとか、訓練を積んだ連中ばかりだよ。なんで由羽ちゃんが?」

「よくわかんないけど、対策本部の助言者みたいな立ち位置なんじゃない？　ほら、バルの案件も担当していたし、ダンスホールの――」

「断って、由羽ちゃん。行くべきじゃない」

「謙介。私たちは警察官だよ。上の命令には従うべきだし、私ひとり逃げ出すわけにはいかない」

「でも由羽ちゃんは女だよ。普通は結婚して子供とか――」

「ひとりの男に愛されて家庭に入るのが女の幸福と思うのは、いい加減やめなさい」

謙介が口をとがらせ由羽を見る。

「私はひとりの女という前に、警察官だから」

照れ臭さはあったが、はっきり、弟に言い聞かせる。

「上の命令は絶対――とは思わない。これまでも散々逆らってきたからね」

ほんとだよ、と謙介がやっと笑ってくれたが、目に涙が浮かんでいる。

「東京オリンピックなんか正直どうでもいいけど——那奈ちゃんみたいに、学校のみんなと競技を見に行くのを楽しみにしている子だっている。無事開催できるように、私たちは使命を果たすのみ」

なにより——由羽は改めて決意する。

「市民の生命と財産を守るための命令なら、従う。喜んで、第一次感染捜査隊に入る」

2

クイーン・マム号の乗船客の下船が始まった。

検温と血圧・心拍測定、そして感染症専門医による問診で咬傷の有無の申告をし、問題がなければ、下船許可が下りるということらしかった。今日一日で千人が下船する。公共交通機関を利用して、全国各地に散らばる。全国から不安の声が上がっていた。

「うちの自治体に乗船客がいるという噂がある。正直、帰ってきてほしくない」

「お台場にはもう行かない。駅やタクシーに乗船客が殺到するはずで、ウイルスが残っていそうだし」

マイクを向けられたタクシー運転手も、顔にモザイクをかけられた状態で、本音を漏らす。

「豪華客船が接岸したら稼ぎ時ですけど……。正直、今回のクイーン・マム号の下船客は乗せたくないですよ。怖いもの。車の中で発症して暴れられたら、運転手は逃げ場がないし」

ＳＮＳ上では、過激な発言をする差別主義者が現れていた。

〈乗船客名簿を手に入れて、居住地を公表すべきだ。我々には知る権利がある〉

〈下船客にはＧＰＳ発信装置を装着させ、二十四時間態勢で監視してほしい〉

由羽は、自分が勤務する東京湾岸署の全景を、スマホの小さな画面で見ていた。

いま、東急東横線に乗り、横浜に向かっている。ネットニュースで、東京国際クルーズターミナル前の騒乱を見ていた。人権擁護派や警察官が見守る中、乗船客が次々とタクシーに乗り込んで、全国へ散らばっていく。下船反対派からの罵声を浴びながら、顔を隠し、ゆりかもめの駅へ駆け込んでいく乗船客までいた。

東横線が地下に入った。ここからみなとみらい線になるらしい。「終点の元町・中華街駅まで、各駅停車で参ります」と自動アナウンスが聞こえた。

「あの。天城由羽さん？」

座席に座っていた女性が、窓辺に立っていた由羽に声をかけてきた。地味なパンツスーツ姿に黒いトートバッグを持っているので、組織の人間だとわかる。同年代くらいだ。女性は名刺を出した。

「私、上月さんの部下の……」

「ああ。吉岡さん？」

「そうです。同じ電車だったんですね。そうかなって思ってたんですけど、服が……」

由羽は今日、スーツを着ている。彼女は由羽の普段着の特徴を知っているようだった。上月から聞いているのだろう。吉岡早希はおかっぱ頭で垂れ目の、かわいらしい子だった。

今日、これから海上保安庁の横浜海上防災基地で、第一次感染捜査隊の結団式と事前会議が行われる。

第一次感染捜査隊に任命された二百名の警察官・海上保安官の隊員の他、警察や海上保安庁の幹部が合計三十三名、政府との事務連絡を請け負う厚生労働省のＱＭ号対策班も五名、会議に出席する。検疫所、保健所の職員も五名ずつ出ていた。国立感染症研究所から感染症専門家五名、医師二名と看護師三名も今日この場に集うらしかった。二名の医師と看護師は、DMATという災害時に活動する、トレーニングされた医療チームから派遣されてくる。十二階に新たに設置される仮医務室で、医療業務にあたる。

「吉岡さんは、いまいくつ？」

「私、三十六歳です」

年上だった。失礼しました、と由羽は慌てて頭を下げる。

「あ、いいです。童顔なんで、しょっちゅう間違われるし」

「よく任務を引き受けましたね。ご家族とか、大丈夫でしたか？」

独身なので、と早希は肩をすくめた。「私もー」と調子を合わせたら、もう仲良しだ。

最寄りの馬車道駅に到着した。集合時間まで一時間近くあるので、駅を上がったすぐ目の前にあるファミリーレストランで、お茶をすることにした。お互いに「早希さん」「由羽ちゃん」と呼び合う。

「それにしても、よく私のことがわかりましたね。普段の服装まで知ってたみたい」

「だって上月係長が、あなたの話ばかりするんだもの。酔い潰れたときなんか、ずっとよ。救えなかった女性隊員がいるとか、なんとか」

由羽は心底気持ち悪く思った。上月に救ってもらおうと思ったことはないし、助けを求めた覚えもない。由羽はただ、刑事部の中でも制圧ができるSIT隊員として鍛え抜かれた上月の体が好きだっただけだ。上月は、女は男に精神的に依存するものだという先入観が強すぎる。

「そうだ、第一次感染捜査隊の海保側の名簿、見た？」

由羽は投げかけた。早希が大きく頷く。

「見た見た。女の子がひとり、いたよね」

大前美玖（おおまえみく）という名前だった。巡視船ぶこうの乗組員で、特警隊に名を連ねていた。警視庁では機動隊に入る女性警察官は少数なので、特警隊に女性がいることに驚いた。

「女は私たち三人だけってことになるね」

「十二階にある大浴場とサウナは使用ＯＫだって。女三人で使いたい放題だよ！」

早希と二人、クイーン・マム号のパンフレットを広げてついはしゃぐ。傍（はた）から見たら、旅の計画でも立てているように見えるだろう。

ふいに早希が、上目遣いに尋ねてくる。

「由羽ちゃんてさ……上月さんから聞いたけど」

大園昂輝の交番襲撃事件について、知りたいらしかった。

「やっぱ、トラウマ？　人を射殺しちゃうのって」

「超ド級」

由羽は正直に答える。だよね、と早希は自信なさそうに床に視線を投げた。

「――制圧できるかな、訓練のときみたいに」

襲いかかってくるとはいえ、相手は凶悪犯でもテロリストでもなく、ただの病人なのだ。

「由羽ちゃんはダンスホールのクラスター現場にもいたんだよね。殺せた？」

由羽はぶんぶんと首を横に振った。

「よく助かったね」

「ＳＳＴの人に助けてもらったの」

「ああ……そっか。海保が発表していないけど、制圧のために相当数射殺したんだよね」

早希は明らかに不愉快そうな顔になった。

「海保の中でも、SSTがクラスター現場でしたことに否定的な意見を持っている人がいるみたいよ。それを公表、謝罪しない上層部の姿勢に疑問を持って、ネットで匿名で書いちゃってる〝中の人〟がいるって噂」

早希がSNSのページを見せてくれる。『正義仁愛』というアカウントだった。この言葉は増田も使っていたので覚えている。海上保安庁の理念らしい。このアカウントは今回のクイーン・マム号の対応に関して、関係者しか知らないようなことを次々と発信しているらしい。近く、クラスター発生時の防犯カメラ映像をアップする、と予告していた。

「海保はいま、血眼になってこの『正義仁愛』なる人物の特定に動いているらしいよ」

集合時刻より十分早く、横浜海上防災基地の結団式会場へ入った。普段は道場として使われている場所に浅葱（あさぎ）色のフロアシートが敷き詰められ、長テーブルや椅子が並べられている。道場にしては珍しく大きな窓がついていて、横浜港が一望できる。

入口で座席表と、封書に入った大量の書類を渡された。座席は所属で指定されていた。警視庁は右側、海上保安庁は左側と区分けされている。『SIT』『第一機動隊』と書かれたスペースの間に『東』と一文字だけ書かれた小さな枠があった。ひとりしかいないので、『東京湾岸署』という名前が入らなかったのだろう。

由羽は早希の隣に座った。すでに上月が到着していた。互いに他人行儀な態度をとった。

座席表を改めて見る。やはり、警視庁SAT特殊急襲部隊と海上保安庁SST特殊警備隊のスペースはない。同じ警察官・海上保安官相手であっても素性を明かさない彼らは、第一次感染捜査隊として運命を共にする仲間にも、素顔を晒すつもりはないようだ。この結団式にも出ないのだろう。

由羽は前方の幹部席を見た。背後の壁には日本国旗が掲揚され、左右に紺と紫の旗が並ぶ。左手が紺色にコンパスマークが入った海上保安庁旗だ。右手に、桜の代紋が入った紫色の警視庁旗が飾ってある。

幹部席の長テーブルには、席ごとに、氏名、階級、役職が記された紙が垂れている。中央には、第三管区海上保安本部長と、警視庁警備部長が横並びに座る。この隊を率いる第一次感染捜査隊長の来栖光の名前は、その左隣にあった。

「天城さん」

背後から声をかけられた。選抜の隊員とは思えない、小太りの男が突っ立っていた。

「その節はQM号でお世話になりました。国立感染症研究所の村上です」

「ああ、村上さん。白衣着てないから、わからなかった」

「座っても?」

「そこは第一機動隊員の席よ」

座るなと断ったつもりが、村上は由羽の隣に座った。

「まさかとは思いましたが、私も第一次感染捜査隊と共に出港という運びになりました」

「まあそうなるでしょう。ペイシェント・ゼロが出たときから、QM号に乗っているんだから」

「遺書、書きました?」

大袈裟な、と由羽は笑ったが、村上は顎の肉を震わせて囁く。

「海保側は全員泣きながら書いて、陸に残る上官に預けたという話です」

左隣の早希が、息を呑んでいる。

「だから驚きました。警視庁側がみんな、浮かれているので」

村上が若い機動隊員たちを振り返る。みな和気あいあいとしながら、クイーン・マム号のパンフレットを捲っている。

「ちなみに、警視庁側でもＳＡＴはＳＳＴと情報共有しており、遺書を書いたという話です――そちらは？」

村上は早希を見て、由羽に説明を求めた。早希は名刺を出した。

「刑事部捜査一課、特殊犯捜査係。通称ＳＩＴの吉岡です。誘拐や立てこもり事案の対処をする部署です」

「刑事部の中じゃ、いちばん強いのよ。制圧訓練もやってるし」

村上は訊いておきながらＳＩＴの早希を一瞥しただけだった。由羽に言う。

「実は、悪い知らせがあります。このあと、感染研からウイルスについての説明がある際に発表しますが、先に天城さんにご教示させていただきたく――」

「いいわよ、特別扱いしなくて。あとでまとめて聞くから」

「いえ、特別扱いしろと言われているので」

「誰から」

「隊長の来栖さんからです」

「は？」

「ご存じないんですか。天城さんが第一次感染捜査隊に呼ばれた真の理由」

早希が横から口を出してきた。

「射撃の腕を買われたからじゃ？」

奥に座っていた上月が、意味ありげな目で由羽を見てきた。由羽がいま一発も撃てないことを知っているのは、謙介と上月だけだ。由羽は上月から目を逸らし、村上に訊く。

「バルの捜査をしていた、そしてクラスター現場にいたからよね」

「理由は知りませんが、来栖さんの鶴の一声で決まったことらしいですよ」

「最低ね。奴の指名だったの？　キャバクラじゃあるまいし」

由羽はどこの部隊にも所属していないのに、なにをさせるつもりなのか。

開けっ放しの扉から、警視庁警備部長と第三管区海上保安本部長が入ってきた。「起立！」の声が上がる。

村上は自席に退散した。由羽らは背筋を伸ばし、立ち上がる。

幹部席に顔を揃える警視庁、海上保安庁幹部たちが向き直る。「敬礼！」の声が上がった。由羽は十五度敬礼し、すぐさま頭を上げる。途端に「なおれ！」という、警察礼式にはない声が響き渡る。警察官たちは着席のことかと、まごつく。左半分を占める海上保安官たちが、サッと顔を上げた。どうやら、海上保安官は敬礼のあと「なおれ」の号令がないと顔を上げてはならないらしい。

「着席！」

一同がやっと席に着いた。由羽は改めて、二百人以上が集う道場を見渡した。由羽やＳＩＴの面々は、スーツ姿だ。機動隊員たちは出動服を着ている。

海上保安庁側を見た。集められたのは殆どが特警隊だ。『３特警隊』『４特警隊』という各管区のワッペンがついた出動服を着用している。一部、役職者と思しき者たちのみ、第二種制服と呼ばれる夏の制服姿だった。警察や消防にはない白い制服は、いかにも海の男という感じがする。日本の治安組織などで白い制服があるのは、海上保安庁と海上自衛隊だけと聞く。

由羽は改めて、幹部席を見た。

第三管区海上保安本部長の横に、来栖光が座っていた。白い制服姿だった。肩章、胸章には金糸の太い線が三本と、海上保安庁のコンパスマークが入っている。目深に帽子をかぶっていたが、部下たちの敬礼を挙手の敬礼で返し着席すると、帽子を取って所定の位置に置いた。

七三分けの前髪がいつものようにこぼれる。それを左手で撫でつけながら、まっすぐ前を見た。

白い制服姿はますますナチスの将校のようだ。あれをカーキ色にして鉤十字のワッペンをつければもう完成だ。制服を着せると、残酷さというよりは、エリート臭漂う雰囲気だった。

——なんで私を指名した?

由羽は末端の席からひな壇の来栖を射るように見つめる。

そういえば、由羽が初めてクイーン・マム号に乗り込んだときも、乗船を許したのは来栖だ。彼はSSTが待機場所としていたアミューズメントカジノに由羽を呼びつけていた。ダンスホール・クラスターが発生し、彼との対面はあのパニックのさなかで、ということになった。

来栖は由羽になにか話したいことがあるようだ。

浦賀水道の件か。由羽は肘をついて来栖を見つめる。

警視庁、海上保安庁、双方の幹部が訓示を述べた。配置と戦術について、海上保安庁の感染症対策官、増田から説明された。増田も今日は白の制服姿だった。来栖の隣にいたのだが、来栖の存在感が強烈で、気がつかなかった。

前方右手に垂れ下げられたスクリーンに、船内図が表示される。拡大されたのはダンスホールのある七階と、もともと対策本部があった五階、そして十三階だ。

「出港後より、船の五階にある対策本部は、十三階に移されることになった。十三階船尾部にあるビュッフェレストランを前線対策本部とする。なぜ移動するかというと——」

増田がポインターで指したのは、七階船尾にあるダンスホールだ。

「前線対策本部には、幹部の他、厚労省、検疫所、保健所、感染研から派遣されてきた丸腰の人たちが集う。君たちにはそれなりの装備があるが、彼らにはない。現在五階にある対策本部は、ホットスポットからあまりに近すぎることもあるが、ダンスホールのバックステージの構造が、少々厄介だ」

増田が、六階の船尾部分の図を拡大する。実際の画像も表示された。絨毯敷きの廊下の先に、『ＳＴＡＦＦ　ＯＮＬＹ』の札が出た扉がある。

「ここは、ダンスホールのショーステージに出る演者の通用口になっている」

扉を開けた先は螺旋階段となっており、七階のダンスホールと繋がっているようだ。

「階段を上がった先にもうひとつ扉がある。演者控室だ」

船の資料画像を表示させながら、増田が説明する。

「この控室はだいたい十畳くらいの広さがある」

ずらりと並んだ鏡と照明、椅子、奥には畳敷きの休憩スペースがある。その横に、もうひとつ別の扉があった。

「この扉を開けると、ショーステージの下手（しもて）側に出られる。現在、演者控室のこの二か所の扉と六階の演者通用口の扉も施錠されている。感染者に突破される心配はないが、万が一のことを考え、前線対策本部は十三階に移動だ」

増田は再び、七階のダンスホールを上から見た地図を表示させる。

「みなもう知っていると思うが、このダンスホールの正面出入口は現在封鎖中で、ＳＳＴが二十四時間態勢で封鎖を守っている。ここを第一封鎖線とする。そして、六階の演者通用口、ここは第二封鎖線だ」

第三封鎖線は、ダンスホールから最も近い七階船尾側エレベーターと階段だ。第四封鎖線は、フロアの中央にあるエレベーターと階段とした。第五封鎖線は、船首側にあるエレベーターと階段だ。

この船は縦に二百メートルと長いため、船首、船中、船尾と三か所に、各二基ずつのエレベーターが設置されていた。エレベーターの向かいには必ず、階段がある。

万が一のとき、感染者が別フロアへなだれ込まないために、各階段とエレベーターに配置拠点を置く作戦らしかった。

「この五か所の封鎖線を、四時間交替で守っていただくことになる」

船のワッチ当番とよく似た交替制を組むようだ。船はだいたい見張りを四時間交替とする。

「また、第一封鎖線については、最も危険を伴う箇所のため、SST並びに警視庁SAT特殊急襲部隊の持ち場とする。それ以外の第二封鎖線以降は、それぞれの班に割り振る」

第二封鎖線である六階の演者通用口は狭い上、三つの扉で守られているので配置は二名のみ、その他はだいたい八〜十名で守る。

「当番が回ってくるのは一日に一回、それ以外の時間は基本訓練で、休暇は四日に一回だ」

異論は出なかった。

その後、警視庁の第一機動隊長、第三管区海上保安本部の特警隊長から、各種装備の説明がある。基本的には、各自が普段使っている装備でまかなうが、特に感染者は首回りを襲撃することが多いため、首を保護するための垂れを必ず装着するように注意があった。警視庁はどこの隊も垂れを持っていないので、変な顔をしている。警視庁の警備部長が言った。

「他の道府県警で垂れを装備している部隊から、かき集めている。必ず出港に間に合わせる」

海上保安庁の特警隊も持っていない様子で、海上自衛隊に垂れの貸し出しを打診中らしい。

由羽の装備はどうなるのだろう。一体誰に訊けばいいのか。直属の上司はいないのに。

来栖に尋ねればいいのか？

由羽は自分の立ち位置が、つくづく不思議でならない。

続いて、居室の割り振りについての説明があった。すでに配付されていた書類の中に、氏名と船室の番号が書かれた紙が入っていた。『警視庁東京湾岸署　天城由羽　十三階201号室』とある。

船内図で確認する。十三階は、前線対策本部が置かれるビュッフェレストランが船尾にあり、中央にはプールがあった。プールは十四階屋上デッキまで吹き抜けになっている。客室は船首部側に五十室ほど並ぶ。由羽の部屋は右舷側のいちばん前だった。早希が目を輝かせる。

「嬉しい。隣同士だ」

女二人の反応に気づいたのか、増田がマイクを持って言う。

「基本的に各所属、班で固めているが、女性だけは別フロアに割り振りました。十三階の船首側に並ぶ船室は、夜間のみ男性の立ち入りは禁止です」

十二階は、警視庁の機動隊員とＳＩＴが使用する。十一階は、クイーン・マム号を航行させる乗組員ら、民間人百名が占めるらしい。普段、彼らは四階にある乗組員専用の相部屋で寝泊まりするが、四階の医務室には六名の感染者が、七階ダンスホールには六百名もの感染者がいる。そのため十一階とした。

十階は海上保安庁の特警隊員らが利用する。民間乗組員は警察と海保に挟まれた場所で安全に過ごせるというわけだ。八階と九階は立ち入り禁止となった。万が一、七階ダンスホールの封鎖が破られたとしても、住居階との間に二階分のスペースを設けることによって、人員に被害が及ばないように考慮した配置だった。

ここで、警視庁機動隊の小隊長から、質問の手が挙がった。

「クイーン・マム号側への補償はどうなっているんです？　この海上隔離は政府の方針であり、民間に協力を仰いでいるという体なのでしょうが、乗組員まで動員させるというのは、法律上の問題はないのですか？」

答えたのは、厚生労働省のQM号対策官だった。

「補償問題はこの先、政府と日本船舶株式会社が協議をしていくということで合意しています。民間の乗組員を動員することに関しては、海上保安官が技術的にも民間の豪華客船を動かすことが難しい現実がありますので、協力を要請せざるをえません」

「海上自衛官なら動かせる可能性は？　彼らは十万トン級の護衛艦に乗っていますよ」

「今回の件で、自衛隊の協力を得ることはできません。憲法上の問題と解釈をしていただければ」

「しかし、民間人が動かす民間の船の中で、我々が部隊を動かすこと――つまり、再びクラスターが起こった際に実力を行使するにあたって、法的な問題はないのですか？」

厚生労働省の官僚は、まばたきが多くなっていく。

「現在のこの事態を、我々はある種の災害と捉えております。それならば災害派遣として自衛隊を動かせるだろうというご指摘はあるかと思いますが、脅威は台風でも地震でもなく、感染した自国民です。この点は理解してください」

話は、予備自衛官制度なるものに変わる。

「二〇一六年より、有事の際に海技免状を持つ民間乗組員が、輸送等の後方支援として従事できるようにする、予備自衛官制度を設けています。乗組員は五日間の訓練で予備自衛官になれます」

すでにクイーン・マム号の乗組員たちは、この訓練を受けているらしい。今後は海上自衛隊の予備自衛官によって、クイーン・マム号を航行する、という形を取るためだ。

由羽は首を傾げ意見する。

「憲法上、自衛隊は今回の作戦に参加することはできないのに、予備自衛官は使う？　矛盾していませんか」

「確かにグレーゾーンではありますが、法解釈上、彼らは予備自衛官であり、自衛隊員ではありませんから、問題はないかと」

なんとなく場が騒然としていく。自分たちは、どの組織よりも予算と装備を与えられている自衛隊の助けを求めることができないのに、法解釈を捻じ曲げて自衛隊を利用する部分があることに、釈然としない。

じっと黙り込んでいた来栖が、初めてマイクを取った。

「あの感染症を、陸に持ち込まない。絶対に」

断固たる言葉だった。

「まずはその前提がなにより守られるべきであり、法解釈など後付けで構わないし、お前たちが気にすることではない」

来栖を見るとつい言い返したくなる。由羽は反論した。

「東京オリンピックを成功させるため、我々に人柱になれということですよね」

「東京オリンピックがあろうがなかろうが、我々公務員がすべきことはひとつだけ。日本国民の生命と財産を守ることだ」

来栖が由羽に向けて、まばたきひとつせずに言う。あの目——東雲の団地でも、同じようなことを来栖に熱心に説かれた。由羽はあの瞳にコロッと騙されたのだ。

由羽が反論できないうちに、厚生労働省のＱＭ対策官がさっさと話を先に進めた。「船を動かす民間クルーたちの安全をなによりも第一優先にする」という大原則についての話だ。万が一、総員退避等の緊急事態が発生したときも、民間乗組員を先に逃がすことを強く要請してくる。

乗組員を予備自衛官に指定しておいて、有事の際は先に逃がせと言う。お役人が現場に言うことはめちゃくちゃだった。

続いて、国立感染症研究所の村上がマイクを握った。

ＨＳＣＣの治療とワクチンについての話らしい。由羽はその顔を見て「悪い報告がある」と村上が話していたことを思い出した。

スクリーンに、ＨＳＣＣウイルスの顕微鏡画像が映し出される。弾丸のような形をした狂犬病ウイルスと並べられ、由羽がいつだったか聞いた解説が延々と続いた。次に村上が表示させたのは、二重丸のような形をしたウイルスの画像だった。

「これは、ヒト免疫不全ウイルスです。いわゆる、ＨＩＶですね。この発見からすでに半世紀ですが、いまだワクチンができていないことを、みなさん、どう感じておられますか」

場は静まり返っていて、活発な意見が出そうにない。ここにいるのは体育会系の人間ばかりだ。村上は咳払いを挟んで、説明する。

「ＨＩＶのワクチン製造は、不可能と言われています。原因はその変異スピードの速さにあります」

ウイルスは感染した人の体内で増殖を続けるうち、変異種を誕生させる。ワクチン開発にとっては脅威だ。広く頒布していたワクチンは変異株には有効だが、変異種にまでなると効かないことがあり、新たにワクチンを一から作り直さねばならないのだ。

「ＨＩＶに限っては、この変異スピードが、一般的なウイルスの十の七乗、つまり一千万倍速いと言われています」

警視庁の警備部長が質問した。

「つまり、ワクチンの製造はできない、ということか」

「着手から完成まで、最短でも一年から一年半かかります。そしてワクチンが製造され、世界中で接種が完了するまでに、更に数年を要します。集団免疫獲得まで最短で四、五年かかりますが、そのときにはもう数百種の変異ウイルスが誕生して、広く蔓延している可能性が高いでしょう」

先を読むように、第三管区海上保安本部長が問う。

「で？　いまはＨＩＶの話ではない。ＨＳＣＣウイルスの話だが？」

村上が、「はい」とスライドの画像を、ＨＳＣＣウイルスのそれにする。

「この弾丸のような形をしたものの周囲に膜が存在します。これが、ウイルス本体の変異を促していると思われます。ＨＩＶよりも速い変異スピードがあることがわかりました。実にＨＳＣＣは一般的なウイルスの、十の十四乗倍の変異スピードです」

警備部長が絶望的な表情で、確認する。

「つまり、ワクチンの製造は不可能ということか」

「はい。ワクチン製造に着手した瞬間に、変異種が誕生していることになります」

「治療薬もないと言ったな」

第三管区海上保安本部長が尋ねた。

「狂犬病の治療薬がないのと同じ理由です。対症療法のみですので、この場合は、低体温症や血圧を安定させる薬を投与できる程度です。もしくは、飢餓感を抑えるための安定剤とかでしょうかね。ただ、どう投与させるのか、難題しかありません」

由羽は手を挙げ、発言する。

「治療法もない、ワクチンもない、しかも感染者の体は冬眠状態なんですよね。一般的な平均寿命を超えて長生きをする、という可能性は？」

村上が、感心したように由羽をキラキラした目で見た。

「その仮説を唱える専門家は多くいます。発症後の心拍や血流量は安定はしていますので、ＨＳＣＣ患者は一般的な平均寿命の三倍は生きるのでは、と指摘され始めています」

日本女性の平均寿命は八十七歳、男性は八十一歳だ。感染すると、女性は二百六十一歳、男性は二百四十三歳近くまで生きるということか。

もはや、東京オリンピック成功どころの騒ぎではない――。

「ワクチンもないし、治療法もない。私たちが死んだあとの数百年先まで、感染者たちの海上隔離が続く可能性がある、ということですか？」

村上は首を傾げる。

「政府の判断になるでしょうが、そもそも、船が二百年も持たないでしょう。今回の海上隔離は暫定的な措置であり、隔離しながら今後のことを考える、ということじゃないですかね。新たに船を造る、無人島に隔離施設を建てる、とか」

東京オリンピックが終わろうが中止になろうが、隔離治療施設が完成しない限り、クイーン・マム号の海上隔離を続ける方向で調整は進んでいるようだ。

「それまで我々は永遠にクイーン・マム号に乗るんですか！」

悲痛な質問が飛んだ。答えたのは増田だ。

「そんな無茶はさせない。現在、第一次感染捜査隊の任務が終わる九月六日以降、クイーン・マム号に常駐する第二次感染捜査隊の選抜に入っている。お前たちは帰港できるから、心配するな」

厚生労働省の官僚など、政権に近い役人ほど、黙りこくっている。卑怯だなと思った由羽は、彼らに意見を促した。

「まずは、感染の脅威を陸に持ち込まない。現政権はそれを目指しています。危険を排除してから、改めて確たる専門機関と協議し、その都度、最良の判断をしていくということです」

これまで専門的で具体的な話が続いていたのに、政権の対応の話になった途端、曖昧模糊としてきた。早希を挟んで隣にいる上月が、鼻息荒くつぶやいた。

「原発と一緒だ。議論を先送りして、未来の世代に対処を押しつける」


五分の休憩を挟んで、結団式が再開する。

改めてマイクを取ったのは、再開と同時に入ってきたスーツ姿の男だった。警察官たちの背筋が伸びる。篠崎唐一郎内閣危機管理監だ。首相官邸での記者会見場では、内閣総理大臣を前に使い走りのように腰を低くしていたが、いまは胸を反らせた偉ぶった態度だ。政府からなんらかの激励メッセージが読み上げられるような雰囲気ではなかった。

篠崎は手元の用紙を開きながら、末端の兵隊たちに、配られた書類袋の中を探れという。

「内閣官房より、警視庁、海上保安庁への訓令を示した通達書類だ。令和二年13号とヘッダーがついている」

一同が書類袋の中から取り出し、改めて、目を通す。

由羽はその内容に、愕然とした。

『クイーン・マム号内に隔離されている感染者の安全保障について』

というタイトルがつけられている。むやみやたらな発砲は禁止、けん銃使用も最低限にすると前文に書かれていた。感染者ひとりにつき三発まで、という具体的な制限まで記されている。正当防衛であっても、感染者ひとりに対し、致命傷とはならない手足への発砲を『強く』推奨すると記されていた。

篠崎内閣危機管理監が、内容を読み上げている。

「また、致命傷となる頭部、及び脳内損傷を伴う打撃は、一切、禁ずることとする」

凍りついたような沈黙が、場を覆う。

これはいくらなんでもひどすぎる。

自衛隊のような完璧な装備や技術を持たない警察官や海上保安官に対し、この訓令はあまりに残酷だ。あのダンスホール・クラスターの現場を経験したいま、由羽の中で感染者を殺害する是非が揺らいでいるが、訓令で『非』を押しつけられるのは恐怖でしかない。

沈黙を破ったのは、来栖だった。

「隊員たちに死ににに行けと。そういう訓令と捉えて、構いませんね?」

「第一封鎖線を死守すれば、第一次感染捜査隊から死者が出ることはない」

「第一封鎖線を守るSSTやSATの隊員は死んでもいい?」

来栖と対立しているのだろうか――篠崎は忌々しそうに言う。

「君たち特殊部隊は、素手で人を殺す訓練を重ねているんだろう」

「誤解です。そんな訓練はしていません。素手で殺害されそうになったときの対処法を習得するのみだ」

「同じことだ。素手でどう殺害するのか知らないと、対処訓練はできないだろ」

来栖が篠崎の詭弁に憮然とした。

「たかだが病人相手の制圧と拘束は、君たち特殊部隊の人間には難しいことではないとは思うが」

さらりと言う篠崎を、来栖がぎろりと睨む。来栖は内閣官房に出向していたから、篠崎とは同じ立場の人間だったはずだ。元々仲が悪かったのか。ＨＳＣの対応を巡って、対立するようになったのか。

「君はやりすぎた」

篠崎が来栖の肩に手を置く。三本の金糸が入る肩章を握り潰すような力が手にこもっているのが、傍目にもわかる。

「ダンスホール・クラスターの動画が世に出回らないことを、願っているよ」

篠崎はそれだけ言うと、さっさと会場を出ていってしまった。

じわりじわりと、会場が騒然としていく。

「なんだよあれ、偉そうに」

篠崎の態度をなじり、訓令13号の用紙をぐちゃぐちゃに握り潰す者もいた。海上保安庁の面々が座る会場の左半分は、そういう空気だった。

だが、警視庁の機動隊員たちは、おおむね訓令13号に賛成といった様子だった。

「これは当然といえば当然のことだ。相手はテロリストでも凶悪犯でもない。病気の自国民だ。攻撃していいはずがない」

「積極的に殺すのは間違えている。この訓令は遵守されるべきだ」

ひっそりと聞こえてくるのは、本音か――。

「この訓令破っちゃったら、陸に無事戻れたとしても、停職処分じゃないの。この先長い警察官人生を、閑職に追いやられることになりかねないよ」

来栖は両方のざわめきにじっと耳を傾けていたようだが、おもむろに、立ち上がる。

「本部長、ダンスホール・クラスターの映像を、いま、流してください」

言われた第三管区海上保安本部長は、目を丸くする。

「来栖――いいのか」

「彼らは感染者の実態を知らない。どういうふうに見てくれが変化し、どういうふうに攻撃を仕かけてくるのか、良い勉強になります。いつか必ず見せねばならない映像です」

終わったら戻ります、と来栖は出ていってしまった。映像再生の準備が始まる中、警視庁の警備部長が一同に注意する。

「これから見る制圧方法は、訓令13号に反する。制圧方法を参考にしてはならない。あくまで、感染者の特徴や動きを知るための教材として見てほしい」

窓辺のブラインドが下ろされ、道場の照明が消えた。

由羽は席を立ち、会場を出た。来栖を探す。


由羽は横浜海上防災基地にある喫煙所を探し回った。来栖のことだから、七三分けを撫でつけながら、葉巻でもふかしていそうだなと思ったのだ。来栖は一階のロビーにいた。自動販売機に金を入れている。

これまでナチスの将校みたいな雰囲気――なんとかの虐殺者とか、血に飢えた犬みたいなニックネームが似合う姿しか見ていない。自動販売機に小銭を入れている姿に、由羽は拍子抜けした。

来栖はちらりと由羽を一瞥しただけだ。金を入れ続け、二本の缶コーヒーを買う。一本が由羽の方に飛んできた。由羽は驚いて、キャッチしそこねた。落としてしまう。

「反射神経が鈍いな。ダンスホール・クラスターでのろまだったのはそのせいか。出港までに体を鍛えておけ」

来栖は生真面目な顔で言い、すたすたと中へ戻っていく。ついてこい、とその背中が言っているような気がして、由羽は追う。来栖は廊下を突き進み、訓練施設のような場所を突っ切って、桟橋に出た。横浜ゲートブリッジや赤レンガ倉庫など、横浜港のシンボルを一望できる場所だった。来栖は青いベンチに座り、無言で缶コーヒーを飲んでいる。由羽は来栖の斜め後ろに立ち、缶コーヒーのプルトップを上げた。直球で尋ねる。

「来栖さん。私に話があるのよね?」

だから、ダンスホール・クラスターがあった日、由羽をクイーン・マム号に呼びつけたのだ。

「出港したら、話す」

「逃げ場がなくなったところで話すのね。ダンスホール・クラスターがあった日に話してくれるつもりじゃなかったの」

「状況が変わりすぎた。まさか感染者が六百人にも膨れ上がるとは思わないし、政府が海上隔離を決定するなど思いもよらなかった」

来栖は静かに、缶コーヒーを傾けている。海の向こうの横浜港大桟橋には、見知らぬ豪華客船が停まっていた。左手に見えるくし形の桟橋には、白い船体に青いS字をもじったラインが入る、海上保安庁の巡視船艇が停泊している。

「――ねえ。出港したら、私はどの部隊の所属になるの?」

「考え中だ」

由羽はびっくりする。

「どこかの部隊に入れたいから、私を呼んだんじゃないの？」

「出港したら話す」

「気になるじゃない。場合によっては、第一次感染捜査隊の選抜を辞退するかも」

「構わないさ。乗りたくなきゃ降りろ。それだけだ」

来栖はあっという間に缶コーヒーを飲み干して、ゴミ箱に放った。

「だが、あんたは来る。そうだろ」

立ち上がり、来栖は由羽の横をすり抜けていく。

「なんでわかるのよ。私これでもすっごい自分勝手でわがままよ」

「そうは思わない。警察官としての根っこはそこらの男に負けないだろう。ずいぶん私生活は奔放らしいがな」

褒められているのか、けなされているのか。

「だから上から圧力がかかっても、協力者が血縁しかいなくても、浦賀水道で不審船を停めた」

なるほど、と由羽は細かく頷く。

「やっぱりその件ね。言っとくけど、薬物密輸事件のあなたの容疑、まだ晴れていないからね」

散々逃げられた挙句に制圧された屈辱がわっと蘇る。由羽は腰のベルトにつけた手錠に手が伸びそうになった。

「戻るぞ」

来栖が建物の中へ入る。

「待ちなさい！」

「あんたひとりじゃ俺を制圧できないだろ。ワッパを出すことすらできないはずだ」

「わかってるわよ、そんなこと。でも、二か月の任務を終えて陸に戻ったら、絶対証拠を見つけて、あんたを逮捕してやるから！」

「戻るぞ」

来栖が改めて、短く言う。腕時計を見た。

「ダンスホール・クラスターの映像を、みな見終わっただろう」


会場は、葬式か通夜みたいな空気になっていた。

由羽は上層部の顔を眺めながら席に着く。見せない方が良かったのでは、とでも言いたげに、戻ってきた来栖を咎める色があった。

隣の早希は訓令13号の用紙を握りしめている。その隣の上月の横顔からは血の気が引いていた。司会進行役を務めていた海上保安官が言う。

「最後に、第一次感染捜査隊隊長、来栖光三等海上保安監から、ひとこと」

来栖は立ち上がり、一同を見渡す。訓令13号という縛りと、ダンスホール・クラスターの過酷な現場を目のあたりにして絶望した隊員たちは、うなだれたままだ。来栖は前置きなく、呼びかける。

「生きて帰るぞ」

しん、と染み渡るような沈黙のあと、ひとり、二人と、顔が上がっていく。まるで希望の光を見つけたかのような顔で、来栖を仰ぎ見る。

「二か月後、必ず、生きて帰ってくる。そのために必要な装備を出港までにかき集めてくるし、感染者に対し有効と思われる徒手空拳による制圧術をお前たちに訓練する予定だ。特殊部隊が体得する制圧術は世界の特殊部隊から伝授されたもので、民間人や末端の警察官、海上保安官には絶対に漏らしてはならない秘術だ。だが、お前たちには教える」

それから――と来栖はマイクを置いた。

訓令13号が記された用紙を、汚れものを持つような指先でひらひらと示す。ビリビリに破り捨てた。

一同が呆気に取られる。警視庁の警備部長は半分腰を浮かせて抗議しかけたが、第三管区海上保安本部長は、憮然と前を見たままだ。

「こんなものは守らなくていい。お前たちの命――いや、国民の生命と財産を守ることが、なにより大事だ。政治家なんかただの貴族、そんな奴らの人気取りのために無駄に命を散らすな」

警視庁警備部長が反論する。

「しかし、内閣官房からの要請を率先して破るとは――」

「訓令13号を守りたい奴は、守ればいい」

来栖が遮り、部下たちを見て、厳しい口調で言う。

「感染者を殺すくらいなら、殉職する方がましと思っている連中もいるだろうが、それは輝かしい殉職ではないぞ！」

由羽は息を呑んだ。まさに自分がダンスホール・クラスター現場で考えていたことだ。

「咬まれても死なない。死ねないんだぞ。感染者になるだけだ」

道場内に、ハッとするようなざわめきが起こる。

「感染者を制圧しないということは、自分が感染者になって誰かを食い殺すということを意味する」

来栖が咳払いを挟む。

「船には、自ら犠牲を買って出たシーマンシップ溢れる民間乗組員が、予備自衛官に仕立て上げられ、百名も乗り込む。万が一、第一封鎖線が突破された上に訓令13号を遵守したら、今度は訓練された肉体を装備でがちがちに固めたお前たちが、無防備な民間人を食い殺すことになる。それでもいいならこの訓令を守ればいい」

この感染症に対し甘い考えを持っていたことを、由羽は痛感する。

「それからもうひとつ。相手はテロリストでもないし、戦争を仕かけてくる敵国の軍隊でもない。装備を持たないただの病人だ。だが強敵だ。なぜだかわかるか」

返事を待たず、来栖が答える。

「増殖するからだ」

来栖がホワイトボードに数字を書いた。

『358対619』

「これは、クイーン・マム号における、非感染者と感染者の人数比だ。ひとりが咬まれ、戦線離脱したとする。普通は、357対619の戦いになると思うだろうが、違う」

由羽は改めて指摘され、震える。

「357対620の戦いになる。こちらが減れば減るほど、あちらは人数が増えていく。感染から発症まで、最も早い者で十秒だ。訓令13号を遵守したら、クイーン・マム号の勢力図は二十分で変わる」

来栖が数字を消し、書き直す。

『50対927』

由羽だけでなく、他の選抜隊員たちも真っ青になる。あっという間に、感染者の数が味方の数の二十倍に膨れ上がるのか——。

「ここまでに勢力図が崩れたら、逆転は不可能だ。こちらが0になるまで、五分とかからない」

誰かがつぶやく声が、聞こえてきた。

「まさに、ゾンビ船だな」

増田が咎めた。海上保安官の発言だったのだろう。だが、来栖は肯定した。

「その通り。制圧に失敗したら、この船は九七七名のゾンビが蠢く幽霊船となる。これだけの巨大な船が舵を失ったらどうなる。海保の巡視船はもちろんのこと、タグボートでもえい航するのは不可能だ。海をさまよい続ける。北半球は台風シーズンに突入している。嵐に巻き込まれたら、沈没までそう時間はかからないだろう。沈没したらどうなる」

答えたのは村上だ。この場の雰囲気に似合わず嬉々としている。

「感染者は、酸素がなくとも長期間、生きることができます」

「そう。感染が大海原に広がる。硫黄島界隈は季節来遊魚も多くやってくる。やがて感染した魚たちは日本近海に散らばり、いくつかの種類は世界の海へ向かうだろう」

由羽は唇を噛みしめ、来栖を見つめる。

「もはや東京オリンピック開催どころの話ではない。俺たちが殉職という美しい冠をかぶるということは、世界中にウイルスをばらまくということに等しい」

その通りだと言わんばかりに、隊員たちが頷く姿が、さざ波のように広がっていく。

「このウイルスを蔓延させない。それは俺たちの任務にかかっている。訓令13号のようなきれいごとに惑わされるな。そして最後に、もう一度言う」

来栖は声を張り上げた。

「お前たち。必ず、生きて帰るぞ……！」

第一次感染捜査隊は、横浜海上防災基地の結団式で、決意を新たに強い絆を結べたはずだった。

その日のうちに、それはもろくも崩れ去った。

SNS上で『正義仁愛』なるハンドルネームの匿名アカウントが、ダンスホール・クラスターの防犯カメラ映像を、ネット上にアップしたのだ。

由羽が見たとき、閲覧回数は百万回を超えていた。

動画のタイトルは、こうだ。

『閲覧注意！　感染したら、海上保安庁の特殊部隊に殺される！』

動画はあまりに都合よく編集されていた。感染者が人を襲い、食べているところは全てカットしてあった。SSTが感染者の頭部を射殺する映像ばかりが切り取られ、繋げられた映像だった。バーカウンターの上で整列したSST隊員たちが、MP5サブマシンガンを構える映像も出てきた。由羽が咎めたので使用はしていないのに、銃口を下げる場面はカットされていて、死体の山の映像が繋げられていた。死体の殆どは、感染者に食われて体がバラバラになった人々だ。この映像の流れだと、マシンガンで感染者がハチの巣にされて手足がバラバラに吹き飛んだように見える。

極めつきが、来栖が自衛隊の医務官を殺害した場面だった。防犯カメラ映像を繋げたものなので音声が入っていないから、医務官が両手を合わせて命乞いしているように見える。彼は自分の手のひらを示して「咬まれた」と言っただけなのに、直後に来栖が射殺したことで、命乞いをしている人を殺しているふうに映った。

感染者が人を襲って食っている映像は、一切流れなかった。海上保安庁を窮地に陥れたい者の恣意的な編集動画だった。これが『正義仁愛』の名のもと、組織内部から出た。海上保安庁も来栖の対応に対し一枚岩でないようだ。

以降、海上保安庁の広報室には抗議の電話が殺到し、回線がパンクするほどだったという。警視庁の広報室も似たようなものだ。「人殺しのために警察官を船に乗せるのか」とお叱りの電話が鳴りやまない。『殺人出動阻止！』という過激なプラカードを持って都内各地にある機動隊の敷地周辺を練り歩くデモ隊も現れた。

全国にある各海上保安庁の施設には、もっとあからさまないやがらせがあったと聞く。投石をはじめ、停泊中の巡視船に落書きされたり、海上保安庁長官の元に脅迫状が届いたりもした。

ここまで国民が無理解なのは、感染者がどう人を攻撃しどう食い殺すのか、現実を知らないからだ。人権上の配慮もあるし、人が他人の体を食いちぎって食べる場面など、残酷すぎてマスコミも報道できない。

七月一日の第一次感染捜査隊の出港日が迫る中、野党が国会内で追及を始めた。当然ここで政府が出す切り札はこれだ。

『令和二年内閣官房通達　訓令13号』

政権与党は、この訓令をすでに第一次感染捜査隊に提示していることを強調した。万が一この通達を破る者が現れたら、直ちに除隊とし、刑事処分もいとわないとまで言い出した。海上保安庁長官と警視総監までもが国会に呼び出され、追及を受ける。

由羽にとって最高位にあたる上官は、警視総監の内川誠一（うちかわせいいち）だ。豊かな黒髪に太い眉毛の、情の厚そうな男なのに、答弁は冷酷だった。

「訓令13号を死守させるべく、強く、現場に求める所存であり、破った者は懲戒処分、場合によっては刑事罰を科す予定です」

由羽はそれをテレビで見ていた。「お前が行けよ、死ね」とひとりで憤慨するしかない。翌朝、新聞記事になっていたが、スクラップしなかった。隣に掲載されていた海上保安庁長官、塩崎泰二の記事は丁寧に切り抜いた。

あの日、塩崎長官の答弁の声は震えていた。

「誤解を恐れずに言えば」

と前置きした上で、涙を流し、こう訴えた。

「我が組織はクイーン・マム号の初期対応の矢面（やおもて）に立たされ、すでに、四名の感染者、二名の殉職者を出しております。その上に、現場で制圧を許さない法的な縛りを課すなど、もはや、現場の隊員に丸腰で銃弾の雨の中を走れと命令するようなもの。私にはこの訓令13号を死守しろと、大切な大切な一万二千人の海上保安官たちと、その家族も見ているであろうこの国会の場で、口が裂けても言えません！」

七月一日、第一次感染捜査隊の出港日がやってきた。

由羽は自宅官舎からタクシーで、東京国際クルーズターミナルへ向かった。二か月の船旅に備えて荷物が多かったし、海上隔離反対運動を繰り広げるデモ隊が殺到し、ゆりかもめは遅延していた。

第一次感染捜査隊は日本国民の二割方に同情されているだけで、あとの八割からは『感染者処刑隊』と揶揄（やゆ）され、忌み嫌われている。警視庁も海上保安庁も第一次感染捜査隊の名簿を機密扱いとし、「隊員個人で身を守るように」と注意を出すほどだった。

忌み嫌われているからだろう、当初は一日数千円単位の手当てがつくと噂があったが、知らされたのは、一日百円の手当てだった。この第一次感染捜査隊のために、税金は使いたくないという政府

──いや、国民の意思だった。「給料を貰ってあの豪華客船にただで乗る」「ぜいたくだ」とネット上にクイーン・マム号の豪華絢爛(けんらん)な施設や船室の画像を載せて、悪口を書き立てる人もいた。

ここまで後ろ指をさされている状態で、国民のため、死と隣り合わせの任務に向かう。

そもそもの発端は『正義仁愛』というハンドルネームの海上保安官がダンスホール・クラスター動画を流出させたせいだが、海上保安庁はとっくにその人物を特定している。氏名は公表されていないし、その人物は懲戒処分が下される前に自ら退職した。彼には一千万円近い退職金が出る。「SSTの暴挙に、義憤に駆られてやった」と正々堂々と宣っているらしい。

タクシーでお台場を通り過ぎたあたりから、歩道に人が溢れるようになった。

「海保、追放！　警察、追放！」

激しいシュプレヒコールが、タクシーの車内へも聞こえてくる。赤い字で描かれたプラカードには『殺人保安庁！』という言葉や『国民処刑隊は今すぐ解散を！』という文字が躍る。目を逸らしたくなったが、ひとりの老齢の女性が掲げている横断幕に、由羽は目を奪われた。

『息子夫婦がダンスホールで生きています。警察・海保のみなさん。息子たちを殺さないで！』

由羽は唇を噛みしめる。しばらく、元乗船客やその家族と思しき人々の、涙の訴えの列ができていた。感染し隔離されている人々が元気だったころの顔写真があちこちに突き出されて、人の頭の上で揺れる。中高年の顔写真が多いが、中には若い人の顔もある。ダンスホールで働いていたバーテンダーやダンス講師なども感染したのだ。

その顔の間に、赤い文字が並ぶ。

『殺さないで！　娘は病気になっただけなの』

『私たちは、生きたい！』

『両親の帰りを、待っています！』

涙があふれてきた。

東京国際クルーズターミナルに入る一本道は入口に厳しい検問が設けられ、渋滞していた。デモ隊や感染者家族の訴えが余計に目に入りやすい。由羽はタクシーに乗っていたので絡まれずに済んだが、第三機動隊の人員輸送車は、デモ隊に取り囲まれてしまっていた。

騒乱の都道四八二号を左折した途端、世界が一変する。

誰もいない海上の一本道を進む。東京国際クルーズターミナルへと入った。東京湾岸署の警察官たちが方々に立ち、交通整理と警備をしていた。由羽がタクシーから降り立った途端、彼らの間に緊張が走ったのがわかった。由羽は、腰を十五度曲げる。

「行ってきます」

東京湾岸署の警察官たちは、挙手の敬礼で返した。

ターミナルの中は、第一次感染捜査隊を見送る家族や関係者で、ごった返していた。

あそこの人だかりは海上保安庁、あそこは機動隊など、服装や掲げている各隊の旗でわかる。由羽は人混みを縫いながら、謙介を探した。

コンクリートの桟橋に出た。別れを惜しむ家族があちこちで輪を作っている。上月がいた。五歳の娘を抱いている。上月は豪華客船の説明をしているようだった。上月とよく似た顔をした娘は、きゃあきゃあはしゃいでいる。元妻が後ろにたたずんでいた。離婚したとはいえ、大事な娘のたったひとりの父親だ。元妻の横顔に悲しみが浮かんでいた。

「由羽ちゃん」

後ろに謙介が立っていた。餞別(せんべつ)にか、紙袋を渡される。

「おっ。いいね。お酒?」

紙袋の中身をのぞく。新品のスクラップブックと、糊(のり)やハサミなどの文房具類が入っていた。謙介の足元には、新品のプリンターまで置いてある。

「一度出港したら、新聞はネット記事が頼りだろうから」

由羽は苦笑いした。実際、プリンターは前線対策本部のものを使えるのだが、受け取る。

「由羽ちゃんにはお酒よりこっちの方が落ち着くだろうと思って」

「ありがとう」

弟はよく理解している。すぐ脇に集っていた男たちが、『第七機動隊々歌』を歌い出した。別の輪を作っていた男たちからは、『第一機動隊々歌』が聞こえてくる。警視庁機動隊の各隊だけでなく、各所轄署にも歌がある。東京湾岸署の署歌はどこからも聞こえてこないし、姿も見えなかった。

「すぐ近所なのに見送りゼロとは。日々の行いの結果だね」

由羽は自嘲してみせたが、謙介が真面目に言う。

「近所だからこそ、来られないんだよ。周辺は大渋滞だし、あれだけデモ隊が集結していたら、刑事課だって現場に駆り出されているはずだ」

由羽は腕時計を見た。

「そろそろ行くね。船内は筋肉マッチョのハーレムだよ。楽しんでくる」

半分冗談、半分本気で言う。謙介がやっと笑った。

「じゃあ」

最後は短い言葉で、別れた。

由羽は桟橋からターミナル内に戻り、ボーディングゲートで警視庁、海上保安庁双方から持ち物検査を受ける。警察手帳と辞令を提示し、ボーディングブリッジを渡った。

二週間ぶりに、クイーン・マム号に戻ってきた。

ボーディングブリッジの先は、もう五階ロビーだ。出動服を着た男たちで混み合う。スポーツバッグを担ぎ、スーツケースを転がしている。クイーン・マム号の上品なきらびやかさを台無しにする、無機質な恰好だ。船内図とにらめっこして、階段を上がったりエレベーターを待ったりしている。

由羽の部屋は十三階船首方向だ。由羽はふかふかの絨毯のせいで転がりにくいスーツケースを引っ張り、船首方向にあるエレベーターへ向かった。ここは人が少なかった。エレベーターに乗り、十三階へ着く。フロアの真ん中にあるプールは水が抜かれ、吹き抜けの先から東京の空が見える。プールサイドから直接十四階の屋上デッキに上がれる階段が、両側についていた。

プールの向こうのビュッフェレストランから、スーツの男たちが長テーブルや椅子を運び入れているのが見えた。前線対策本部の準備をしているのだろう。

由羽は２０１号室へ向かう。ホテルのようなカードキーを差し込み、中に入る。

室内の美しい装飾に、ちょっと心が躍る。入口のすぐ脇にはシャワースペースがあった。バスタブはないが、洗面所のレバーは金色で、トイレも温水便座付きでピカピカだ。バス・トイレの脇を抜けると、簡素ながらゴシック調のデスクと、テレビモニターが設置されていた。窓辺にダブルベッドがある。

由羽にあてがわれた部屋は、バルコニー付きだった。

窓辺へ駆け寄る。解錠し、二枚重ねの頑強な窓を開ける。

初夏を思わせる気持ちよい風が吹き込んでくる。今日は梅雨の合間の晴れの日で、天候に恵まれた。

由羽の部屋は船の右舷側だ。いまは桟橋とターミナルしか見えないが、出港すれば、大海原の雄大な景色と海風が、由羽を癒してくれるに違いない。

ノック音がした。すぐ隣の202号室の吉岡早希だ。早速、手を引かれた。

「もうすぐ出港。上でセレモニーだよ」

早希の部屋を挟んだ203号室は、海上保安官の大前美玖の部屋だ。初めましての挨拶も含めてドアをノックし、誘ってみた。由羽はいつものネルシャツにジーンズの私服、早希はパンツスーツ姿だが、大前美玖は上下白の制服姿だった。まだ若そうに見えるが、制服を着ているので、落ち着いて見える。美玖が慌てていたので、初対面の挨拶は数秒で終わった。

「すみません、海上保安官は、七階で整列出港なんです」

七階にはフロアをぐるりと一周できる細長いデッキがある。海上保安官はそこに等間隔に並び、敬礼のポーズを決めて出港するようだ。女性用の丸い制帽をかぶりながら、美玖は階段を駆け下りていった。

「警視庁も隊列とか組むのかな」

早希と二人で階段を上がり、十四階、最上階の屋上デッキへ出た。スポーツコートやバーなどの設備が目を引く。警察官の多くが集まり、見送りの人々に手を振っている。あくまで任務なので、カラーテープを投げたり、シャンパンで乾杯するようなことはしないが、海上保安官のように隊列を組むことはなく、自由に出港の時を過ごしている。

「海上保安官は船での出陣に慣れているよねぇ。警察はこんなバラバラだけど」

警察官の結束力のなさは、上官の態度から来るもののようにも思えた。内川警視総監が政府ではなく現場に寄り添う姿を見せてくれたら、もう少しまとまりがあったのではないかと思う。

船が出港の汽笛を鳴らした。

栈橋に集う見送りの関係者たちの声援が一層大きくなる。悲痛な声に聞こえなくもなかった。

豪華客船が真横に離岸していく。大型船の出航を手伝うタグボートが近づいてきた。船体のあちこちを押してくれる。クイーン・マム号はUターンし、船首を南に向けた。

由羽は早希と共に、左舷側に回る。

船がUターンするころには、豪華客船は東京西航路の真ん中に出て、栈橋からかなり遠ざかっていた。各機動隊の旗が海風に吹かれて、シンボルマークがよく見えた。もう、煙草ケースくらいの大きさになっていた。謙介はどこにいるのか、最後までわからなかった。

第一次感染捜査隊員たちの子供と思われる少年少女が、栈橋を駆けてくる。子供の名前を呼んで嗚咽を漏らす男たちの声、すすり泣きがあたりから聞こえてきた。栈橋の子供たちはぴょんぴょん飛び跳ねたり、大きく手を振ったり、はしゃいでいる。子供たちを背後で見守っているのは、妻たちだろうか。くずおれるように泣く人、気丈に手を振る人、静かに肩を震わせる人、様々だった。

しばらくして、由羽は東側の建物から、「天城ー!」という大歓声を聞いた。

東京湾岸署だ。

全てのフロアの窓が開いていた。業務中のはずの警察官や刑事たちが、大きく手を振っている。刑事課の仲間たちや、強行犯係の係長の姿も見えた。

『天城由羽　がんばれ!』という横断幕まで作って、窓から垂れ下げていた。

「なによあれ、恥ずかしいんだけど」

笑ってしまうが、涙が勝手に溢れる。署長室の窓も開いていた。池田署長が挙手の敬礼で、由羽を見送っている。由羽は背筋がぴんと伸びた。腰を十五度曲げ、池田署長に敬礼する。

船はあっという間に、東京湾岸署から遠ざかる。

東京海上保安部が入る東京港湾合同庁舎も、殆どの窓が全開だった。見送りの職員が大きく手を振っている。港湾合同庁舎には、東京検疫所も入っている。検疫所の職員も五名、第一次感染捜査隊に名を連ねているのだ。

東京海上保安部でも、大きな横断幕が垂れていた。東京港に差し込む日差しを受け、黒い文字が光り輝いて見える。

『第一次感染捜査隊　生きて帰ってこい、必ず！』

第三部　愛と遵守

1

由羽は大海原を走っていた。

七階の船首部には、総ガラス張りのトレーニングジムがある。船首方向に張り出した窓の前には、ランニングマシーンが並ぶ。船の進行方向を向いている上、七階船首部は他のフロアに比べて前に突き出している。このランニングマシーンを使うと、海を走っているような気分になった。

由羽は暇さえあれば、ジムのランニングマシーンを使って、持久力をつけている。

撃てない、殺せないのなら、逃げ回るしかない。毎日十キロは走ることにしている。最初はきつかったが、十年以上前も警察学校で散々走らされたので、すぐに慣れた。

東の水平線から太陽が昇り、青い海面に宝石を散らしたような反射光がきらめいている。夜になると星座がきれいに見えた。夏の大三角だけではなく、天の川がくっきりと見えたときには、女三人で大はしゃぎした。

東京港を出港してから十日経った七月十日。

クイーン・マム号は硫黄島の南東沖十キロあたりを航行している。

いまは、フィリピン海で発生した台風三号の影響を考慮し、右往左往している状態だった。停船しないのは、発電と冷却水の循環のためだ。これだけの規模の船を動かし、船内の人々が活動するために発電させるとなると、海上で停泊しっぱなしというわけにはいかない。

燃料のことも考えねばならない。東京港から満タンの燃料を積んで出港したので五十日間は航行できるらしいが、いずれは給油が必要になる。二か月後に東京に戻るのはあくまで第一次感染捜査隊の面々だけだ。巡視船に乗ってやってくる第二次感染捜査隊と引き継ぎ、巡視船で帰港することになる。クイーン・マム号は、政府が次の一手——陸上の隔離治療施設を建てるとか、病床を整えるとかの手を打たない限り、硫黄島近海を航行し続ける。

出航から十日、第一次感染捜査隊員たちは、訓練と配置と四日に一日の休みというルーティンを繰り返している。

由羽はどこの隊にも所属していない。封鎖線の中で最もダンスホールから遠い、七階船首側の第五封鎖線に、オマケ要員のような形で配置されていた。出動服も持っていないので、いつものTシャツジーンズの上に、余っている防弾ベストや関節保護パッドを借りてつけている。ヘルメットや首回りを保護するパッドは誰かのを借りねばならないが、正直、使い回しは汗臭くてたまらないので、つけていない。かなり無防備な恰好だ。「万が一のときはすぐ逃げろ」と周囲の誰もが言うほど、由羽は役立たずな存在だった。

第三〜第五封鎖線は持ち場に四時間立っているだけなので、署の前の立番以上に暇だ。一度の配置人数はだいたい十人くらいいるから、たまに会話はする。全く緊張感がないわけではないが、張り詰めているわけでもなかった。

第一封鎖線は状況が違った。

板や鉄板で塞いでいるとはいえ、扉一枚隔てた向こうに、六百十九名の感染者が蠢いている。扉の隙間から、隊員たちのにおい——感染者にとっては食べ物のにおいがするのだ。常に押し合いへし合いが起こっている。扉を叩く音、唸り声、威嚇が断続的に聞こえてくるらしい。

この第一封鎖線を守る海上保安庁ＳＳＴ特殊警備隊と警視庁ＳＡＴ特殊急襲部隊は、緊迫感を持って、扉の前を守っていた。

彼らは、他の隊員に許されている一時間に一回の五分休憩すらないようだ。水分補給のため、管が首まで延びた水筒を背負って任務にあたっているらしかった。

さすがに秘匿の特殊部隊員ではあっても、船内で顔を隠すようなことはしない。すれ違えば挨拶もする。だが、共に声をかけ合って一緒に弁当を食べることもないし、どこの客室を住まいとしているのかもよくわからなかった。互いに氏名を名乗ることもなく、いつかのように隊内で決められたニックネームで呼び合う。

「彼らは影の存在であれ、と徹底的に叩き込まれる」

そう教えてくれたのは、来栖だ。

来栖はＳＳＴのルーティンに含まれてはおらず、監視に立つこともなかった。前線対策本部にいて情報を集めているか、各部隊の隊長クラスと共に戦術会議を開いている。毎日どこかの隊の訓練に顔を出し、特殊部隊の制圧術で感染者に効果的なものを教示していた。銃器の使用を大幅に制限されたいま、なんとか隊員を守ろうと奔走している。休んでいるところ、リラックスしているところを見たこともない。彼もまたどこの部屋にいるのか、公表されていない。秘匿事項らしかった。

上月とは船内でたまにすれ違った。同じ班になることはないし、目を合わせることもない。夜這いに来られたら困ると思っていたのだが、全くの心配無用だった。やはり死ぬかもしれない状況に陥ったとき、男の胸を占拠するのは「女」ではなく、「家族」なのだ。

船内にある映画やシアター、プールは使用できないが、バーのグラスや皿は、使用してもいいことになっていた。船会社から、バーやレストランの冷蔵庫に残っている酒やつまみは食べてくれていいという嬉しい申し出があった。在庫は三日でなくなった。

警察官も酒飲みと言われているが、海上保安官も負けていない。非番の警察官や海上保安官が、十四階屋上デッキで宴会をし、肩を組んで互いの組織で歌われる曲――警視庁の場合は『この道』、海上保安官は『はばたき』を歌う。お互いに教え合い、親睦を深めていた。

ダンスホールの感染者たちは、刺激を与えなければ、大人しくしている。

平和だった。

トレーニングジムから見える朝日が、水平線から離れる。真ん丸の輪郭がよく見えていたが、目に痛いほど眩しくなってきた。

さて。今日も新しい一日が始まる。

これが、第一次感染捜査隊にとって最後の朝日になるとは思いもよらず――。

由羽は毎朝の日課の十キロランを終え、ランニングマシーンの電源を切った。


午前七時。

由羽は十三階の前線対策本部脇の通路を突っ切り、船尾にあるテラスへ向かった。ここに、弁当の入ったケースがドカンと放置してある。由羽は弁当とペットボトルの茶を取り、プール脇の階段から十四階屋上デッキに上がる。

屋上のバーカウンターには、ソファセットとパラソルが並ぶ。由羽はソファ席を陣取った。青空のもとで朝食を楽しもうと思ったら、スポーツコートに、機動隊の連中が大盾を持ってわらわらと集まり始めてしまった。

機動隊は、出港してから毎日のように大盾訓練をやっている。隊列を組み、大盾を前に繰り出しながら、一、二、一、二とかけ声を上げて、前進したり、後退したりする。

以前、この大盾訓練を巡り、来栖と機動隊長がもめていた。

押し寄せる感染者群衆を前に、大盾による集団行動はなんの意味もないと来栖は繰り返し説き、隊員たちに頭部を狙い撃ちする射撃、徒手空拳による攻撃方法を学ばせるべきと主張した。

機動隊長は拒否した。訓令13号を守る建前もあるだろうが、ダンスホール・クラスターを生身で経験していないせいか、「千鳥足で近づいて咬みつこうとするだけの感染者なんか、火炎瓶を持ったデモ隊より制圧は容易だ」と宣った。

だが、末端の中には機動隊長の考えに不満を持っている者もいる。こっそりと来栖に個別訓練をつけてもらっている機動隊員もいた。警察官の考え方がバラバラなのは出港前からだが、海上保安官の中でも、訓令13号を遵守すべきと考えている者がちらほらといるようだ。SSTが特警隊を集めて制圧術の訓練をしようとしても、何人かは辞退したという話を聞いた。

東京オリンピック開催のために、追われるように東京港を出た。出港前に隊員たちの意思統一ができなかったことが、いまだに尾を引いている。

由羽は大盾訓練のやかましいかけ声から逃れようと、十三階の自室に撤退した。パソコンを開きニュースを閲覧しながら朝食を摂る。今朝の弁当は焼き鮭と卵焼き、ひじき煮などがぎっしり詰まった海苔(のり)弁当だった。毎日三回も作りたての弁当を届けてくれる後方支援の巡視船主計科の海上保安官たちには、感謝だ。由羽は海苔と醤油の風味を堪能する。気になる記事を見つけたら、プリントアウトした。食べ終わったら早速、切り貼りを始める。

ノック音がした。

「はい」

「俺だ」

来栖だ。殆ど毎朝、部屋を訪ねてくる。どこの部隊にも所属していない由羽を個別に訓練するためだ。

由羽は唇や歯に海苔が残っていないか鏡で確認し、扉を開けた。来栖はいつかのように、下ろしたてのような真っ白のTシャツを着ている。下はタクティカルスーツの黒いスラックスだ。半長靴の中に裾を入れ込む、いつものスタイルだった。

来栖の目が由羽の背後に飛んだ。まるで室内点検する警察学校の教官のような目つきだ。いまテーブルの上は、食べ終えた弁当のゴミと、切り残しの紙が散乱している。

「工作でもしていたのか」

「なにその言い方。小学生扱い？」

スクラップブックに気がついたのか、来栖が興味深そうに目を細める。部屋に通してやった。へえ、という様子で、来栖はページを捲る。

「自宅に帰れば、浦賀水道事件のスクラップブックも大量にあるわよ」

見たいかと挑発してみる。来栖はスクラップブックを閉じて、由羽に言う。

「来い」

「なに。訓練なの？」

昨日は89式自動小銃の使用方法を習い、海上に浮かべた的に向かって射撃練習を行った。一発もあたらなかったが、来栖は初めてだからそんなものと由羽のトラウマに気がついている様子はなかった。

「いや、訓練ではない」

「例の話？　出港したら話すって言ってた」

来栖はチラッと由羽を見た。少し目元を歪ませ、違う、と首を横に振る。

まただ。

このときの来栖の顔に、由羽は隙を見ていた。ナチスの残酷な将校には似合わない、気弱な表情をするのだ。それは、由羽がこれまでの刑事人生でよく見てきた表情でもあった。

犯人が自白する直前に見せる顔だ。

言おうか、言うまいか。犯人はギリギリまで迷うものだ。刑事はなるべく親身に、敬意を持って犯人と接する。言って楽になりたい、刑事さんに身をゆだねたい——そういう心理になったときの犯人たちの表情と、来栖のそれが、そっくりなのだ。

由羽は、なんとなく察していた。

薬物密輸に関することだろう。

懺悔（ざんげ）したいのではないか。罪を告白したいのではないか——。

由羽は、扉から出ようとする来栖に問う。

「いつになったら話してくれるのよ。私を呼び寄せた理由」

「新たなる戦術を立てている。あんたに確認してほしい」

「なぜ私に？」

「〈灰人（ハイド）〉と間近に接した、数少ない人物だからだ」

由羽は抗議のため、無視することにした。椅子に座り、切り貼りを続行する。

〈灰人〉とは、新型狂犬病ウイルス——ＨＳＣＣの感染者のことだ。

出港してから誰ともなく、発症した人々を灰人と呼ぶようになった。血の気を失って真っ白になった肌に黒く浮かび上がる神経網のせいで、肌の色が灰色に見えるからだろう。ハイドという読みも、英語のhide、隠す、という意味が転じたものともいえる。真の症状を公表されることもなく、見えないように隠され、海上隔離されるという彼らの現実と重なる。

由羽は感染者のこの呼び方が、大嫌いだった。

感染者は人間だ。

危険な存在として海上隔離が行われているとしても、いつか治療法が見つかるかもしれない。ワクチン製造は不可能でも、対症療法で元に戻る日がくるかもしれない。何か月か経ったら、自然治癒するかもしれない。もしくは、別のなにかを与えれば、人間を食べなくなるかもしれない。

自宅に帰ってくるのを待ちわびる家族がいる。東京国際クルーズターミナルの入口で「殺さないで」と訴える家族の叫びを聞いたはずなのに、彼らの気持ちが届かないのだろうか。

万が一の場合の射殺は致し方ないとは思うが、積極的に感染者を殺そうとするのは間違っている。〈灰人〉などというニックネームをつけることで、相手をモンスターかなにかに貶め、制圧、射殺に対する心のハードルを低くしているだけだ。

来栖は、由羽が無言でスクラップ作業を再開したことを咎めない。ちらりとこちらを見たので、無言の抗議が目に入っているはずだが、さっさと部屋を出ていってしまった。

「もう！」

由羽は文房具を投げ出した。立ち上がり、慌てて来栖の背中を追いかける。

午前八時。

由羽は来栖を追って、前線対策本部に入った。

由羽の客室と同フロアにある前線対策本部は、長テーブルとパソコン、通信機器で占められている。ダマスク柄の壁紙が浮いて見えた。

後方の壁には三台の監視モニターが設置されている。感染者を隔離している場所の防犯カメラ映像が二十四時間流されていた。

ダンスホールには防犯カメラがある。左右の出入口付近を見下ろすもので、ホールのいちばん奥にあるショーステージまでは映らない。豪華客船内は不審者が入り込むことがめったにないので、防犯カメラの数は少ないし、映像も白黒で、不鮮明だ。

もうひとつは、四階医務室の映像だ。初期の感染者六名が収容されたままになっている。今日も、出入口の小さなドアに辻村元長官をはじめとする六人が蠢く。唸ったり、扉を叩いたりしている。

医務室とダンスホールの防犯カメラ映像を、前線対策本部で常時監視しているのだが、監視の目的はそれぞれ違う。

ダンスホールの方は、感染者が封鎖を突破しないように目を光らせる目的で垂れ流しにされている。医務室の六人は、感染症の専門家である村上らの研究対象だ。発症からの経過観察が行われている。

来栖が、監視モニターの前に座っていた村上の肩を叩いた。

「ペイシェント六号の様子は」

「案の定ですね。右足、取れました。昨晩の二十二時四十三分に、完全断絶です」

由羽にはなんの話かわからない。防犯カメラのライブ映像を見ると、海上保安庁の第三種制服姿の男性が、床に這いつくばっていた。矢本だとすぐわかったが、なぜか右太腿から先がない。右足は、医務室の片隅にぽつりと取り残されていた。

来栖が由羽に説明する。

「彼は巡視艇まつなみの矢本という乗組員だ」

由羽は無言で頷いた。

「知り合いか?」

「東京海上保安部はご近所さんだもの。顔見知りがたくさんいる。彼がどうしたの?」

「矢本は咬まれたあと、東京海上保安部長と無線で話したらしい。発症したら、巡視船いずの田島と同じく、自分の体を検体に使ってくれと」

検体——由羽は眉をひそめた。

「巡視船いずの田島さんというのは、確か、あなたが頭を踏み潰して殺害した乗組員よね?」

つい、咎める口調になる。

「ああ。彼のおかげで、灰人の弱点が頭部破壊だとわかった」

「田島さんも検体を申し出ていたの?」

「そうじゃなきゃ、あんなことをしない」

由羽は無言で来栖の横顔を見つめた。

感染者をいたぶりリンチするような胸糞の悪い映像の背景に、本人からの申し出があったのか。由羽は話の流れから、来栖がこの先しようとしていることを察した。

「今度は矢本君の体を使って、別の弱点がないか探すのね?」

「そうだ」

「訓令13号を破ってまで?」

「違う。訓令13号を守るためだ」

意味がわからない由羽に、来栖が説明する。

「訓令13号は、けん銃使用を大幅に制限している。だが急所を外して灰人を蜂の巣にしたところで、貴重な弾を無駄にするだけだ。頭部破壊も禁止としている。一方で、禁止事項はそれだけだ」

「――感染者が死ぬ攻撃方法が他にないか、探し出すのね」

非難と取ったのか。来栖は強く出る。

「何度も言っている。私には第一次感染捜査隊の隊長として、百名の民間人を守り抜き、二百名の隊員たちを無事家族の元に帰す責任がある。たとえ感染者を殺害するとしても、訓令13号に反したことはしていないと堂々と言える制圧方法なら、隊員たちは生きて帰れる上に、刑事罰を負わずに済む」

由羽は唇を噛みしめた。

万が一のとき、殺さないと、生きて帰れない。

だが、殺さないで、と懇願する感染者家族もいる。

由羽は来栖に尋ねる。

「来栖さん。なぜ私を巻き込むの」

来栖は黙って由羽を見返す。

「矢本君の検体を使って、殺害方法を試すのよね。とても残酷な実験になる。なぜ私の了承を必要とするの？」

来栖はすっと、都合悪そうに目を逸らした。村上が探るような目で、由羽と来栖を交互に見てくる。

やがて来栖が答えた。

「実験に協力するか、否か。それだけ聞きたい」

結局、言わないのだ。由羽はため息交じりに尋ねる。

「具体的に、どんなことをするの？」

来栖が、モニターの中の矢本を指さし、言う。

「足が断絶しているだろう。太腿の傷から壊死が始まり、腐っていったそうだ。それでも動き回っているから骨が折れて、昨晩、とうとう足がもげた」

由羽は眉をひそめる。

「体は冬眠状態で、怪我を負っても壊死も腐敗もしないはずでは？」

来栖は、感染者が負った種々様々な傷を写した画像を、村上に出させた。銃創、刺し傷、切り傷などの種類があった。翌日、三日後、一週間後、と画像が変化していくが、傷には全く変化はない。生きている人間ならば、自然治癒で傷が塞がっていく。細胞の再生がうまくいかなければ、傷口から壊死していく。だが、感染者にはそれがないようだ。

「矢本の足がもげた原因は、火傷だ」

クイーン・マム号の対応にあたる直前——つまり、感染する直前に太腿を火傷していたらしい。

「カップラーメンをひっくり返したと聞いた」

由羽は思い出した。矢本は最後に会ったときも、船長とカップラーメンを選んでいた。

「検疫錨地に向かう直前、急いで腹ごしらえしようとして、慌てていたんだろう」

矢本は火傷部分を応急処置的に冷やし、痛み止めを飲んで、クイーン・マム号の対応に向かったという。乗船して初めて、かつての海上保安庁長官や巡視船いずの田島がどうなったのか、知ったはずだ。

「対応は慎重に行っただろうが、矢本は火傷の足のせいでうまく制圧できず、咬まれてしまったと聞いた」

矢本は当時六階にあった対策本部に運び込まれ、咬傷部位の治療を受けた。ついでに、太腿の火傷についても痛みを訴え、裾を捲り上げて治療を待っていたらしい。

対応にあたっていた自衛隊の医務官が、火傷の治療薬を取りに一旦船を下りて戻った三十分の間に、矢本は消えていた。発症の気配を感じたようで、東京海上保安部にいる飯塚部長に遺言を残し、自ら医務室に入っていったという話だ。

火傷した太腿を晒したまま、矢本は四階医務室を蠢く感染者となった。

村上が言う。

「火傷の傷は回復せず、壊死するという事実が、矢本氏の例からわかります。つまり……」

憚られたのか、村上が来栖を見た。来栖が頷き、由羽に視線を移す。

「感染者の弱点は、頭と、火かもしれない」

由羽は来栖から目を逸らした。

「矢本を医務室から出し、生きたまま燃やしてみようと思う」

来栖はいとも簡単に残酷なことを口にする。

「手伝ってくれるか」

由羽は唾をひとつ、飲み込んだ。

「一日、考えさせて」

「一時間だけだ。急いでいる」

「なぜ。任務期間はあと八週間近くもある」

「台風が近づいている」

「避けるルートを通るんじゃないの？」

「もちろん、台風の暴風域や強風域に入ることは絶対ない。だが、海は繋がっている。波は伝播（でんぱ）する。

広範囲で波高数メートルが予想される」

　来栖がパソコンを触り、気象庁の台風進路予想図を由羽に見せた。台風は硫黄島の東の海上を進み、日本列島からはずっと離れた太平洋上を北上するようだ。

「中心気圧が高めでさほど強い台風ではないが、強風域が五百キロ近くもある。波の伝播は更に広範囲に広がる。完全に台風の影響を避けるには、クイーン・マム号は硫黄島から西へ三百キロ地点へ避難する必要がある」

　来栖が、地図上の硫黄島沖に置いた指を西側へ滑らせる――完全に波浪の影響を受けないのは、沖縄近海よりもずっと西側だった。

「この界隈はうちの巡視船と中国海警局の船の睨み合いが続く尖閣諸島付近だ。そんな不安定な場所へＨＳＣＣ患者を乗せたこの船で接近したら、国際問題に発展する。下手をしたら、海警局の船に撃沈される」

　由羽は背筋を寒くする。改めて日本領海の地図を見るが、硫黄島からこれ以上南へ行くと日本領海を出てしまう。北へ進めば東京オリンピックで盛り上がる日本列島に近づきすぎてしまう。

「クイーン・マム号の船長も対応に苦慮している。もはや台風の影響を受けるのはやむなしと判断されている」

　これだけの規模の客船だと、普段は海の上にいることを忘れるほど揺れは感じない。だが波高三メートルを超えれば、状況は様変わりするという。

「海上保安官は船の揺れに慣れているが、警察官は無理だろう」

　確かに――船酔いする者が続出するだろう。

「台風による波がおさまるまで、隊の配置を見直す必要が出てくる。警視庁が入るフロアは船酔いで寝込む者が続出するだろう。第一封鎖線はＳＳＴの四個班のみが守ることになる。忍耐力はあるつもりだが、それでも限界はある」

「酔い止めを飲ませてなんとかルーティンを回せばいいんじゃない？」

「第一封鎖線を守る者に酔い止めは厳禁だ。あれは眠気が来る」

由羽はため息をついた。

「万が一、警視庁の殆どがぶっ倒れている状態で、第一封鎖線が破られたらどうなる。船酔いの状態で指揮系統を乱さず、灰人の制圧を行えるか？」

そもそも警視庁側には、訓令13号を守るつもりの隊員が多い。

「迷いと体調不良が重なれば、その場で的確な判断も攻撃も、防御も、できなくなるだろう」

改めて、来栖が由羽を説得する。

「台風の影響が出る前に、一刻も早く、頭部破壊以外の灰人殲滅方法を試したい」

由羽は来栖の腕を引いた。村上らに聞こえない場所で尋ねる。

「少し二人で話したい。人が絶対来ない場所で」

来栖は一瞬視線を外したあと、頷いた。

「いいだろう。俺の船室に来い」

由羽は来栖に連れられ、エレベーターに乗った。来栖が四階のボタンを押した。

「四階の部屋にいるの？」

来栖は頷いた。四階は医務室と、クルー専用の相部屋が並んでいると聞いた。いま民間乗組員は十一階にいるので、誰も使用していないと思っていた。

「六人の感染者がいる医務室が目の前よ。平気なの?」

「元長官殿のお膝元にいられる。光栄だ」

冗談か本気かわからない調子で来栖は答えた。

エレベーターはやたらゆっくりだった。豪華客船に高速エレベーターなど導入できないだろうし、高齢客が多いので、休憩用の椅子も隅に設置されている。九階分降りる間の沈黙が、由羽には辛い。来栖は微動だにせず、由羽の斜め前に立っている。「ねえ」と声をかけてみた。

「なんか私、特別扱い? あなたの船室は秘匿なのに、これから連れていってくれるんでしょう?」

来栖は返事をしない。短いため息をついただけだ。

「……わかった! もしかして私に気がある?」

冗談で言ったつもりだが、来栖は由羽を振り返り、生真面目な様子で答えた。

「申し訳ないが、それだけは絶対にない」

真摯で誠実な答えだったからこそ、却って由羽は傷つく。

「冗談に決まってんじゃん! バカね」

由羽は来栖の肩甲骨あたりを、軽くグーパンチした。その硬さにびっくりする。しかも、ピクリとも動かない。服の上からでは屈強なマッチョという様子はない。制服姿は痩せて見えるほどだが、確実に使える筋肉を無駄なくつけた体なのだと想像する。

再び沈黙が訪れ、妙な空気になってしまった。教えてくれないとわかっていたが、由羽は雑談を振る。

「来栖さんは、どれくらいSSTの隊員やってたの?」

「秘匿だ」

「出身地は?」

「秘匿だ」

「血液型は?」

来栖は眉をひそめ、由羽を見る。

「それは必要な情報か?」

「万が一のときの、輸血とか」

「……B型だ」

このカタブツがB型——由羽はつい噴き出してしまった。来栖は不愉快そうに口角を引く。

「ダイクってニックネームは? 大工さんから来てるの?」

釘をトンカチで打つマネをする。来栖が不思議そうに由羽を見た。

「なぜそう思う」

「東雲のヤサでカーペンターズ流したでしょ。咄嗟に流せたってことは、スマホにカーペンターズ入ってるんだろうな、って」

来栖は間を置いて、短く答える。

「祖父が船大工だった」

「へえ、珍しい。船大工ってそういないよね。ていうか、それは秘匿事項じゃないんだ?」

「ちょっと黙ってくれ。四階は灰人がいる。物音や声を上げて刺激を与えると騒ぎ出す。封鎖線に立つ隊員を危険に晒したくない」

由羽はしおらしく口をつぐんだ。

四階に到着する。

中央エレベーターのすぐ目の前に、医務室を守る隊員が二人いた。ここは中にいる感染者が六人と少ないので、守る人数も少ない。現在は警視庁の桜の代紋のワッペンをつけたSAT隊員が立っていた。来栖を見て敬礼したが、由羽を見て戸惑っている。このフロアに連れてきていいのか、と来栖を咎めている様子があった。

来栖はなにも言わずに由羽を背後に引き連れ、まっすぐな廊下を船首方向に歩いていく。どこかの学生寮みたいに、廊下の両隣にずらっと簡素な扉が並んでいる。前方の扉が開き、ジャージ姿の男性がビニール袋を提げて出てきた。来栖を見て「お疲れ様です！」と頭を下げたが、背後を歩く由羽を見てぎょっとする。部屋に引き返そうとした。

「気にしなくていい」

来栖はそれだけ彼に告げた。ジャージ姿の男性は、気まずそうな顔で出てきた。伏し目がちに、由羽の隣を走り去っていく。

「――彼は？」

「SSTの隊員だ。船尾の方の一角は、お宅のSATが使ってる」

由羽は絶句した。第一次感染捜査隊の中で最も過酷な任務を負う海上保安庁SST特殊警備隊や警視庁SAT特殊急襲部隊が、どうしてこんな船底に近い、日陰の部屋に追いやられているのか。

「追いやられてはいない。SSTもSATも影の存在だ。誰もが上層階の客室を使うのを拒んだ。率先して四階の乗組員用の船室を使うと言ってくれた」

「――来栖さんも、自ら？　隊長なのに。てっきり、どこかのスイートにいるのかと」

来栖は左舷の船首側にある扉を開けた。隣の扉との間隔が広いので、中も広そうだ。

「もしかして、船長室？」

「船長室は来賓も来るからもっと豪華だし、こんな船底にはない。支配人の部屋だ」

船内の客室はホテル同然の手入れがされるので、ホテルの支配人みたいな立ち位置のクルーもいたらしい。

中に入る。簡素ながら広さはある。丸い窓を背に執務デスクがあり、応接スペースがあった。部屋の奥にドアがある。寝室らしかった。

デスクの上はノートパソコンとプリンターの他、感染症法、警察法、海上保安庁法等の法律の専門書が山積みになっていた。すぐ脇には中型の金庫もある。

壁掛け時計が、午前八時半を指している。

来栖はコーヒーメーカーのスイッチを入れ、応接ソファに座る。由羽にも勧めた。

「で？　話とは」

由羽は雑談を抜きにして、直球で確認する。

「ＨＳＣＣの事案が勃発以来、来栖さんはその最前線に立ってきた。間違いない？」

「その通りだ」

「これまで何人、感染者を殺してきた？」

「三十名だ」

由羽が把握していた数よりも多い。内訳を訊く。

「巡視船いずの田島。バルの六名。それから、ダンスホールの乗船客二十二名と自衛隊の医務官だ」

「罪悪感は？」

「ない」

来栖はきっぱりと言った。

「私にあるのは、責任感だけだ。国民を守るという任務を果たしてきた。それだけだ」

来栖は由羽の前で自分のことを「俺」とか「私」と言う。さっきまで「俺」と多少はくだけていたが、この話になった途端、「私」に変わる。本音ではないのではないか、と由羽は疑う。

由羽は懐から警察手帳を出した。大園昂輝の写真を出し、ガラステーブルの上に突き出した。来栖は視線を飛ばしただけで、手には取らない。「知ってる」と短くひとこと言った。

「そりゃそうでしょうね。第一次感染捜査隊を選抜する上で、人事情報を見たでしょう。この件で私は懲戒処分を食らったから……」

「ダンスホール・クラスターの現場で、我々の銃器の使用を咎めたのは、これのせいか?」

由羽は頷く。コーヒーメーカーが湯を注ぐ音がする。こぽこぽと優しい音がして、コーヒーのかぐわしいにおいが漂ってきた。

「来栖さんはいま緊張感があるから、罪悪感がないんだと思う」

由羽もそうだった。

「大園昂輝を射殺する直前も、直後も、全然平気だった。むしろ、凶悪犯の制圧に成功し交番外への被害を食い止め、一般市民を守ったと思っていたけど——」

大園昂輝の「生活」に触れ、罪悪感が急速に膨張した。その後、全く撃てなくなった。

「刑事警察は、犯人を生きたまま逮捕することを目指す。来栖さんが感染者の殺害を目指してしまうのは、特殊部隊出身だから、というのがあるんじゃない?」

来栖は黙っている。

「ワクチン製造は不可能で治療法もないかもしれない。だけど、自然治癒する可能性がゼロとは限らないのに、来栖さんは殺害を急ぎすぎている。その特殊部隊らしい思考を、一度捨ててほしいの」

由羽はしつこく繰り返す。

「刑事警察は、犯人を生きたまま逮捕する。殺害方法なんか探る必要はない。遠い日本では、感染者の家族が、感染者たちの帰りを待っているのよ」

「ダンスホール・クラスターに居合わせた乗船客は、海保や政府の方針に賛同している。感染者を自宅に帰されたら困ると思っているはずだ」

殺さないで、助けてあげて、と訴えているのは、あくまで真実を知らない一部の家族のみと言いたいようだ。由羽はため息をついた。

「来栖さん。私、知ってるわ。あなた、本当はいい人でしょう?」

来栖は困ったような、変な顔をしただけだった。

「全ての件が終わったあと、あなた、すごく辛くなるわよ。あのとき、他の選択肢があったんじゃないかって。私が負った傷とは比べ物にならないくらい――」

トラウマ、PTSD(心的外傷後ストレス障害)など例を挙げるが、来栖が遮る。

「全ての件が終わったあとというのは、具体的にいつのことを指している?」

「もちろん、第二次感染捜査隊に引き継いで、東京に戻ったときのことよ」

「それで?」

由羽は虚を突かれた。それでってなんだ。来栖は淡々と続ける。

「任務は終わっても、感染症は終わらない。治療法はなく、感染者は一般人の寿命の三倍を生きる」

「……そうだけど」

「俺たちが定年退職し、やがて死ぬときになっても、まだこの感染症の悪夢は終わらないんだ。そしていまだ生まれていない未来の子供たちが対峙することになる。それほど感染者は長生きする」

由羽は眉をひそめた。

なぜ、「俺たち」と由羽を巻き込む言い方をするのだろう。

「あんたの言葉を借りるならば、俺は死ぬまでずっと緊張状態だ。当然ＰＴＳＤもないし、トラウマなんか背負っているヒマはない」

来栖は決意表明のように言う。

「この先も国民を守るため、任務を続ける。必要とあらば感染者は殺す。話はそれだけか？」

来栖にあっさり片づけられ、由羽は眉を吊り上げる。

「それだけって、私にとっては大園の件は――」

来栖はおもむろに、大園昂輝の写真を取り上げた。ビリビリに破き始める。由羽は慌てて腰を上げる。

「ちょっと……！」

「これからもっと大きい罪を背負うことになる。第一封鎖線を突破されたら、数百人殺すことになる。殺さないと生きて帰れない。あんた、警察手帳に何百人もの感染者の顔写真を入れるつもりか？　入りきらないぞ」

「そういう話では――」

「で、矢本の話だ」

由羽はため息をついた。

「協力してくれるか」

「なぜ私の協力が必要なのよ。他に屈強そうなのがいくらでもいるじゃない」

来栖は答えない。じっと由羽を見るだけだ。あの、なにも計算していなさそうな、純粋そうな目で見られるとたまらない。由羽の警察官としての矜持をかき立ててくるのだ。市民のためにお前はやるだろうと見透かしている。

「――わかったわ。協力する」

「必要なら、陸から矢本の顔写真を送らせる。警察手帳にしまいたいだろう？」

由羽はカッとなり、立ち上がる。制圧できない、平手打ちすらさせてもらえないとわかっているのに、「あんた！」とその襟ぐりにつかみかかる。

来栖は表情ひとつ変えず、由羽を見据える。睨み合いになった。来栖の白いＴシャツの襟元が伸びるばかりで、来栖の上半身は揺るがない。巨岩か巨木のように、そこに座っている。

やがて来栖は、片手一本で、由羽の手を払いのけた。

「準備が整ったら呼びに行く。船室で工作の続きでもして、待ってろ」

2

午後六時半。

太陽が沈んだころ、由羽は大浴場の更衣室で裸になった。

大浴場は十二階の船尾部にある。更衣室の先を進むと、風呂と温水スパに入口が分かれている。温水スパは水着着用が義務づけられたアクティビティエリアだ。大人も楽しめるスライダーがついている。スライダーは十三階のテラスと直結していて、テラスの脇に滑り口がある。この温水スパもいまは閉鎖中だ。

由羽は大浴場内に入る。すでにＳＩＴの早希と特警隊の美玖が大風呂に浸かっていた。早く来なよ、と笑顔で由羽を手招きする。外扉の向こうには露天風呂もあるが、こちらも使用できない。

今日は久しぶりに、女子大浴場に湯を張った。男たちは人数が多いので、順に風呂当番を決めて毎日風呂をわかしているようだが、女は三人しかいない。風呂を焚くのは三日に一回だけとし、女三人で掃除をしてわかす。今日はその三日に一回の日だ。

巡視船ぶこうの乗組員で特警隊の美玖は、由羽よりひとつ年下の三十二歳だ。特警隊員になるだけあり、体力自慢の女性だった。「独身です。彼氏？　彼氏ってなんですか」と白けた顔で言う。最近は三人で固まって女子トークをするのが楽しい。

独身の女三人が集まれば、自然と男と恋の話になる。今日も大浴場の大きな風呂で、美玖と早希は両乳房を水面からぷかっと出して浮かんでみたり、ワニ泳ぎをしてみたり、女だけの時間を楽しんでいる。

由羽はひとり、カランの前で体を洗い続けた。シャンプーを洗い流してもまだにおう。

焦げ臭い。

矢本を焼いたにおいだ。

由羽はもう一度、シャンプーのポンプに手を伸ばした。遊びとはいえ、かつて体を温め合ったことがある人の最期にあんなふうに関わったことを、深く後悔している。

早希や美玖は、来栖が今日の午後にしたこと、由羽が手伝ったことを、知らない。

矢本は火だるまになってのたうち回り、喉を嗄らして悲鳴を上げていた。熱がって苦しんでいた。

浴槽から呑気な声が聞こえる。

「私決めたわ。絶対、海保の男がいい。海保の男、つかまえる！」

早希は、日に焼けて逞しく、親しみやすい海上保安官にくびったけのようだ。警察官はもうちょっと無愛想だし、体も引き締まっていないのが多い。

「海保の男、マジで優しいし。なんか純粋そうでかわいいのよねー」

どこが。

来栖の、矢本を扱うときの顔を見たか。

矢本を医務室から引きずり出したのは来栖だ。他のＳＳＴ隊員がさす股を使って他の五名の感染者を壁際に追い詰めている間に、来栖が、床に転がっていた矢本のベルトにフックを取りつけ、棒の先に引っかけて引きずり出した。まるで魚市場でマグロをセリにかけるような、雑な手つきだった。

巡視船いずの田島を片づけたときと同じように、医務室前の廊下にはブルーシートが敷かれていた。遺体を処理する準備は万端だった。ブルーシートの上には防火マットも広げられている。

由羽は記憶を消したくて、目を強く閉じる。

早希の海上保安官礼賛発言が続いている。美玖は「あんなバカな連中のどこがいいんですか」と嘆く。

「あいつら、外の女性にばっかり優しいんですよ。私たちにはぜんっぜん。酒飲むとアホなことばっかり。お尻出すのは基本ですからね。すぐ脱いで筋肉自慢が始まる。警察官の方が、クールで知的でいいじゃないですか」

ないない、と早希が言う。

「警官も酒飲むとしょーもないのばっかりよ。とにかくうちはカラオケと芸人のネタ。その年に流行(はや)った芸人のマネを新人にやらせるんだから。どこが知的でクールだか」

「そんなの全然ましですよ。海上保安官なんか、この船に来てまでどんちゃん騒ぎやって、厚労省のお役人にめっちゃ怒られたらしいですよ」

若い特警隊員たちが酔った勢いで、使用禁止になっている温水スパで遊んでしまったらしい。スライダーを逆走して上のフロアまで上り詰め、大騒ぎした。

「スパのスライダーの先、十三階だよね。前線対策本部がある」

全裸で大騒ぎしていた海上保安官たちは、テラスで休憩していた厚生労働省のQM担当官と鉢合わせしてしまい、大騒ぎになったらしい。早希は手を叩いて大笑いしている。

「なにそれ超かわいいじゃん、海保の男！」

かわいい？　どこが！

由羽はシャンプーの泡を洗い流す。目を閉じるのが怖かった。

来栖は――。

防火シートの上で蠢き、大盾に囲まれた真ん中で見世物のようになっている矢本を、うつぶせに押さえつけた。腰の上に片膝をつき、由羽には、一本残った左足の先をつかませた。

来栖は、手斧を持っていた。非常時の脱出用に、殆どの船に搭載されている。来栖は手斧を振り下ろし、矢本の左太腿のつけ根を、切断した。

由羽はそれを、手伝わされた。

矢本に火をつけて死ぬかどうか確かめるのに、万が一死ななかったら、全身から炎を上げた状態で矢本が人に襲いかかってくる恐れがあった。至近距離に近づかれるだけで、こちらは大火傷を負ってしまう。まずは足を切り、歩行手段を完全に奪う必要があった。

足を失った矢本だが、なおも匍匐前進で、来栖に咬みつこうとした。

来栖は矢本の両腕も切断した。

由羽はそれ以上の手伝いを断固拒否した。涙をこらえ、片隅で震えているしかなかった。

矢本は少量のどす黒い血をちょろちょろと四肢のつけ根から流しながら、まだ生きていた。歯を剝き、ヒトの生きた肉が食べたいと、歯をカチカチと鳴らす。

来栖はその顔面に灯油をぶちまけた。矢本はむせていた。

生きた人間なのだということを、矢本の咳き込む声で、由羽は実感した。

なぜそこまで来栖は残酷になれるのか。

なぜその姿を、最も来栖に反駁してきた由羽に、見せようとするのか。

大浴場の浴槽では、早希が興味津々といった様子で、美玖に尋ねている。

「海保の男ってそんな無邪気なんだ〜。じゃ、あの旧日本軍みたいな来栖隊長も？」

由羽はシャワーを止めた。同じ組織にいる美玖は、来栖のことをどれくらい知っているのか。由羽は浴槽に足を入れ、女たちの無邪気な会話に加わる。手足や背中に、ぞわっと血流が戻っていく。体が自然と弛緩した。どれほど緊張していて、どれほど体が冷めきっていたか、湯に浸かって初めて気がついた。

「来栖さんのことは、正直よく知らないんですよね。知っている人も、誰もいなくて」

美玖が答えた。来栖は長らくＳＳＴ特殊警備隊にいた様子だ。来栖を知る者はＳＳＴ内の海上保安官ばかりということか。彼らは秘匿意識が強いから、他の隊員のことを一切しゃべらないだろう。由羽は尋ねる。

「いま内閣官房に出向中だよね。海保大卒は幹部候補生って聞いたけど、あの年齢で内閣官房に出向って、普通なの？」

「保大卒の人はいろんなところに出向しますよ。外務省に出て、在外公館の一等書記官を務める人もいますし。ただ、あの年齢で三等海上保安監ですから、相当なやり手です。保大卒の中でもエリート中のエリートじゃないかな」

あの残酷な男が、海上保安庁のスーパーエリートとは。

由羽は、一度気を許してしまった反動か、心の底から来栖に嫌悪感を持つようになった。

〝必ず生きて帰ろう〟

結団式であの言葉を聞いたとき、強い使命感を持った人なのだと、尊敬の念すら抱いた。

だがやはり、ついていけない。

「来栖さんって、内閣官房のどこの部署にいるの？」

「内閣情報調査室らしいですよ」

声を上げたのは、早希だ。

「内調！　スパイじゃん」

由羽は目を丸くする。美玖も「え！　スパイなんですか、内調って」と眉を上げた。

「厳密に言うと違うんだけど、似たようなもんよね。実際にスパイ活動をするのは、うちの公安部とか公安調査庁とかでしょ。内調はそこから上がってくる情報を集めて分析しているんだったか」

由羽は思わず、つぶやく。

「影だね。とことん、影の道を歩んでる」

巡視船艇に乗っていたこともあるはずの来栖を知っている海上保安官が殆どいないことからして、若いうちからSSTに呼ばれ、影の部隊員としての道を極めていたはずだ。やっとそこから出たと思ったら、今度は内閣情報調査室――。

早希が不思議そうな顔をする。

「なんか意外。海保って言ったら明るいイメージよね。潜水士とか、白と青の爽やかな巡視船とか、太陽の光を浴びて体張ってるイメージ。そんな影の存在がいるなんて知らなかったなあ」

由羽は気分が悪くなってきた。まだ体は温まっていないのに、冷たい風にあたりたい気分になる。

船室に戻ろうかと思ったが、ひとり部屋で目を閉じていたら、矢本の最期を思い出してしまう。来栖が投げたマッチの火で、四肢を失くした体が燃え上がり、赤く爛れながら、黒く焼け焦げて小さくなっていく……。

感染者は撃たれても手足をもがれても痛そうなそぶりを見せないが、炎だけは辛いらしかった。矢本は目をひんむき、断末魔の悲鳴を上げていた。火だるまになった体をごろんとやっと反転させ、のたうち回る。三分間も苦しみ続け、やがて動かなくなった。消火器で火が消し止められ、その場で村上が呼吸や脈、心拍を確認した。

「亡くなってます」

来栖が煙で少し咳き込んだあと、由羽を見た。

「訓令13号に、〝火をつけるな〟という文言はあったか？」

わざわざ由羽に確認してきた。由羽はがんとして答えなかった。

「なかった」と答えたのは、ＳＳＴの隊員たちだ。

「使えるな」と来栖は言って、立ち去る。風呂をわかしておいてくれ、といつかと同じように部下に命じて。

由羽は湯船から出た。

「のぼせたー。ちょっと露天風呂で休んでくる」

早希や美玖に悟られまいと、あえて軽い調子で言う。浴槽の奥にある引き戸を開けた。

露天風呂には石畳で休めるスペースと五坪ほどの岩風呂がある。岩風呂はどこからか運ばれてきた砂埃をかぶっていたが――。
　弁当の空き箱やペットボトルが大量に投棄されている。

　午後七時。

　前線対策本部に集う男たちが、驚いたように顔を上げる。

　女三人が濡れた髪からシャンプーのにおいをぷんぷんさせて入ってきたからだろう。由羽はゴミ袋に入れた弁当の空き箱を見せる。

「これ、女子大浴場の露天風呂の中に、投棄してあったんですが」

　幹部席に座る者、パソコンの前で作業している者、監視モニターを注視する者……それぞれ、由羽たちを気にするのだが、他人事といった様子だ。誰も席を立たない。由羽は警視庁の感染症対策官、比企に対応を求める。比企は面倒そうだ。

「どっかの隊員が投棄したものだろ。風紀の乱れを正したいのなら、来栖隊長に言え」

　早希が前に出た。

「風紀の乱れどころじゃありません。場所は女子大浴場の中の露天風呂ですよ。本来なら私たちしか入れない場所です。私たちは露天風呂でお弁当なんか食べないし、お弁当の容器は食後にすぐ所定の場所に廃棄しています」

　比企がゴミを受け取り、中を見る。

「確かに、海保が配ってるものだな」

　比企はゴミを、海上保安庁の感染症対策官、増田に押しつけた。増田は不愉快そうな顔をしたが、弁当を作っているのは海上保安庁の巡視船主計科乗組員だけに、渋々、ゴミを受け取る。

隊員たちの三度の食事は、主計科の負担軽減のため、食器は使わず紙の使い捨て容器に入っている。由羽たちが回収したのは、十六個の弁当箱と、全く同じ数の割り箸だった。

弁当は前線対策本部前のテラスに置かれた段ボール箱から各自勝手に持っていく。大食いの者、おかわりをしたい者もいるから、弁当は人数分より多く作っていると聞いた。誰が弁当をいつ受け取ったのか、みないそがしいのでいちいちチェックはしていない。

「誰かがここで弁当を受け取って、女子風呂をのぞきながら食べていた。そういうことですよね？」

由羽の言葉に、増田が困った様子で、女三人の顔を見比べた。上月も心配そうにこちらを見ている。

増田が受話器を上げた。

「来栖を呼ぶ。隊長に対処してもらうのがいちばんだ」

「来栖さんになにを対処してもらうというんです」

由羽は慌てて尋ねた。

「女子風呂をのぞいていた不届き者がいるということだろう。探し出して、厳正な処分を下すには、まずは隊長の来栖に報告しないと――」

由羽は即座に撤回する。

「今回は、いいです」

早希が目を丸くした。美玖も咎める。

「今回はいいって。のぞかれてたかもしれないんですよ！」

「窓ガラス、湯気で曇ってたじゃん。露天風呂からは見えなかったと思うよ」

一方的に言い、由羽は改めて増田に頼む。

「次の会議のとき、改めて注意喚起だけはお願いします」

由羽はゴミの処分を頼み、ひとり、前線対策本部を出た。

来栖の耳に入ったら、処分対象者がどんな目に遭うか、わからない。


午後十時二十五分。

由羽は船室で、眠れない夜を過ごした。次の封鎖線の当番は朝四時から八時だ。早く眠りたいのだが、矢本の最期がフラッシュバックし、目が覚めてしまう。背中がチクチクした。自分も燃やされているような気分になり、ベッドから跳ね起きた。スクラップ作業で出た紙屑がとげになって背中を刺激していた。ベッドを下りて、シーツの上の紙屑を手で払いのける。

ハウスキーパーが来ない部屋は荒れ放題で、シーツも枕カバーも汗臭かった。そろそろランドリーで洗濯をした方がいいだろう。シーツを交換していたら、目が冴えてしまった。

上月の顔が頭に浮かんだ。

由羽が手のひらで簡単に転がせる、筋肉だけの単純明快な男――そんな上月と気晴らしに体を重ねて、ぐっすり眠りたかった。由羽はスマホで上月にメッセージを送る。すぐに返事が来た。

〈どうした〉

〈部屋、来ない?〉

〈無理だ。十三階船首部は夜間男子禁制だ〉

〈行ってもいい?〉

しばらく返事がない。五分後、〈ゴムを持ってきていない〉という直球の返信があった。由羽はくすくす笑ってしまった。上月から電話がかかってくる。

「……よお、尻軽」

上月はろれつが回っていなかった。まどろっこしい口調と舌足らずなしゃべり方で泥酔していると わかる。これは使いものにならない、と由羽はがっかりする。上月は泥酔すると勃たなくなる。もう用はないので電話を切ろうとした。

「待てよ。話そう。女子風呂でのぞきが現れたあの話、この船はきっと、呪われているんだな」

「なに言ってるのよ。大丈夫？　飲みすぎじゃないの」

上月が心細そうなしゃっくりを上げる。へらへらしていた空気が一変した。しばらく無言が続いたあと、上月がぽつりと言う。

「毎日、毎日、幹部のみで行われる戦術会議で確認されるんだ」

来栖に、という言葉がつけ足される。

「訓令13号を守るのか」

上月の声は嗚咽が交じっていた。

「部下を殺す気か、と……」

上月がとうとう、泣き出した。慰めの言葉が見つからず、由羽は慌ててしまう。

「娘と話したくて電話をかけると、別れた妻が泣くんだ。感染者を殺さずに帰ってきて、と。娘を殺人犯の子供にするのかって――。どうしたらいい」

上月は誰かに本音を漏らしたかったはずだ。由羽の電話を待っていたのかもしれない。だが由羽は所詮下っ端の独り身で、気楽な立場だ。慰めの言葉はスカスカだった。上月が突然、明るい調子になった。

「由羽。来いよ。しよう。ゴムないけど」

「いいよ。今日はもう、寝なよ」

「来いったら。お前が誘ったんだろ」

由羽、なあ由羽、と上月が何度も電話口で呼ぶ。返事をしているのに、上月はただ「由羽」と名前を連呼する。

「由羽、妊娠すればいい。産んでくれよ、俺の子を」

由羽はあきれ果てた。

「あんた、どの口が言うのよ。本当は別れた奥さんと復縁したいんじゃないの？」

「由羽、俺はさ」

上月が、受話器の音が割れるほどの深いため息をついた。

「生きて帰れない気がするんだ」

由羽は背筋が震えた。なぜそんなことを言うのか。上月は静かに続ける。

「多分俺は、生きて帰れない。訓令13号を破れないし、守ったら死ぬ。産んでくれよ、由羽……。少しでも、この世に生きた証を残したいんだ。由羽。由羽……」


午後十時四十分。

由羽はバルコニーでしばらく夜風にあたった。穏やかな夜の海を見て気持ちを落ち着けるつもりだったが、海もまた、荒れ始めていた。満天の星を鏡のように映していた日もあったのに、いまは白波が立ち、不気味な渦を作っている。五十センチくらいの波がひっきりなしに押し寄せ、クイーン・マム号の舷側を叩き、砕けて散る。

これまでは海上にいることを忘れるほど揺れを感じなかったが、バルコニーのデッキについた足がすうっと沈み、また持ち上がるのをたまに感じるようになった。

眠りたいのに眠れない。疲労も募っている。由羽は気分が悪くなってきた。早くも船酔いが始まったようだが、ベッドに横たわると、矢本の最期と上月の弱音が交互に押し寄せて苦しくなる。

――早く太陽が昇らないかな、と由羽は曇天の空を見て思う。

毎日、なにかを浄化するかのように新しく昇ってくる太陽を見れば、少しはこの鬱々とした気持ちが取っ払われるはずだ。

日の出まであと五時間半――。

部屋の内線電話が鳴っている。

由羽は部屋に戻った。ベッドサイドに置かれた電話に表示された番号を確認する。

『4202』

四階の202号室――来栖の部屋だ。

こんな時間にどうしたのかと思ったが、到底、出る気にはなれなかった。

潮風に強く吹きつけられたせいか、髪がベトベトしていた。由羽は改めてシャワールームで髪を洗い、体を流した。今度はスマホの通話アプリの着信音が聞こえてきた。由羽はバスローブを羽織り、スマホを取る。謙介だ。名前を見るだけで、心底ほっとする。陸にいる弟の存在をこんなにも心強く思ったのは初めてだ。残虐すぎる男と心が壊れた男を相手にしていたのだから、当然か。謙介の顔を思い浮かべただけで泣けてくる。必死にこらえながら、電話に出た。

「ごめんね、遅くに。寝てたかな」

「大丈夫よ。そっちはどう。デモ隊に囲まれてたりしない?」

霞が関界隈は官公庁が多く連なるし、永田町と隣り合っているので、デモがしょっちゅうある。

「ぜーんぜん。オリンピックまであと二週間だよ。世間はお祭り騒ぎ。クイーン・マム号の報道も殆どないよ」

　硫黄島沖まで出たので、クイーン・マム号にべったり張りついていられるメディアはいないだろう。たまに報道ヘリで空撮されていたが、大海原を航行する豪華客船の姿は、〝前代未聞の感染症が蔓延している船らしい絵〟にはならないから、ニュースやワイドショーでも取り上げられないらしい。世の移ろいは早いのでそんなものかと思うが、由羽はむなしさが込み上げる。

「那奈ちゃんはどう。体調は？」

「元気だよ。全く変わりはないけど、引き受け先が難航していてね」

　港区の児童相談所がある地区に住む住民が、受け入れ反対の署名運動を展開しているのだという。

「だからまだ入院中なんだ。病院も困惑してる。那奈ちゃんが入院しているという話が漏れてから、外来患者が激減して、転院する人があとを絶たないらしくて」

　那奈は感染していないし、咬まれてもいない。事件から一か月経とうとしているのに、現場にいたというだけで、ここまで差別されるのか。

「私も、生きて帰ったら覚悟しなきゃね。絶対差別される。感染してるんじゃないか、とか。殺してきたんじゃないか、とか」

　謙介が息を呑んだような沈黙を挟み、悲痛に訴える。

「帰る――という言葉に、わざわざ『生きて』なんてつけないでよ」

「あっ。ごめん」

「そんなに不穏な状況なの？」

　全然、と由羽は軽く言った。事実、封鎖線が危ない、突破されそうだという話はない。だが上月のように気持ちが参ってしまっている幹部がいる。空の弁当箱が女子風呂に投棄される妙な事案も起こっていた。謙介には心配をかけたくない。由羽はわざとふざける。

「風呂は広いし、ベッドはふかふかだよ。トレーニングで痩せたし、二か月後に帰港したときには、見違えるくびれ美女になってると思うわー」

謙介は、これでもかというくらいに、ゲラゲラと笑った。わざとらしい明るさに心配が募る。

「――謙介。なにかあった？」

電話の向こうの謙介が黙る。

「なんでも言っていいんだよ。おねーちゃんにはさ」

「第三次感染捜査隊の募集というか――選抜が始まってて」

由羽は目を丸くする。

「二次じゃなくて、もう三次？」

「二次はもう訓練を始めてる。陸にいる間に戦術的なところから叩き込むらしいよ。船に乗って実際に現場を見ているそっちの隊長が、出発前の指導要綱を作っているらしくて」

来栖はそんなところにまで手を回しているのか。一体、どれほどの未来まで、この感染症対策の責任を負うつもりなのだろう。

「それで？　謙介のところにも来たの？」

「うん。第三次で」

「謙介。断りな」

「由羽ちゃんは行ってるのに……」

「ダメ。絶対断って」

謙介の声が、震える。

「……そんなやばい現場なの？」

「とにかくだめ。私が生きて帰るのもやっとかもしれないのに、奇跡的に帰れたとして、次は弟をやるなんてありえないから！　断って」

謙介がため息交じりに言う。

「由羽ちゃん。第三次感染捜査隊の、隊長になる人のことなんだけど」

「知っている名前があった？」

「来栖光になってる」

由羽は絶句した。

「第二次感染捜査隊の名簿も見たんだ。隊長はやっぱり、来栖光になってる」

謙介が深刻そうに続ける。

「この先何年かは、ずっと来栖光が隊長をやることで内定しているって話だよ」

由羽は動揺を悟られないように流し、通話を切った。

まるで由羽の心情を見越したかのように、内線電話が再び鳴る。

来栖の部屋の番号からだ。

由羽は受話器を取った。

来栖は感染捜査隊の隊長を、死ぬまで続けるつもりかなのか。

なぜ。なんのためにこんな厳しい任務を自らの人生に背負い込むのか。

「寝ていたか？」

もしもしも言わず、来栖が訊いた。

「――眠れるはずがない。昼間、あんなことを手伝わせて」

「俺もだよ」

由羽は言葉に詰まった。たまに来栖が見せる弱さに、いつも惑わされる。

「まだ仕事が残っているが、一時間くらいで手が空く。二三三〇(フタサンサンマル)に部屋に来てくれないか」

「もう深夜よ。なんの話よ」

「太陽が昇り、人が活動する時間にはしたくない話だ」

「……もしかして、出港したら話すと言ってたやつ？」

来栖が明言する。

「そうだ。あんたをこの船に呼び続けた本当の理由を話す。浦賀水道の件もだ」

午後十時五十五分
来栖と約束した時間まであと三十分以上ある。由羽はベッドに横になる気分にならない。気晴らしに十四階の屋上デッキに上がったが、荒れ始めた黒い海を見るとますます気が急いてきた。

突風が作る細かい白波があちこちに立ち、高波に突き上げられ、筋を作って散らばっていく。蜘蛛(くも)の巣のように方々に白い筋が浮かんでいた。感染者の皮膚の色にも見えた。白と黒は反転しているが——黒い肌に、ウイルス感染した神経組織が白く脈打ち、浮き上がって見えるようだ。

ふいに、氷のように冷たい風が頬に吹きつける。この先の天気の急変を予想させる、いやな風だった。

眩暈(めまい)を覚え、バーカウンター前のソファセットに身を沈める。胸やけもしてきた。おくびも出る。どうやら完全に船酔いしているようだ。

酔い止めを貰いに行こうと、由羽は船首側にある階段で十二階へ下りた。臨時で設置された仮医務室へ向かう。船首部にあるスイートルームに、ＤＭＡＴの医者が二人と看護師が五人、待機している。エレベーターホールを抜けて船首側へ向かおうとして、由羽は天を仰ぐ。

深夜になろうとしているのに、仮医務室前には長い行列ができていた。船酔いにやられた警視庁の警察官たちだ。三十人くらいが真っ青な顔で並んでいる。最後尾にいたのは、いつだったか警視庁本部の会議室で隣り合った、第五機動隊の川合佳樹だった。

「あ……天城さんも？」

川合が、嘔吐を手で表現する。

「ええ。どんどんひどくなってきてる」

十四階の屋上デッキから十二階へ階段を下りている間も、眩暈が強くなっていた。こんな状態で来栖と大事な話ができるだろうか。来栖の重大そうな告白を、船酔いでぐるぐると回っている頭で、受け止められるか。

「この先、風雨はもっと激しくなるかもしれないのに、すでに三十人は並んでるね。警視庁は情けないって、海保の鬼隊長に言われそう」

暗に来栖を指して、由羽は言った。

「いや、もう出港時から警視庁側の隊員はガタガタっすよ」

川合の言いたいことは、なんとなくわかる。さっきの上月の様子からも明らかだ。訓令13号と、生きて帰りたいという現実のはざまで、苦しんでいる。

「眠れないのが多くて。俺はまだ体を動かしていれば気が紛れますけど、そうじゃないのもいるし。睡眠薬とか安定剤求めて、毎晩、仮医務室は警察官で溢れてるんです」

川合が胸をさすりながらそっぽを向いた。気持ち悪そうに、おくびをひとつ出す。

「幻覚見えちゃってるのもいて」

やばいっすよね、と川合は深刻そうだ。

「昨日今日で幽霊の目撃談みたいなのが殺到しているんですよ」

全く知らなかった。由羽や早希、美玖は、三人で風呂に入っておしゃべりすることがストレス発散になっていた。海上保安官たちが閉鎖されているスパで全裸で騒ぎ、厚生労働省の役員に大目玉を食らったという話を思い出す。ストレスの発散場所もない船内で、おふざけもしない男性警察官たちは、気持ちを病んでいってしまったらしい。

「幽霊か……。ダンスホールで百人近く亡くなったしね。遺体は放置したままで、回収する目途もたっていないもの」

化けて出るのはいくらでもいると由羽は思った。

「睡眠薬を飲んでやっと眠れているっていう奴が結構いますからね。幻覚でしょうけど。でも不思議なんですよ。みんなの幻覚に共通点がめっちゃあるんです」

由羽は一瞬で目が冴えた。陸で刑事をやっていたころの勘が、蘇る。

「共通点って？」

「みんな、中年の女性が見えるらしいんです。ベリーショートの上品な感じの女性で、黒い服を着ている」

由羽は背筋が粟立（あわだ）った。

「川合君、それたぶん幻覚じゃないよ」

川合は目を丸くした。

「同じ特徴を持った人の幻覚を一律に見るなんて聞いたことない。二人、三人じゃないんでしょ？」

「ええ。僕が把握しているだけで、四人です」

偶然は二回まで——刑事警察の事件考察における鉄則だ。偶発的な出来事が三回以上続いたら、それはもはや必然であり、誰かの故意と考える。

つまり、ベリーショートヘアの黒い服を着た女性は、この船に実在していることになる。


午後十一時十五分。

約束より少し早かったが、由羽は四階の来栖の部屋をノックした。

来栖はいつもと同じ、白いTシャツにSSTの紺色のズボン姿だった。由羽は客室ではスリッパを履くが、来栖はプライベートの部屋でも半長靴で、裾を中に入れ込んでいた。五秒後に出動がかかっても飛んでいけると言わんばかりの服装だ。

由羽の様子から、別件でやってきたと来栖は気がついている様子だ。

「なにかあったか」

来栖が髪をかき上げながら言った。服装はいつも通りでも、髪に整髪料がついていなかった。冷酷に黒光りする前髪ではない、さらさらとした前髪が額にかかる。今夜の来栖はずいぶんと無防備で幼く見えた。

由羽は川合から聞いた話を伝える。警視庁側の隊員が精神的に参っていること、睡眠薬の処方をしている者までいることは、来栖の耳にも入っていたようだ。

「幻覚の話までは知らなかった——」

「幻覚じゃない。実在しているのかも。幻覚が一律に同じなんてありえない」

来栖が眉をひそめる。

「この船に中年女性が乗っていること自体が、ありえない。女はあんたを含め、三人だけだ。あとは、封鎖されたダンスホールにいる感染女性と……」

「人数は正確に把握している？　感染者がどこからか抜け出したということはない？」

「ない。そもそも封鎖線が破られたという報告は受けていない」

第一封鎖線でネズミ一匹でも逃げようものなら、その隙間に六百人の感染者が殺到して大騒動になる。

「六階の第二封鎖線か？」

だが、ここは三つの扉で施錠されている。

「三本の鍵はどこで管理しているの？」

「第二封鎖線を担当する隊員だ。引き継ぎのときに受け渡しさせている。特異な報告は上がっていないし、感染者がなんらかの抜け穴を通ってダンスホールから出ていたとして、誰か襲われたのか？」

由羽は首を横に振る。

「なら、灰人ではない」

来栖は断言したが、この奇妙な幻覚の正体は暴かねばならないと思ったようだ。

「あんた、刑事だろ。幻覚の目撃証言を詳しく分析してくれ」

「いますぐやる。警視庁の警察官たちは船酔いで仮医務室に行列作っているから、すぐに訊けるし」

朝まで待っている暇はないと由羽は思ったのだが、来栖が時計を見て、考える顔になった。十一時半になろうとしている。

「例の話……」

由羽は短く促した。来栖はまた気弱な表情を見せ、目を逸らした。

「幻覚の件が片づいてからにしよう」

由羽はうんざりする。

「いま話してよ。そんなに長い話なの？」

「長くはない。すぐ終わる。だが、動揺させたくない」

「動揺したくない、じゃなくて？」

「俺は動揺しない」

「誰が動揺するのよ」

「あんただ」

由羽は言葉に詰まる。尋ね返そうとしたところで、内線電話が鳴った。来栖が受話器を取る。相手は増田感染症対策官のようだ。喚くような声が漏れ聞こえてくる。来栖の表情が張り詰めていった。なにかあったか。

由羽は思わず来栖に寄り添う。来栖は「すぐ行く。第二封鎖線だな？」と言って、電話を切った。

第二封鎖線については、感染者が脱出しているのではないか、と話が出たばかりだ。来栖が予想外のことを由羽に伝える。

「第二封鎖線の配置についていた隊員が、ひとり行方不明になっているようだ」

「どういうこと？　誰？」

「吉岡早希。友達だろ」

由羽は下唇が勝手に震えた。

「すぐ上月さんに連絡する。探さなきゃ」

「上月係長からの報告だ。彼はいま六階で部下を探している」

上月との関係を見透かされそうで、由羽はつい不自然に目を逸らす。来栖はその反応をいちいちすくい取る。

「ＳＩＴの上月とは、知り合いか？」

「元上司。私、ＳＩＴにいたことがあるから」

来栖はなぜか、神妙な表情で目を逸らす。

「上月さんがどうしたの」

「いや。とにかく吉岡巡査部長を探す。彼女の客室を見てくれるか」

「わかった」

来栖の反応を妙に思ったが、早希の発見が先だ。十三階へ戻った。


午後十一時三十分。

増田が各客室に共通で使用できる管理用スペアキーを持っていた。由羽はそれを使い早希の部屋に入る。

早希はいなかった。由羽の部屋とは対照的に室内は整理されていた。心の乱れを感じ取れない。遺書なども見あたらなかった。早希の当番は二十時から零時だ。任務が終わったらすぐにシャワーを浴びて休むためだろう——洗い立てのバスタオルとスウェットが畳まれた状態でベッドの上に置いてあった。

自らの意思で姿を消したとは思えない。自殺でもなさそうだ。

由羽は報告のため、前線対策本部へ向かう。

早希と共に配置についていたＳＩＴの小峰（こみね）を、来栖が聴取している。小峰は三十八歳の警部補で、班長だ。来栖が由羽に気がつき、手招きした。同席するように促す。由羽は来栖の隣の椅子に座った。

小峰は早希と二十時から零時の配置についていたと話す。早希は平気だったようだが、小峰の方が船酔いにやられたらしい。

「ひどい眩暈と吐き気で、かなり頻繁に休憩を取っていました」

酔い止めを飲んだら、緊張すべき現場で眠気に襲われるので、小峰は必死に耐えていたようだ。二十二時過ぎ、とうとう吐き気を抑えられなくなり、小峰は六階のトイレへ飛び込んだ。三十分ほど便器にしがみつき、唸っていたようだ。

「自分は持ち場に戻れる状況になかったので、二二五五に上月係長に報告を。係長は、自分が代わりに配置につくとおっしゃってくださったのですが……」

由羽は上月の電話での様子を思い出す。直前まで泥酔し由羽に醜態を晒してはいても、やはり百人近い部下を持つ上司の器はある。急いで装備を身に着け、第二封鎖線へ向かったらしい。

だがそこは空っぽだったというのだ。

「上月係長が無線で、誰もいないと言うのでびっくりしました。吉岡さんもトイレかと失礼ながら、隣の女子トイレをのぞきましたが、誰もいませんでした」

上月は六階フロアをひと通り見て回ったあと、こうつぶやいたという。

――まさか、海に身を投げたか。

誰よりもいま上月が追い詰められているからか、上月は失踪と聞いてすぐに自殺と連想したようだ。由羽は断言する。

「早希さんはなにかに悩んでいる様子もなかったし、元気だった。自殺なんて絶対にない」

はあ、と小峰は困ったようなため息をつく。来栖が続きを促した。

「自分はとにかく、上月さんに、一旦持ち場に戻るように言われて……」

演者通用口の扉がある第二封鎖線には、やはり、誰もいなかったらしい。

「ただ、一滴の血痕が、残っているだけでした」

由羽は、背筋がピンと伸びる。

「血痕が残っていたの？　現場保存は」

小峰がはっとした顔をする。由羽は叫んでいた。

「血痕があったなら、行方不明事案なんかじゃない。事件よ！」

由羽は来栖に迫る。

「早希さんの失踪が判明する直前に私が言ったこと、覚えてる？」

「幻覚を見た、と言っていた警察官たちの話か」

「そう。ベリーショートの黒服の女性」

「その件と吉岡早希の件を、結びつけるのか？」

「船内にいる隊員の仕業とは思えないし、早希さんが失踪するとも思えない。装備品も、鍵も、なにも残っていないんでしょう？　誰かが奪ったとしか――」

「隊員以外の第三者の仕業として、どうやって船内に忍び込むんだ」

ここは東京からは千二百キロ離れた絶海だ。巡視船四隻に囲まれてもいる。

「ゴムボートかなにかでこっそり巡視船乗組員たちの目を盗んで接近して、走る船へ移乗でもしたのか？　訓練された海上保安官でも難しいんだぞ」

来栖は不可能だと言いたいのだ。由羽は可能性を探る。

「出港のときに乗り込んできたのかも」

「出港の際、ボーディングゲートでやった厳しい身元確認を忘れたか。警察、海保関係者以外はターミナルにすら入れなかったんだ」

由羽ははたと、顔を上げた。

――出港時ではないのかもしれない。

「そもそも、乗り込んでなんかなかったのかも」

「どういうことだ」

「もともとこの船に乗っていたのよ……！」

由羽は立ち上がり、警察幹部を探した。幹部たちは寝ている時間だが、警視庁の比企を見つけた。受話器を握り、陸の対策本部に報告を上げている。

「比企対策官！　大至急、ダンスホール・クラスターで死亡したとされる乗船客名簿を手に入れられませんか」

ダンスホール・クラスター現場での感染者数は、検視・鑑識作業が不可能だから、もともとの乗船客から下船した客の数を引いた数字で導き出している。つまり、下船しなかった客は感染者か死亡者のどちらかに振り分けられている。防犯カメラ映像に映る感染者の顔から、感染者個人を判明させる作業は現在進行形で行われているが、正確ではない。

比企は寝起きなのか、むくんだ目元をしょぼしょぼさせたまま言う。

「なぜいま必要なんだ」

「下船せずに残っていた客が、事件を起こした可能性があるんです！」

「事件というのはつまり、吉岡巡査部長を誘拐したということですか？」

あまりに突飛な推理と言わんばかりに、背後から小峰が疑問を呈した。

「でもこれで説明がつくの。女性は下船せずにずっとこの船に残って、どこかに隠れていた。船の中と言っても、十四階建てのビル同然の広さと大きさがある。隠れ放題でしょう」

来栖が首を傾げる。

「もう出港して十日だ。飯は、風呂は？　トイレはどうしていた」

「だから、弁当を盗んでいた！　女子風呂にあった奇妙な弁当のゴミも説明がつくわ」

弁当が置いてある十三階前線対策本部のテラスの真下は、女子大浴場なのだ。大浴場の脇には温水スパがあり、テラスとはスライダーを介して繋がっている。三日に一度、小一時間ほどしか使用しない女性用の大浴場は、恰好の潜伏場所だったはずだ。トイレもある。風呂で体も洗える。スライダーを上っていけば、テラスに出られて食べ物にもありつける。

突如、背後で椅子が倒れる大きな音がした。

村上だ。早希の行方不明事案を受け、慌てて駆けつけたのか。上下紫色のスウェット姿だ。ダンスホールの防犯カメラ映像を、食い入るように見ていた。

「来栖隊長！　ダンスホールの灰人たちの動きがおかしいです」

来栖が長テーブルの間を縫い、防犯カメラ映像に見入る。

「第一封鎖線の隊員たちのにおいに釣られて、ずっと出入口付近に六百人がひしめき合っていたんですが、一時間前からばらけ始めています」

村上が映像を巻き戻す。出入口の防犯カメラの下で蠢いていた灰人の群衆が、ひとり、二人とダンスホールのショーステージの方を振り返り、移動を始めていた。防犯カメラではステージまでは捉えきれていない。

「移動を開始したのはいつからだ？」

村上がタイムバーを左右に動かし、正確な時刻を確かめる。

「二十二時半過ぎからですね」

由羽は強引に間に入った。

「早希さんが失踪した時刻と重なる」

あっ、という声が、幹部席から上がる。増田が自らのパソコンで、ダンスホールの防犯カメラのライブ映像を見ている。

「食ってるぞ……！」

村上がモニターの映像を、ライブに切り替えた。映像の右上に感染者の一群がいる。五人の感染者が誰かの腕を奪い合いながら、食いちぎり、咀嚼している。

来栖がすぐさま無線で、第二封鎖線を呼び出す。通常は二名態勢の現場であり機動隊員か特警隊の持ち場だが、いまは来栖が警視庁ＳＡＴ特殊急襲部隊の四班八名を配置につかせていた。

「こちら前線対策本部、第二封鎖線配置員、応答せよ」

すぐに返答があった。来栖が状況を尋ねたが、特異動向なしだという。第一封鎖線には、海上保安庁ＳＳＴ特殊警備隊の二班が入っている。こちらも問題は起こっていないと報告する。

「――灰人が脱出したのではなく、誰かが中に入ったと見るべきか」

来栖がひとりごとのように言う。誰かとは――ひとりしかいない。

「早希さん？」

由羽は流れから口にしたが、まさかと首を横に振る。五人の感染者が奪い合っているヒトの腕を拡大し、鮮明化するよう村上に頼んだ。村上は作業しながら、つぶやく。

「灰人は生きたヒトしか食べないと思っていました。ここへ来て飢餓感が進み、共食いを始めたとも考えられますが……」

感染者は肉づきのよい二の腕を中心に食いちぎっていた。肉が薄く骨が多い手のひらや指は、殆ど食べられていなかった。左腕のようだ。由羽はその薬指に指輪が嵌まっているのを見た。

「早希さんは結婚指輪をしていない。別の誰かの腕よ」

やはり、感染者同士で共食いを始めたのか？

比企が由羽を呼ぶ。

「これがダンスホール・クラスターの、死者名簿だ」

由羽は比企のパソコンに食らいついた。氏名、住所の他、パスポート写真もついていた。由羽はスクロールしていく。写真撮影時と髪型や服装が違う可能性があるが、ショートカットの女性を中心に探していく。

来栖が飛びついてきた。

「この女……！　助けたぞ」

来栖はあまりの衝撃か声が裏返っていた。来栖が指した画像には、ベリーショートヘアの女性が写っている。由羽にも見覚えがある女性だった。

「花音ちゃん、と叫んでた……」

感染してしまった娘をなんとかしようとパニックになっていた母親だ。花音と呼ばれた娘は女性のちぎれた右足を食べていた。母親がやめさせようとしていたので、由羽が母親を強引に引き剝がした。それでも娘の元に戻ろうとする彼女を、来栖が外に放り出したのだ。

「下船しなかった。いや、下船できなかったのね……」

〝あの子を置いていくくらいなら死んだ方がまし〟と叫んでいたのを思い出す。彼女は下船せず、十四階建ての船内で潜伏し続け、娘の元へ戻るタイミングを待っていたのか。配置が二名と少ない六階の第二封鎖線しか突破できそうな場所はなかったのだろう。そして台風による影響が海面に出始めたいま、チャンスがやってきた。船酔いから小峰が離脱し、第二封鎖線は女性隊員一人になった。中年女性でも、隙を突けば女性刑事を襲うことは難しくない。

「早希さんは彼女に襲われて、鍵を奪われたのかも」

娘を助け出そうと六階の扉から階段を上がり、控室を経て、ダンスホールへ入った。娘を連れて帰ろうとしたのか、病気の娘を介抱しようと思ったのかはわからないが、結局、食われたのだ。

場が静まり返る。

「それで……吉岡巡査部長は、いま、どこに」

来栖の問いに、由羽は絶望的に答える。

「他のどこにもいない。ダンスホールの中にいるとしか――」

来栖が手に持っていた無線が、割り込んできた。

ＳＡＴ隊員だ。〈緊急事態発生！〉と音が割れるほどの声で報告を上げる。

〈第二封鎖線の扉の内側から、助けを求める女性の声あり。吉岡巡査部長のようです！〉

午前零時。日付が変わる。

船尾側のエレベーターが六階に到着した。扉が開いてすぐ、早希の叫び声が聞こえてきた。

「お願い早く開けて、お願い……！」

来栖が半長靴の足で絨毯を踏みしめてＵターンし、船尾部の第二封鎖線へ急ぐ。由羽は焦燥のあまり、足を滑らせてつんのめる。そこで初めて、自分がスニーカー姿で、いつものＴシャツにジーンズという軽装だと気がついた。由羽に支給されているＳＡＫＵＲＡとベレッタは、自室の金庫の中だ。

「どうなってる……！」

第二封鎖線に到着するなり、来栖が叫ぶ。通路の突きあたりは、団地の玄関かというほど狭い。

『ＳＴＡＦＦ　ＯＮＬＹ』の札が張られた演者出入口のドアが、揺れていた。

「開けて！　やだ、なんなのココ……！」

早希の姿は見えないのに、声だけが聞こえる。

やはり、中にいる……！

由羽は前に立っていたＳＡＴ隊員を押しのけ、ドアにしがみついた。ノブを回すが、鍵がかかっている。

「早希さん！」

はっと息を呑むような音がしたあと、急いたように早希が叫ぶ。

「由羽ちゃんなの。開けて！　私、どこにいるの。なんで閉じ込められているの！」

「早希さん、鍵は――。乗船客だった女性に取られたの？」

「持ってない！　わからない！　なにが起こったの。助けて、奴らが来る。近づいてきてる！」

この先にある控室の二つのドアを通過しないと、七階ダンスホールにいる感染者はここまで下りて来られないはずだが――。

「花音の母親が開けたんだろうな」

来栖が絶望的につぶやいた。餌だったんだ、と由羽に囁く。

「娘が腹をすかせていると思ったんじゃないか。自分も餌になったし、彼女も――」

最後まで言い終わらず、来栖は首を横に振った。なんとかしなければと思ったのだろう、ドアの向こうの早希に呼びかける。

「鍵は内側から開くはずだ、施錠をそっちから開けて――」

「真っ暗でなんにも見えないの、お願い、助けて、ドアを壊して！」

来る、と早希が喉を嗄らす。完全にパニックになっていた。扉の隙間から腐臭が漂い、獣のような息遣いが次々と聞こえてきた。

SAT隊員が前に出て、鍵を壊そうとした。慌てて来栖が止める。

「灰人がもうそこまで下りてきている！」

「吉岡巡査部長を救出したら速やかにドアを閉めれば……」

「無理だ、扉の構造を見てみろ、内開きなんだぞ！」

ドアノブを壊したら、ドアを引き続けなくては感染者が出てきてしまう。ドアを引くことができるのは、ドアノブがあっての話だ。だが、ドアノブを壊さないと、早希を救出できない。

「だからといって、いま扉一枚挟んで向こうにいる彼女を見捨てるのか⁉」

「見捨てる」

来栖は無情に言い放った。

「扉の向こうには六百人の灰人がいるんだぞ。封鎖線を守ることは、この船に乗る全隊員と民間乗組員の命を守るということだ」

SAT隊員はドアの前の来栖を押しのけ、ドアノブを壊そうと、89式自動小銃を振り下ろした。来栖が銃身をつかみ、もみ合いになる。SAT隊員は振り払うと、その銃口を来栖の喉元に突きつけた。

「扉一枚挟んだ向こうに仲間がいる！　生きているんだぞ！」

SAT隊員の悲痛な叫びに、来栖は黙り込んだ。

「今回ばかりは従えない。吉岡巡査部長を救出する！」

来栖が銃口を手で振り払う。踵（きびす）を返し、無線をつかんだ。第一封鎖線にいるＳＳＴ隊員に呼びかけている。

「第二封鎖線の扉が破壊される。扉を塞ぐものを大至急、探すぞ。テーブル、食器棚、自動販売機、スロットマシーンでもポーカー台でもいい、とにかく大型のものを集め、第二封鎖線へ持っていく、手伝え！」

来栖は行ってしまった。ＳＡＴ隊員が89式自動小銃の台座部分をドアノブに振り下ろし、壊そうとする。その間にもパニックになった早希の叫び声が続く。

「もう来てる！　お願い、早く扉を破って！」

ドアノブはひしゃげてきたが、ステンレスの棒状の本締りが受け座にハマったままだ。数センチほどの隙間は開いた。

早希の指が隙間から出てきた。強烈な腐敗臭が鼻をつく。

「早く出して、お願い……！」

数センチの暗闇の隙間から、早希の目が見えた。瞳孔が開き、白目の血管が浮き立つ。

「撃って、ノブを壊して！」

ＳＡＴ隊員が89式自動小銃を構えたが――。

「ダメ、来る……!!」

早希の絶叫が、涙声に変わる。由羽はドアから出た早希の指に、自分の指を絡める。

「戦って。銃器、持ってるでしょ！」

「一個もない。なにも持ってないし、裸なの。なんで洋服すら着てないの!?」

由羽は目を閉じた。やはりあの母親は、早希をも餌にするつもりで襲い、中に入ったのだ。

「来たぁ!! やだーッ!!」

数センチの隙間から、獣の人いきれが間近に聞こえた途端、血飛沫が飛んできた。由羽はそれを顔面に浴びた。慌てて扉から飛びのく。

「由羽ちゃん、由羽ちゃん、由羽ちゃん!」

肉が引き裂かれる音と早希の絶叫が、細長い暗闇から聞こえてくる。死体発見現場と動物園の檻の中の臭いを混ぜたような悪臭がした。SATの隊員たちは銃口を下ろし、一歩、二歩と下がる。助けて、痛い、という早希の叫びが、んんん——と苦悶する声に変わる。ドアの下の隙間から、どくどくと、血が溢れてきた。

由羽は茫然と、尻もちをつく他ない。SAT隊員が本部に無線を入れる。

「こちら第二封鎖線、灰人が扉のすぐ向こうに押し寄せてきました。吉岡巡査部長を……」

一端言葉を切ったあと、SAT隊員は続ける。

「大至急、第二封鎖線に追加応援部隊を求む。吉岡巡査部長救出のため、ドアを壊している最中でした、このままでは——」

数センチしか開いていなかったドアの隙間に、灰色の指が四本並ぶ。あっという間に増殖していく。ペタペタと音を立て、扉の縁やドアの枠に張り付き、隙間が十センチにまで広がる。灰色の腕が伸びてきた。由羽は髪をつかまれた。悲鳴をあげてもがく。SAT隊員が89式自動小銃の台座を振り下ろし、腕を叩き潰そうとする。灰色の皮膚が破れ、赤黒い血が滲んでも、なかなか由羽の頭は解放されない。

「くそ、離せ、この野郎!」

獣の人いきれが一気にざわついたのを感じる。

扉の向こうに餌がまだあると、獣たちに感づかれたのだ。一本、二本、三本——一瞬で十本の灰色の腕が扉の隙間から伸びてきた。ドアの縁をつかみ、ドアをこじ開けようとしてくる。十センチだった隙間が十五センチ、二十センチと広がったとき、群衆にはじき出されるようにして、小さな女の子が飛び出してきた。灰色の棒のような手足が、薄汚れた桃色のドレスから生えている。

花音だ。母親を食べた直後なのだろう——ピンク色のドレスの腹部がパンパンに膨れて、すいかでも入っているようだった。それでもまだ満されないのか、すぐそばにいたSATの隊員のすねに咬みついた。プロテクターに阻まれ、乳歯がカチカチと滑る。花音はすぐさま、無防備な恰好をしている由羽に気づく。目は完全に白濁し、見えているとは思えないが、鼻を犬のようにつき動かしている。

飛びかかってきた。

由羽は咄嗟に、手の先にあたったものをつかみ、振り回した。花音になぜか血の雨が降り注いでいる。由羽はなにかを振り回している間、誰かと握手しているような感覚だった。まだあたたかいのだ。よく見たらそれは、たったいま食いちぎられた、早希の右腕だった。

由羽は腰を抜かし、早希の右腕を花音に投げつけた。花音はそれに飛びついて、おいしそうに食べ始めた。子供の歯ではヒトの皮膚は硬すぎるのだろう、花音は腕を縦に持ち、ちぎれた切断面にかぶりついている。

第二封鎖線の扉は三十センチ以上開いた。殺到する感染者で押し合いへし合いが始まる。扉の内側にいた早希の死体がドアと床の数センチの隙間に挟まれてぐちゃぐちゃになっていた。外に出ようとする灰人の足が、早希の上半身を蹴り出そうとしている。早希の下半身を食いちぎっていた灰人が引っ張り、早希の体は真っ二つに引き裂かれた。絨毯は早希の内臓から噴き出した大量の血を吸う。由羽のジーンズと下着を通して尻にまで染みてきた。まだあたたかい。

「しっかりしろ！　早く逃げるんだ！」

由羽は誰かに後ろから、抱き上げられた。

上月がいつの間にか駆けつけていた。いつもはＳＩＴの出動服を着ているのに、なぜかいまは無防備なスーツ姿だ。

扉の隙間からひとり、またひとりと、感染者が飛び出してくる。ＳＡＴの隊員たちが感染者の足を撃つ。なんのダメージも与えられていない。

「くそ、三発撃っちまった」

ＳＡＴのひとりが帯革から警棒を出して伸ばす。狭い船内で使用するには警察の警棒は長すぎる。あちこちにぶつかったり引っかかったりして、灰人を撃退できない。

「頭部はだめだぞ」

「じゃ、どこを狙ったら」

「体ならどこでも……」

上月が叫ぶ。

「そんな議論はあとにしてくれ！　けん銃で頭を撃て」

「無理だ！　刑事罰を受けるぞ。警官ではいられなくなる」

ＳＡＴ隊員が警棒で感染者の胸をひと突きした。尻もちをついた感染者が隊員の膝に咬みつく。防護パッドがプロテクトし、咬まれてはいない。ＳＡＴ隊員は感染者の髪をつかんだ。引き離そうとする。互いに容赦ない引き合いになり、感染者の髪が頭皮ごとずるりと剝けた。

「ひっ！」

ＳＡＴ隊員が慌てて髪から手を離す。感染者は後頭部に頭蓋骨を晒しながら、隊員の足をよじ登るようにして、その顔面に迫る。頑強なヘルメットとシールドに阻まれ、カチカチと鳴らした歯が樹脂の表面を滑るだけだ。

「やめろ、離れろ！」

別のＳＡＴ隊員が、感染者を背後から引き離し、仲間を助けた。二人がかりで感染者をうつぶせにした。しゃがみ込み、手錠をかける。制圧されている感染者は海老反りになり、ＳＡＴ隊員の太腿の内側にかぶりついた。ヒトの肉に対する、とてつもない執念を感じる。

「やられた……！」

「おい、引き離せ！」

感染者は片手に手錠をぶら下げ、ＳＡＴ隊員の太腿の内側のタクティカルスーツを引き裂く。隊員の肌に血が滲んでいるのが見えた。

咬まれた――。

誰もがひるんだ瞬間、扉の隙間から五人の感染者が一気に飛び出してきた。血と肉のにおいを敏感に察したのか、太腿の内側を咬まれたＳＡＴ隊員めがけて突進していく。タクティカルスーツの破れた部分に次々と灰色の手が伸びる。頑強なはずのそれはズタズタに引き裂かれていく。紺色のボクサーパンツも破かれ、隊員の引き締まった臀部が露わになる。獣のような牙が筋と脂肪を食いちぎる。

別のＳＡＴ隊員が、慌てて五人の感染者たちの手足を撃つ。

「おい、黄色のドレスには何発当てた？」

「俺は黒いタキシードの野郎に三発当てただけだ！」

下半身を食べられているＳＡＴの隊員はのたうち回り、絶叫している。五人の感染者は撃たれても、蚊(か)にでも刺されたのかという顔だ。体に銃弾を食らっても攻撃をやめない。真っ赤に熟(う)れた歯茎を剝いて、なおも、SAT隊員の臀部の肉を引き裂こうとする。

「頭を撃て、感染が広がるぞ！」

上月が叫ぶ。ベレッタを構え、隊員の臀部に密集する五人の感染者に向けて銃を乱射する。頭部に命中したのはひとりだけだった。上月は動揺か迷いか、コントロールが定まっていない。上月の足首に、早希の腕を食べていた花音が咬みつこうとしていた。

「上月さん、足！」

由羽は咄嗟に花音の頭を蹴飛ばした。花音が一メートルほど吹っ飛ぶ。ドアをつかみ閉めようとしていたSAT隊員の背中にぶつかる。少女は、目の前にあった隊員のふくらはぎに、がぶりと咬みついた。

「もうだめだ……！」

SAT隊員が、ドアの枠をつかむ手を離した。

扉が全開になる。

感染者が、長方形の暗闇から次々と溢れ出てきた。第二封鎖線の景色が、灰色に変わる。

上月が「部屋に戻って装備をし直してこい！」と由羽の背中を押した。無線に、悲痛に叫ぶ。

「○○一九(マルマルヒトキユウ)、第二封鎖線、陥落！　灰人が溢れ出てきた！」

3

午前零時二十分。

由羽はエレベーターに飛び乗った。まずは装備を着けなくては。銃器を取りに行かなくては。Tシャツにジーンズではただの足手まといだ。エレベーターの裏側の第二封鎖線から、悲鳴や怒号、獣のような唸り声が聞こえてくる。エレベーターの扉が閉まる直前、灰色の指が、それを阻止する。由羽は『閉』ボタンを連打したが、扉は開いてしまった。

タキシード姿の感染者が、恐竜のような大口を開けて、由羽に飛びかかってきた。由羽は咄嗟に左へ身をひねる。タキシード姿の感染者はエレベーター内の壁に激突したが、箱の外へ逃げようとした由羽の足首をつかんだ。由羽は前につんのめり、転ぶ。顎を強打し、舌を噛んだ。口腔内に広がる血の生温かさより、靴下の足を這う灰人の手の冷たさが勝る。由羽は仰向けになり、必死に足をばたつかせる。スニーカーを奪われる。感染者の顔を蹴るが、靴下の足では、来栖がやったように打撃を与えることができない。タキシードの感染者は顔面にどれだけ蹴りが入っても、なんでもないような顔をして、由羽の足に咬みつこうとしてくる。

由羽の頭の後ろで銃声が鳴る。感染者の首に命中した。誰かの革靴の足が、その頭部を蹴飛ばす。上月だ。

「早く扉を閉めろ、まだ来るぞ!」

由羽は起き上がり、つんのめりながら、操作パネルの前に転がり出る。ひざまずいたまま、『閉』ボタンを連打する。十人近い感染者が、灰色の両手を前に突き出し、扉の前に迫っていた。

間に合って……!

その指先が扉の隙間に入ろうかという直前、扉はぴたりと閉まった。上昇を始める。

由羽は脱力し、尻もちをついた。肩で息をした上月が、しゃがみ込む。

「大丈夫か。咬まれてないか?」

「うん……ていうか、なんでスーツなの。この非常時に」

「ビデオ通話で、監察官と面談中だった」

監察――警察官の不祥事を調べる警察官が、絶海で命がけの任務につく警察官に、呑気に聴取をしていたとは。陸に残った連中の愚かさに、由羽は泣けてくる。

「早希さんの件？」

上月は疲れたように、頷く。スーツにわざわざ着替えるところが、陸に帰ったときの処遇を心配する上月らしかった。

「東京オリンピックまであと二週間だ。ＱＭ号で些細な問題も許されない時期だからと――全くあいつら！」

由羽は、上月の背後にむっくりと起き上がる、灰色の影を見た。

「後ろ！」

由羽が叫んだのと、感染者が上月の首筋に歯を立てるのが、同時だった。

上月の目がカッと見開かれる。

ワイシャツの襟が赤く濡れていく。ポタリ、ポタリと涙のように、青いネクタイに点をつける。

嘘だ。

生きて帰れないかもしれない、とつい二時間前に上月が吐いた弱音を、由羽は思い出す。

嘘だ、嘘だ嘘だ嘘だ。

上月は「クソぉ！」と絶叫し、首に咬みついた感染者の頭部をこぶしで殴る。離れない。ベレッタの銃口をその頭頂部に押しあて、引き金を引く。感染者は頭から後ろへ倒れ、死んだ。

「ああ、やっちまった。懲戒だ。殺人罪確定か」

上月は、血の滲む首を押さえながら笑った。その語尾は震え——目にみるみる、涙が浮かんでいく。

「上月さん……」

由羽はどうしたらいいのか、わからない。上月の表情が青白くなっていく。

「由羽」

由羽はぺたりと床に座り込み、いやだいやだと首を横に振るしかない。

「由羽。妻と、子供たちに……」

言った途端、上月が激しく咳き込む。咳がおさまるころ、「ふざけんな！」と絶叫した。

「こんなところで終わってたまるか……！　くそ、くそくそ！」

首筋の肉が抉れてなくなっている。血は溢れてこない。赤い筋肉がひしめき合う中、蛆虫（うじむし）のように蠢く、黒い線が見えた。神経が黒ずみ始めているのだ。

「くっそぉ！」

上月はエレベーターの床をこぶしで殴って悔しがり、突然身を起こして由羽を指さす。

「お前のせいだ！」

由羽はなんのことかわからない。上月は血の気を失った真っ白の顔で、青い唇を晒しながら、由羽をいちいち指さし、「全部なにもかもお前のせいだ」と捲し立てる。断罪が始まった。

「第一次感染捜査隊も、クイーン・マム号の集団感染も、お台場バルの事件も、ペイシェント・ゼロが海からやってきたのも、全部、全部全部、お前のせいなんだぞ！」

上月は明らかに発症直前だ。上昇を続けるエレベーターの中で二人きり、由羽は逃げるべきだった。

だが、腰が動かない。

「これは、お上（かみ）の命令を無視したお前が引き起こした感染症なんだ!!」

「……なんの話？」

「だから上はあれほど、不審船を追うなと命令した。警視庁も、海保も、税関も一切手出しをしなかったのに、無駄な使命感をたぎらせたお前があの船を臨検したせいで、感染が広がったんだ！」

「なに言って――」

「来栖からなにも聞いていないのか？」

――来栖は、話そうとしていた。

話すのがとても辛そうで、躊躇していた。由羽を動揺させたくないと言ったのは、つい、一時間前のことだ。

「お前のせいで、ウイルスを海に沈めざるをえなかったと、聞いていないのか？」

「待って。なに。なんなの。ウイルスって、深海から来たものじゃ……」

「違う！　あれは某国が作った生物兵器だった」

――生物兵器。

脳内でセイブツヘイキと反芻（はんすう）するが、意味が咀嚼できない。由羽は頭が真っ白だった。

「米国の特殊部隊が某国の研究所から奪取した。途中の移送を、日本側に要請してきた。陸や空の移送は危険を伴う。三重の防火防水ケースに入れられていたが、万一、空や大地にウイルスが漏れたらまずい。だから、海上移送を日本側が担うことになった。海を守る海上保安庁に白羽の矢が立った！」

全ての指揮は、海上保安庁から内閣情報調査室に出向していて、海上保安庁の影の任務を知り尽くした来栖に託された――ということか。

「お前が得意げな顔で停船させた船に乗っていたのは、全員、海上保安官だ！　だが、組織論が理解できないヒロイン気取りのバカなお前は船に乗り込もうとした。あれを押収されたらどうなる？　お前は薬物ゲットと大喜びで、その場で三重の防火防水ケースを開けただろう。取り扱いを間違えば船に乗っていたお前や海上保安官たちに感染が広がる。もしくは、大事に署に持ち帰って蓋を開けて、東京湾岸署を全滅させ、陸に感染を広げるか！」

由羽は返す言葉がない。下顎がガクガクと震えてしまう。

「迷った末、来栖はウイルスを海底に沈めるよう指示した」

ロープで括りつけた目印のブイをつけ、東京湾の海底に隠したのだと上月は言う。

「あとで海保のヒーロー、特殊救難隊に回収してもらえばいいと思ったんだろう。ところが、場所が悪かった。お前、よりによって浦賀水道であの船を停めたんだってな！　夜が明ければ大型商船で大渋滞になるあの場所で！」

それで東京湾を守る東京湾岸署の刑事か、と上月に糾弾される。

「ウイルスをぶら下げたブイはロープごとどっかの大型外航船のスクリューに巻き込まれ、そのまま相模湾沖に持っていかれた。そこでとうとう、スクリューに巻き取られたケースが破損したんだ」

三重の防火防水ケースも、大型船のスクリューにはかなわないだろう。上月は真っ青な顔のまま、大袈裟に両手を広げ、演説を続ける。

「こうして相模湾に、どっかの恐ろしい国が作った、ゾンビ化したヒトがヒトを食うウイルスがまき散らされたんだよ……！　岸本涼太という特殊救難隊員は、相模湾に漂っていたブイを目印に、ウイルスが海底のどこかに沈んでいることを信じて、必死に探し回った。無理がたたって潜水墜落事故を起こしたんだ。沈んだ先で感染して、ペイシェント・ゼロになった！」

由羽はもう、目の前の出来事を認識できなくなっていた。

来栖が話したがっていたこと。由羽に伝えたかったこと。

それは、来栖の罪ではなく、由羽の罪だった。

だから来栖は、あれほどまでに口にするのを躊躇していたのだ。

上月が嘔吐した。弓状反応も出る。体中の筋肉を硬直させ、真っ赤な口腔内を晒す。獣のように叫び、由羽に飛びかかってきた。Tシャツの襟元をつかまれ、引き裂かれた。ブラジャーに包まれた白い乳房が露出していた。ふかふかの肉まんみたいだ、と上月が笑っていた十年前のことを、由羽は思い出していた。

これまで、たくさんの人が、餌食(えじき)になってきた。

――本当に餌食になるべきなのは、私だ。

由羽は覚悟を決めて、身を任せた。

銃声がどこかで鳴る。

乳房に咬みつこうとしていた上月が、由羽の胸の谷間に顔を埋め、動かなくなっていた。黒い血が由羽の鎖骨を滑り、首へ流れてくる。上月の後頭部から煙が上がっている。射入口の周囲の髪の毛は焼けて縮れていた。

エレベーターは止まっていた。扉が開いている。ロビーを背にして立っていたのは、来栖だ。

来栖は半長靴の足で――これまで、何人もの感染者の頭を潰し、バルでは殺した民間人の血の海を渡ってきたその半長靴で、由羽に近づいてくる。なんて残酷な脚だろうと思っていた。ナチスの将校、プワシュフの虐殺者、ルブリンの血に飢えた犬と罵(ののし)っていた。

違う。来栖はその足で、由羽がしたことの後始末に走り回っていただけだった。

ウイルスの正体を知っている来栖が、なんとか感染を食い止めようと、駆けずり回っていたのに。

由羽は、それを――。

「咬まれたか？」

来栖に尋ねられる。由羽は即答した。

「咬まれた。早く殺して。全部聞いた。浦賀水道の件も――」

「咬まれてないんだな」

由羽は両手で顔を覆い、わっと泣いた。来栖が足で上月の死体を蹴飛ばした。

「立て。今度こそ腰を抜かしたか」

来栖は由羽の腕をつかみ、立たせようとした、ぐにゃりと体が曲がるだけで、下半身に全く力が入らない。由羽はめそめそと泣いた。少女のお誕生日パーティを血塗られたものにしたのは由羽だし、豪華客船の旅を楽しんでいた元海上保安庁長官夫婦の感染だって由羽の責任だ。ダンスを楽しんでいただけの乗船客たちを怪物にしてしまったのも、由羽だ。

由羽が、薬物密輸と勘違いして船を臨検したことが、全ての始まりだった。

気がつけば、由羽は体を半分に折り、来栖の右肩に担がれていた。来栖は軽々と廊下を走りながら、無線で方々に指示を入れている。

「三か所の階段は、各封鎖線の隊員たちがすでに防水扉で封鎖した。灰人は八階から上へは上がって来られない。七階から下に取り残された者は、エレベーターを使うように言え。絶対に灰人と相乗りになるな。強引に乗り込んできたら頭を撃って射殺しろ」

来栖は空っぽのプールの横を通り過ぎる。由羽の部屋に入り、由羽をクローゼットの前で下ろした。

「十秒で装備を身に着けろ。外で待ってる」

立ち去ろうとした来栖に、由羽は向き直る。

「来栖さん、ごめんなさい」

口に出すとあまりにチープで、軽々しい。小学生がいたずらを咎められて謝るくらいの軽さで、由羽の耳に跳ね返ってくる。

「謝る暇があるなら着替えろ。そして戦え」

来栖は部屋の外に出た。由羽は、防弾防刃（ぼうじん）ベストに腕に通すのがやっとだった。ファスナーのスライダーがうまく嵌まらない。指が震えてしまう。

涙が溢れてきた。

ごめんなさい――。

私が感染させて、私が殺すのか。

途方もない罪だった。その重さがじわじわと迫り、指が動かなくなる。気がつけば、来栖が前に立っていた。遅いので戻ってきたのだろう。しゃがみ込み、由羽のファスナーをさっと閉めた。肩のマジックテープを留めてくれる。

「ごめんなさい……。ごめんね」

由羽は子供のように下瞼に両手をやって、わっと泣く。

「来栖さん。ごめんね。ごめんね……」

「行くぞ」

肩を二度、叩かれる。由羽は金庫から、ＳＡＫＵＲＡとベレッタを出した。

撃てないのに。撃たなくてはならなかった。

来栖は前線対策本部へつかつかと歩いた。前を向いたまま、由羽に説明する。

「六階と七階に灰人が溢れている。取り残された隊員を救出に行く」

由羽は返事をしたが、嗚咽が交じり、震える。

「89式自動小銃の使用方法は覚えているな?」

由羽は斜めに頷く。来栖から習ったが……。

「俺が前に立つから、後ろから援護を」

来栖が前線対策本部の中へ入った。

スーツの男たちや村上までも、プロテクターや防弾ベストを着用し、ヘルメットをかぶっていた。書類が積み上がりパソコンが占拠していたデスクには、蓋を開けたアタッシェケースがいくつも広げられていた。けん銃や銃弾が大量に並んでいる。来栖は由羽に次々と装備品を持たせた。由羽は背中に89式自動小銃を背負い、帯革には警棒とSAKURAをぶら下げる。太腿にホルスターを取りつけるのは初めてだ。ここにはベレッタを押し込まれた。

来栖も改めて装備し直している。MP5サブマシンガンと89式自動小銃を肩から提げ、帯革に警棒とベレッタ、太腿のホルダーにはシグを備えつける。右側の背中に近い場所には通常なら手錠を備えているが、ホルダーごとなくなり、ナイフが装備されていた。通常、警察も帯革にナイフを入れることはない。SATやSSTなどの特殊部隊もだ。感染者相手なら手錠よりナイフと考えて、来栖がSSTと特警隊には手錠とナイフの入れ替えを命じたのだ。

海上保安庁では、潜水士がふくらはぎに必ずナイフを装備する。戦闘用ではなく作業用だが、使えないことはないと来栖は考え、全管区に散らばる潜水指定船の倉庫から予備のナイフをかき集めてきたらしかった。

だが、警視庁側の隊員にナイフの装備はない。基本的に組織がナイフを常備してないので、支給できなかった。

来栖が増田を呼ぶ。増田がメモの走り書きをちぎり、来栖に渡す。

「六階のアミューズメントカジノに三名のＳＡＴ隊員が閉じ込められている。第二封鎖線に臨時配置していたＳＡＴ八名のうち、五名は殉職した」

「食われたのか？　灰人に転化した者は？」

「確認できていない」

「ダンスホールの灰人は？」

「六階中央の吹き抜け階段を伝って、五階と七階に散らばっている」

フロアの中央の吹き抜け階段は、五階から六階と七階へ通じる。防水扉がないのだ。

「七階の第一封鎖線のＳＳＴがかなりの人数を制圧したそうだが、弾切れだ。一旦エレベーターでここに戻ってくる」

「わかった。戻ってきたら休ませろ」

「奴ら、装備をし直して、また行くつもりだ。殲滅する気満々でいる」

「無理に殲滅に行く必要はない。八階の防水扉を突破されること、エレベーターに偶発的に乗り込んだ灰人が他のフロアへ入ってきてしまうのだけは避けたい。封鎖地点を八階の全防水扉の前に張り直し、人員配置をし直してくれ。いまだに訓令13号を気にして、弾を無駄にしているのが続出している。これ以上封鎖を突破されないことに集中するんだ」

増田の返事を待たず、来栖が方々に声を張り上げる。

「誰か、六階の船内図を持ってきてくれ！」

比企が、壁に貼られた船内図を破り取るようにして外す。ヘルメットのサイズが合っていないのか、大きくて前がよく見えていないそうだ。何度もデスクや椅子にぶつかりながら、来栖に船内図を渡す。

比企の手は、初めて警視庁の会議室で由羽が彼を見たときよりも、震えていた。

広げられた六階船内図を見て、ＳＡＴの三名が取り残されたアミューズメントカジノの場所を確認する。中央の吹き抜け階段と、船首部にあるシアターの間にある。出入口は前後に二つずつ。来栖はまだ船が東京国際クルーズターミナルに接岸していたとき、このアミューズメントカジノにＳＳＴの拠点を置いていた。様子がわかるからか、余裕の表情だ。無線のマイクを取る。

「こちら前線対策本部、来栖。六階カジノのＳＡＴ隊員三名、聞こえるか」

すぐに応答がある。一個班八名のうち、五名が食われたか灰人に転化したのを見たせいだろう、ＳＡＴ隊員の声は震えていた。

〈来栖隊長。申し訳ない。扉の鍵を壊すべきでなかったし、あんたに銃口を――〉

あとだ、という短いひとことで来栖は片づけた。

「装備は？　弾切れを起こしていないか」

〈弾は……さほど減ってはいない〉

微妙な沈黙のあと、返事が来た。

「いますぐ助けに行く。カジノは廊下側の壁がガラス張りだろう」

確認するような沈黙のあと、その通りだと返事があった。

「廊下の向こうは客室だ。３１９という数字が見えるか」

〈灰人だらけで……あぁ、なんとか見えた〉

「我々は窓から六階３２０号室に侵入する。音響閃光弾を撃って３２０号室へ灰人を引き寄せる。あんたらはカジノを出て、３１９号室から脱出だ」

〈ラジャ。来栖隊長、援護は数人で構わない。突破は自分たちでなんとかできる。３２０号室からの

音響閃光弾と、３１９号室の鍵の解錠だけ、頼んだ〉

来栖はすぐに出発しようとする。増田が引き留めた。

「ＳＳＴのどの班を連れて行く？」

「ＳＡＴが言った通りだ。こっちは二人で構わない」

二人――もうひとりは由羽だ。由羽は慌てて89式自動小銃を担ぎ直し、来栖のあとを追う。増田が目を丸くする。

「なんで訓練されてない女性刑事を連れていく！」

来栖は涼しい顔で答える。

「彼女には、責任があるからだ」

来栖の優しさに、由羽はまた、打たれる。


午前零時四十分。

由羽は来栖と船首部のエレベーターで、八階へ降りた。階段前は防水扉が閉められ、天井まで隙間なく塞がっている。数トンの水圧にも耐えられると聞いた。防水扉の向こうから、感染者の呻き声や体当たりする音が聞こえてくる。その前を、大盾を構えた特警隊が守っていた。ポリカーボネートの透明の盾ではなく、軽金属の大盾でバリケードを作っている。透明の盾は相手の姿がよく見えるが、相手からすると隊員の姿も丸見えになる。感染者相手なら、軽金属の大盾の方が身を隠せる上、相手を観察できるのぞき窓で充分前が見える。

来栖は、右舷側にある八階の３１９号室の前に立つ。スペアキーでドアを開けた。89式の自動小銃を構えながら、中へ進む。由羽は明かりをつけた。バルコニー付きの部屋だったが、窓の外に救命ボートがあり、視界が遮られている。船が転覆したとき、この八階から救命ボートに乗って脱出する。来栖がバルコニーの窓を開けた。救命ボートの底に頭をぶつけないようにしながら、ロープを懐から引き出した。グローブの手でバルコニーの強度を確認し、柵に結びつけていく。カラビナの他、横にスライドができる特殊な接続器具を通し、バルコニーの柵を蹴って下へ降りた。由羽は柵に飛びつき、下を見る。来栖はもう六階３１９号室の窓に到達していた。

「来栖さん、私はどうしたら？」

由羽が叫んだ瞬間、来栖が、「しっ！」と指を口にあてる。顎で七階の方を差した。

どうやら七階のデッキに、感染者が出てきているようだった。身を乗り出す、ボサボサ頭の女が見えた。下にいる来栖を見つけたようだ。

感染した女性は痰（たん）が絡まったような呻き声を上げながら、ロープにぶら下がる来栖に灰色の手を伸ばしている。

来栖が懐からハンマーを出した。六階３１９号室の窓を破壊していく。粉々になったガラス片の一部が、海面へ落ちていった。

ガラスの破片の行く末を目で追った由羽は、高くうねる波にぎょっとする。パニック状態だったから、船の揺れを気にしている暇がなかった。確実に波が高くなっている。突き上げられたと思った瞬間、深く沈む——。

来栖が六階の３１９号室の窓枠に残ったガラスを足で蹴散らす。ロープを解除し、窓枠伝いに隣の３２０号室へ近づく。同じくハンマーで窓を破壊、３２０号室内に侵入した。

音響閃光弾の音と光が雷鳴のようにわき上がる。感染者の呻き声が、散発的な銃声でかき消されていく。この繰り返しが断続したあと、来栖が再び窓辺に姿を現した。由羽が固唾を吞んで見守る中、来栖は再び３２０号室から３１９号室へ窓枠や手すりを伝い、戻ろうとする。音響閃光弾におびき寄せられた感染者が３２０号室に殺到しているのか、五人の感染者が窓から身を乗り出し、来栖の肩をつかもうとしている。来栖は振り切り、３１９号室に消えた。

来栖とＳＡＴ隊員の無線のやり取りが、由羽の無線からも流れてくる。

〈３１９の鍵を開けた。早く出てこい！〉

ＳＡＴ隊員から、〈ラジャ〉と返事がある。あと、由羽が把握できたのは音だけだ。船が波にあおられて細かく上下する中、感染者の呻き声と、ＭＰ５サブマシンガンの連射音、弾が壁にめり込む音や自動小銃の発砲音、陶器やガラスが割れる音などが、次々と聞こえてくる。

六階３１９号室の窓から、黒いグローブの手が出てきた。来栖が垂らしたロープをつかむ。ＳＡＴ隊員が身を乗り出し、ひとりずつ、ロープで八階へ上がってきた。

七階フロアの通過が、鬼門だ。

すでに五十人近い感染者が七階のデッキに集結してしまっていた。ロープから上がってくる獲物を、両手を差し伸べて待っている。このままではもみくちゃになってしまう。

自分がなんとかしなければと思うのだが、由羽にはＳＡＴ隊員をぶら下げたロープを引き上げられそうもないし、感染者を撃つ自信もない。

由羽は自身の責任の重さとは釣り合わないほどの非力さと無力さに、打ちひしがれた。

すぐ近くの空で花火のような光が散った。周囲が一瞬、明るくなる。ドンという大きな音も鳴る。

七階デッキの感染者たちも一斉に顔を上げ、しばしそれに気を取られる。

来栖が六階３１９号室の窓から、音響閃光弾を撃ったのだ。器用に窓枠に座り、左足は窓の外に出ている。揺れる船の中で、窓枠に突っ張った右足の力だけでおさまっている。肩から提げた89式自動小銃を構え、七階デッキから身を乗り出す感染者を撃ち落としていく。

三人のＳＡＴ隊員が感染者の隙を突き、次々と由羽のいる八階の客室バルコニーに、上がってくる。

由羽は手を貸すことができなかったが、緊張が解けた。思わずしゃがみ込む。

バルコニーの柵をつかむ音がする。来栖のグローブの手が見えた。

ＳＡＴ隊員は前線対策本部の比企に、生還した旨、報告している。

比企はこの期に及んでまだそれを守らせようとしている。由羽は無線に割り込んで反論しようとした。ＳＡＴの班長らしき人物が、手で止めた。

〈訓令13号は守ったか？〉

「私から直接話し、説得する」

ＳＡＴ隊員たちは前線対策本部に向かった。由羽はひと息ついて、バルコニーを見た。

来栖のグローブの手が、まだ柵をつかんだままだ。上がってこない。

由羽はバルコニーから身を乗り出し、絶句する。

「来栖さん!?」

来栖は右足に感染者をぶら下げていた。左足を使い、感染者の顔を蹴っているが、なかなか落ちないようだ。ぶら下がる感染者の体に別の感染者が抱きついてよじ登り、来栖の左足に手をかけようともしている。八階の来栖から七階のデッキまで連なる感染者は、一本のロープのようだった。来栖は左手でシグを構えているが、船自体が揺れていることもあり、なかなか照準を合わせられないようだ。

由羽は帯革のＳＡＫＵＲＡを抜いた。来栖にぶら下がる感染者に狙いを定める。

撃てるのか？

この十年、一度も命中したことはない。

いま、撃てるのか？

感染者の頭へ照準を合わせた矢先に、来栖の頭が割り込む。ふいに来栖が由羽を見上げた。自信のない由羽は、銃口が揺れてしまう。

来栖の手が、柵から外れた。

三人の感染者ともみ合いながら、とぐろを巻くように荒れる三十メートル下の海面へ、吸い込まれていく。由羽は思わず絶叫する。

「来栖さん……！」

わざと手を離した。来栖は、あえて落ちたのだ。

感染者と共に灰色の海に没した来栖の姿が見えなくなった。白波と白波の間の黒い海面に白い気泡が大量にわく。

由羽は祈る。浮かび上がってきて。お願い。お願い――。

海上保安官だから、海の上だけでなく、海の中での活動だって得意なはずだ。絶対に来栖は、浮かび上がってくる――。

来栖と感染者を飲み込んだ海面は、なにもなかったかのように、荒れたままだ。

背後から物音がした。

黒ずくめのタクティカルスーツに防弾ヘルメット姿の男が、フラフラと入ってきた。肩のワッペンに、ＳＳＴの証である、八個の盾のモチーフが見えた。ＳＳＴの隊員が応援に来たのだ。

「いいところに来た！　来栖さんが感染者ともみ合いになって海に――」

最後まで言うことができなかった。

獣の息遣いが、ヘルメットのシールドの向こうから聞こえたからだ。彼の肩についた無線が鳴りっぱなしだ。

〈こちら第一封鎖線のSST四班、エレベーター内でひとり発症！〉

前線本部の増田が無線で答えている。

〈置いていけ、上階には絶対に連れてくるな！〉

〈残していきましたが、どの階で降りるか……〉

確認できなかった、と悲痛に漏らす声が無線から聞こえる。

〈エレベーター内は混乱状態でした。防弾ヘルメットをしているので、制圧も簡単ではなく――〉

〈咬まれた奴は置いていけと、あれほど言った！〉

〈タクティカルスーツの上から咬まれたようですが、破れているようには見えず……〉

〈そのエレベーターはどの階で停まるか、わからないんだな？〉

どうやら感染者になったSST隊員は、八階で降りたようだ。由羽がSAKURAを構えるより早く、飛びかかってきた。特殊部隊の人間として軍人並みに訓練された海上保安官相手では、由羽はなす術がない。ヒグマに襲われているような気分だった。だが――。

歯が、あたらない。由羽の顔面にシールドがぶつかる。ヘルメットが邪魔で、感染者の口が由羽の首に届かないのだ。しかも、バラクラバで口元まで塞がれている。この感染者は大口を開けられず、口先でもがいているような状態だった。彼はひたすら頭を振ったり、首や口をせわしなく動かしている。由羽はその巨体の下をすり抜けようとした。

バラクラバの隙間からのぞく男の目元に、ハッとする。

瞼の上に傷痕がある。

一か月前、由羽が臨検した船に乗っていた、釣り人のふりをしていた海上保安官だ。

ＳＳＴの隊員だったのか。

由羽は彼の腕をすり抜けて部屋の片隅に逃げる。防弾ヘルメットとバラクラバのせいで、人に咬みつくことはできないのに、感染したＳＳＴ隊員は由羽を執拗(しつよう)に襲う。足を引っ張り、腕をつかむ。だが、歯が届かない。思考能力は犬か猫並みか。ヘルメットの外し方、シールドの上げ方もわからないようで、自分の顔を覆うバラクラバを捲り上げることにも、知恵が回らないらしい。

来栖を助けに行かなくてはならない。遊んでいる暇はない。早く殺さなくては。

だが、殺せるのか？

どれだけ長い間、もみ合っていたか。ふいに海のにおいがした。

「おい」

あきれたような声が聞こえてくる。

来栖だ。全身ずぶ濡れで、海水をぽたぽたと方々から垂らしている。口元をキュッと引き結び、由羽を食べようともがくかつての部下を見ている。

「無事だったの？　浮上してこないから」

「海の中で三人射殺するのに手間取った」

海中に感染者を放置すると、ペイシェント・ゼロの二の舞だ。だから確実にとどめを刺す必要があったのだろう。殺害後、荷役口まで泳いで船内へ戻ってきたようだ。

前線本部から無線が入る。

〈七階の第四封鎖線を張っていた第一機動隊員が、スポーツジムに取り残されている。救出できる隊はあるか？〉

増田からの応援要請だった。来栖が答えながら、室内に入っていく。

「待機中のＳＳＴ六班を八階へ下ろしてくれ。俺が先導する。それから、事案発生時に配置についていて灰人にもまれた隊員は、一か所に集めろ。それぞれ咬まれた痕がないか調べさせる。十三階の前線対策本部ではなく、別の場所でだ。知らずに咬まれて、感染しているのがいるかもしれない」

ＳＳＴ隊員がシールドの向こうで歯を剥いて、来栖に襲いかかろうとした。来栖はひょいと脇によける。感染した隊員は壁に激突し、床に転がる。来栖の半長靴の足にまとわりつき、足首に咬みつこうとしているが、同じことが繰り返される。

感染したＳＳＴ隊員に足を預けたまま、来栖が由羽に問う。

「あんた。撃てないのか？」

突然ここでその話をされるとは思っておらず、由羽は返事に詰まる。

「訓令13号を守っているからではないな」

由羽はうなだれ、認めた。

「撃てないの」

来栖がじっと、次の言葉を待っている。来栖のかつての腹心の部下であろうＳＳＴ隊員が、苛立たしげに唸り声を上げ、シールドの奥で歯をカチカチと鳴らしている。

「大園昂輝を殺害してから、一度も。何百発と撃ってきたけど、的をかすりもしない」

「撃てないのに、さっきは感染者を撃とうとしたな。俺を助けるために」

由羽はおずおずと頷く。

「だから俺は手を離したんだ。銃口が震えすぎていた。あんたに撃たせたら、こっちが殺される」

撃てないのに銃口をふりかざしたことを、叱られているのだ。由羽は唇を嚙みしめ、謝罪する。

「いま、撃ってみろ」

来栖が半長靴の足を前に振り上げた。感染したＳＳＴ隊員が、部屋の真ん中に転がり出る。うつぶせに倒れた隊員の背後に回った来栖が、ヘルメットの端をつかんで顔をぐいと持ち上げる。帯革からナイフを抜き、ヘルメットのベルトを切った。隊員の皮膚も切れ、黒い血が滲む。来栖はヘルメットを払い落とし、バラクラバもつかみ取った。

「撃て」

由羽は真っ青になって、拒否する。

「無理。その人は、来栖さんの部下よね？　初期からこのウイルス事案の最前線にいた。浦賀水道であの船に乗っていた、覚えているわ――」

「撃て！」

「無理。あの人は私のせいで――」

「撃て!!」

由羽は半泣きで、ＳＡＫＵＲＡを構えた。ＳＳＴ隊員の頭に照準を合わせたが、対象はフラフラと動きながら、由羽に向かってくる。三発連続で撃ったが、あたらない。来栖はじっと様子を見ている。

「あたるまで、俺はここを動かない。ジムに取り残された機動隊員を救出に行けないぞ。あんたが撃てるようになるまでに、何人死ぬか」

由羽はパニックになった。気がつくと、引き金を空撃ちしている。七発の銃弾を使い果たしたのだ。ＳＳＴ隊員が襲いかかってくる。咄嗟によけて室内を逃げ回るが、足がもつれて転んだ。

「相手と距離を取るときは足を絶対に交差させるなと訓練のときに話したぞ」

確かに習った。重心を安定させるため、足を交差させるなと言われた。

「わかってるけど！」

「パニクるな。パニクったら、俺が教えた技術が全部吹っ飛ぶぞ」

リボルバーの回転弾倉に銃弾を詰めている暇はない。由羽はＳＡＫＵＲＡを捨て、太腿のベレッタを抜いた。集中しろと唱えて撃つ。

あたらない。

涙が滲んだ。泣き言を言っても来栖は聞く耳を持たないだろう。早くしないと、ジムに取り残された機動隊員を助けに行けない。早くしないと……。

目の前で両手を広げて由羽を食おうをしている人物は、ウイルスを安全に移送するため秘匿の任務についた、善良な海上保安官だった。由羽が移送を邪魔したせいで、いま……。

由羽は悲鳴を上げ、泣きながら、引き金を引き続けた。

何発撃っても、あたらない。

銃身をつかまれる。気がつくと、来栖が脇に立っていた。

「手に感情がありすぎる。ずっとこうなのか？」

由羽は子供のようにべそをかき、頷く。

「撃ってまた人を死なせるのが怖い。それが手に出ている」

「出さないように、必死に打ち消そうとしているんだけど――」

「打ち消してどうする。人を殺すんだぞ。怖いに決まっている」

意外なことを言われ、由羽は眉を上げる。

「俺だって人を殺すのはいやだし、いまでも怖い。でもやる。誰かを助けるため、日本国民の安全を守るためだからだ」

「どうしたら……」

「怖くてもいい。怖いと思っていいんだ。怖いと思う感情を心に戻して、認めてやるんだ」

来栖のグローブの手が、由羽の素手をつかむ。革の感触に触れたとき、初めて、由羽は手のひらが汗でびっしょり濡れていることに気がついた。

「汗で手が滑っている。汗を拭くことも、グローブをすることも思いつかないくらい、冷静さを失っている。感情が手にあるからだ」

俺の手の感触に集中しろ、と言われる。感染者が迫りくるが、来栖が右足一本で足払いして、近づかないように追っ払ってくれている。

来栖が守ってくれる。来栖なら信用できる。いまは、来栖の手の感触だけを……。

由羽は無意識のうちに、目を閉じていた。来栖のグローブの手が、手の甲から手首に滑っていく感触に、意識を集中する。

「感情は、ここにあるべきじゃない。心に戻すんだ。ゆっくり……」

由羽は深呼吸をして、心に戻す作業に集中する。来栖のグローブの手が由羽の肘を滑り、やがて二の腕に向かう。肩、鎖骨まで来たとき、喉のすぐ下を、こぶしで突かれる。

誰かを助けるために、また人を殺す。怖い。その感情を、認めてやれ——。

「撃て」

由羽は目を開けた。

灰人は三メートル前方で、立ち上がったところだった。

由羽は引き金を引いた。

灰人の眉間に、赤黒い穴があく。血と肉が飛んだ。

ばたりと音を立てて、来栖の部下だった人物が、倒れる。由羽は息苦しさに耐えきれなくなり、深呼吸した。いつから呼吸を忘れていたのか、覚えていない。

来栖からの褒め言葉は一切ない。呼吸の仕方を注意される。

「攻撃中に息を止めてしまう癖をなんとかしろ。息切れして、すぐにスタミナ切れになる」

由羽は幾度も頷いた。来栖は部下の元にひざまずいた。悼(いた)んでいるのではなく、装備を奪っていた。

「SAKURAなんかもう使うな。すぐ弾切れになる」

由羽の方にシグが飛んできた。由羽は太腿に装着し、ベレッタを帯革に差し込む。来栖がさっさと立ち去ろうとする。慌てて呼び止めた。

「来栖さん。彼――名前はなんていうの」

来栖が、たったいま由羽が殺した来栖の部下を振り返った。

「来栖さんの後輩だった人なんじゃないの?」

「バッテンだ。熊本出身だから、そういうあだ名になった」

「本名は――」

「秘匿だ」

せめて名前を聞き、故人を悼むべきと思っていた由羽は、驚愕(きょうがく)する。

「表彰も殉職も、全て秘匿下で処理される。SSTはそういう部署だ」


午前一時二十分。

七階のジムに取り残された機動隊員を、救出に行く。

ひとつ上の八階の船首エレベーターホールで、来栖と由羽はSST六班と合流する。その場で戦術会議となった。来栖は情報収集している前線対策本部からの返事を待っている。

すでに七階と六階は、六百人の灰人が野放し状態になっている。六階では、ＳＡＴの隊員五名が死んだ。うち四名が灰人に転化したことがわかっていた。七階の各封鎖線には、ＳＳＴと特警隊、機動隊、合計五十人がいたが、一旦撤収させて、前線本部が八階に配置し直している。

増田から、やっと返答がある。

「七階の配置員で戻ってきたのは、三十名だ」

来栖が唸る。予想以上にやられたと思っているのか。

「数人が骨まで食われたとして、転化したのは二十五名はいるだろうな」

第一封鎖線にいたＳＳＴがかなりの数を制圧したと報告があったが、せいぜい数十名程度だろう。

「プラマイゼロか」

敵は六百数十人。まだまだ大丈夫と来栖は強く頷く。増田に、要救助者の位置を訊く。

「ジムの入口から入って右手に、バーベル置き場がある。そのあたりで籠城しているようだが、要注意だ。怪我をしているらしい」

「咬まれた傷か？」

「返答が途切れた。息も絶え絶えで、もうダメかもしれない」

ＳＳＴの隊員がタブレット端末を背中から出し、ジムの内部写真を表示する。ガラス張りの前面にランニングマシーンがずらっと並んでいる。由羽が今朝――いやもう日付が変わったので昨日の朝、走っていた場所だ。バーベルの錘（おもり）をつける棒が、入って右手の壁際のバーベルスタンドに十本ほど並んでいた。

「恐らくこのバーベルスペースに、灰人が殺到しているはずだ。入口で音響閃光弾を撃って灰人の注意を逸らしたあと、いつものフォーメーションで要救助者の元へ行く」

了解、とＳＳＴ隊員たちがシールドを下げる。由羽は身を乗り出した。

「私は？」

「エレベーターの箱を停めておいてほしい。怪我人をスムーズに搬出するためだ。箱に灰人が入り込んで勝手にフロア移動しないよう、見張ってくれ」

「わかった」

「彼女だけで大丈夫ですか。廊下に一体、何人いるか――」

ひとりの隊員が、心配げに尋ねた。

「我々が突入した時点で、かなりの数を制圧する。お前たちもそのつもりで」

来栖の言葉に、ＳＳＴ隊員たちが頷く。

「ひとりでも多く殺せ」

助けるために、殺すのだ。由羽は自分に言い聞かせる。

エレベーターに全員が乗り込む。由羽はいちばん後ろの壁際でベレッタの弾倉を確かめた。

ゆるやかな下降が終わり、ふわっと靴の底が浮くような感覚がある。

着いた。

「構え」

来栖が右手を上げる。先頭に二人が回り込み、来栖は三番手に下がった。隊員たちが、銃器を構える。それぞれに手に持っているものが違った。みな、最も威力のあるＭＰ５サブマシンガンを使うと思っていた。何人かはそれを持っているが、何人かは89式自動小銃だ。シグやベレッタなどのけん銃を構えている者もいる。全員同じ武器で同時に戦うことは、戦術的ではないのだろう。

扉が開いた。

灰色の景色が広がっていた。

扉が全開になるや、方々を向いていた灰人たちが一斉にこちらを振り返る。ぬめぬめと光る真っ赤な口の中を晒し、襲いかかってきた。

先頭にいた隊員二名が、目の前から迫りくる灰人にMP5サブマシンガンの連射を浴びせる。灰人の体の一部が次々と黒い飛沫をまき散らして砕け、一気に四人が倒れる。前進するスペースができた。背後にいた来栖が先頭に躍り出た。

「前進！」

隊が進み出す。来栖は89式自動小銃をメインウェポンに据えて、目の前に来る灰人の頭をダブルタップで確実に撃ち抜いていく。背後の二人はMP5サブマシンガンで左右の灰人に連射を浴びせた。サブマシンガンの連射の威力に、灰人たちはよろけたり、吹き飛ばされたりする。後ろに続くベレッタ、シグの隊員たちが、倒れたり体勢を崩したりする灰人たちの頭を確実に撃ち抜く。最後尾につける隊員は後ろ歩きで進み、後方から迫る灰人を、同じフォーメーションで倒していく。

隊はゆっくりだが、着実に、ジムの入口に向けて前進している。一列だった隊は、やがて来栖の合図で、放射状に広がっていく。

隊が進んだあとは、灰人の折り重なる死体で、一本の太い道ができていた。灰人の流す血は赤黒い。臙脂の美しい絨毯が敷かれたエレベーターホールは、灰色と黒の、薄暗いモノクロームの世界になっている。

左右の廊下からも、次々と灰人が溢れてくる。だが、絨毯の上に折り重なる死体の山に足を取られ、転ぶ。箱の前にいる由羽に辿り着ける者はない。

「弾切れだ！」

ジムの方から、誰かの叫ぶ声がした。由羽は予備の弾を持っている。補給に行った方がいいだろうか。由羽は足元にあった灰人の死体の足を引っ張り、エレベーターへ運んだ。扉のレールの上に置けば、エレベーターは扉が閉まらないので、ここにとどまっているはずだ。由羽は引きずり出した死体を見て、ハッとする。

第五機動隊のマークが入ったワッペンをつけていた。恐る恐る、弾が貫通したヘルメットを取る。

川合佳樹だ――。

つい二時間前、酔い止めの処方を待つ列で会話した。

二週間前は警視庁本部庁舎の会議室で、隣り合った。

自分のせいでこうなった。改めて、罪悪感が波のように押し寄せる。灰人の死体の山を見て、膝も震え出す。ダンスホールできらびやかに踊っていた乗船客の死体の山の合間に、ぽつりぽつりと紺色の出動服が見える。まるで、突然の市街戦で廃墟と化した戦場にいるようだ。

左手から、泳ぐように手を振ってエレベーターホールにやってくる灰人が見えた。また知った顔だ。川合の隣に座っていた、第五機動隊の坊主頭の男だ。七階の第五封鎖線は、第五機動隊が配置についていたようだ。由羽はシグを構えた。足元の死体に足を取られ、何度もふらつく警視庁の仲間の顔面に、由羽は照準を合わせる。

引き金を引く。

口の下にあたり、下顎が吹き飛んだ。喉からベロをだらしなく垂れ下げ、前歯だけを剝いて、機動隊員が近づいてくる。彼の名は？　家族は？　どんな思いで警官になったのか？　誰を愛し、誰に愛される人生だったのか――。

二発目の引き金を引く。肩にあたった。

だめだ。あたらない。

由羽は一度けん銃を離し、手のひらの汗をジーンズの太腿で拭く。来栖の言葉を思い出す。手に残ってしまった感情を、心に戻せ——。

もう一度構える。

三発目の引き金を引く。右眼球が破裂した。灰人は後ろに倒れ、動かなくなった。

来栖がいなくても、撃つことができた。

体から憑き物が落ちたような、軽くなるような感覚が、突き抜ける。

「予備の弾を持っていく!」

由羽は叫び、大きな一歩を踏み出した。由羽のせいで死んだ者たちの屍を踏みつけ、ジムへ突き進む。死体の山に転んで埋もれる灰人が、由羽の足首をつかんだ。

由羽は引き金を引く。

今度は一発で仕留めた。

由羽は重心を落とし、足を交差させないように気をつける。呼吸を忘れずに、ジムへ向かう。来栖に教えられた基本動作を胸に、三百六十度警戒しながら進む。

ジムの中では、来栖が受付カウンターの上に立って、音響閃光弾を撃ったところだった。

右手のバーベル置き場に山のようにできていた灰人の人だかりが、一斉に腰を上げた。爆音を立てながらちかちかと光を散らす方を振り返る。来栖が堂々と受付カウンターの上に立っているのに気づく。牙を剥くように鼻に皺を寄せ、カウンターに集まり始めた。来栖が押し寄せる灰人を撃つ。右手にベレッタ、左手にシグ、二丁のけん銃を両手で器用に操っている。背中に回したMP5と89式自動小銃は、もう弾切れか。戦術として小さい武器を使っているのか、わからない。

来栖が由羽に気づいた。

「ちょうど良かった、鍵をかけろ！」

廊下の灰人も、音響閃光弾に引きつけられ、ジムに集合してきていた。由羽は観音開きになってい
る出入口のガラス戸を閉め、内側から鍵をかけた。

「エレベーターは！」

「灰人の死体で扉を引っかけてる。大丈夫、すぐに乗り込める」

どこからか、「こっちです！」と叫ぶ声がする。隊員たちが放射状にバーベルスタンドを囲みなが
ら、密集する灰人たちを次々と制圧している。要救助者は生きているようだが、まだ姿は見えない。

由羽はランニングマシーンの並ぶ窓辺へ走る。ランニングマシーンの足元のストッパーを外した。

操作パネルの後ろに回って、ランニングマシーンを押し、移動させる。バーベル置き場へ突進した。

灰人が由羽に気づき、正面から近づいてきた。

由羽はランニングマシーンを操作する。時速二十キロ、全速力のスピードでベルトが回転し始める。

灰人が由羽に襲いかかろうと、まんまとランニングマシーンのベルトに足をかけて、転がり落ちた。

これは使える。

由羽は、五台ある全てのランニングマシーンのストッパーを外し、移動させていく。バーベルの裏
側にいる怪我人を安全に搬送できる道を作るべく、ランニングマシーンを並べ替えた。

バーベル置き場に辿り着いたＳＳＴ隊員たちが叫ぶ。

「要救助者、発見！」

「大丈夫、生きてるぞ！　咬まれてもいない！」

機動隊員は肩から大量に出血していた。89式自動小銃の先にガラスの破片をガムテープで括りつけ、

バーベルスタンドの裏に籠城していた。隙間から灰人を攻撃して、必死に耐えていたようだ。ＳＳＴ隊員の姿を見て、涙を流している。

「第一機動隊の長島です。流れ弾にあたってしまい……」

「よくがんばった。さあ、前線本部に戻るぞ」

「こっちを通って！」

由羽はランニングマシーンの裏側から手を振った。何人もの灰人が一斉に由羽に襲いかかろうとする。高速回転するベルトに足を取られ、転がり落ちた。転がってくる灰人の体で、あとから押し寄せてくる灰人もひとり、またひとりとつまずく。ランニングマシーンの前に、バリケードができた状態になっていた。

ＳＳＴの隊員の肩を借りた機動隊員の長島が、おぼつかない足取りで立ち上がる。ランニングマシーンの裏側へやってきた。

「要救助者、搬送中！」

受付カウンターから飛び下りた来栖が、ジムの出入口に向き直り「くそ」と悪態をつく。

ガラス張りの入口の向こうに、灰人が殺到していた。鍵がかかっている扉を突破しようと、ガラス戸を押したり、叩いたりしている。死んだ灰人の上でよろけるが、密集しているので周囲にぶつかるだけで、倒れる隙間がない。エレベーターホールまでぎっしりと灰人で埋め尽くされていた。来栖が数えている。

「ざっと二百人はいそうだ」

来栖は言いながら、バックパックの中の残りの弾倉を数える。各隊員たちも、殆どが弾切れを起こしていた。

合計で五十発しかない。

確実に頭を撃ち抜いたところで、五十人しか制圧できない――。

長島ががっくりと、頭を垂れた。

別の隊に応援を頼むべき状況だが、来栖が無線を取る様子はない。数歩下がり、総ガラス張りの出入口を眺めている。ガラスをノックして厚さを確かめたあと、部下を下がらせた。シグを抜き、ガラスの扉の蝶番部分にそれぞれ二発ずつ打ち込む。施錠部分を軸にしてガラスが傾く。来栖は施錠を外し、ガラスに両手をついて一気に前へ押した。

「押せ、倒せ！」

隊員たちもガラスに手をついた。ガラスはジムに押し寄せていた灰人の群集を下敷きにして倒れる。道が開けた。

「進め！　灰人に転化した奴の銃器も、できる限り押収しろ！」

来栖が灰人と化したSAT隊員からMP5を奪った。連射で前方の灰人を倒し、前へ突き進んでいく。由羽は長島の肩を担ぎ、ガラスの上を進む。大判の強化ガラスに潰された灰人が、足の下で蠢いている。灰色になった皮膚をガラスにぺたりとつけてうねうねと動くさまは、爬虫類のかたまりのようで、背筋がぞっとする。長島は泣いていた。知った顔があったようだ。

隊員たちは来栖の指示通り、灰人から銃器を奪い取っていた。みな、89式自動小銃を二丁以上抱え、けん銃は帯革や太腿のベルトに四、五丁差している。船首側エレベーターホールに辿り着いた。来栖は部下たちを先に箱の中へ促しながら、無線連絡する。

「こちら七階SST六班。怪我人を救出した。流れ弾にあたっている。十二階仮医務室に搬送だ。弾の摘出ができるか、医師に確認してくれ」

増田が答える。

〈簡単な外科手術はできると言っていた。いま、仮医務室に電話する。そのまま直行しろ〉

由羽は、ストッパーにしていた川合の死体から89式自動小銃とベレッタを奪う。その体を箱の外に蹴飛ばし、『閉』ボタンを押した。

肩口を押さえながら、その場にしゃがみ込んだ第一機動隊の長島が、由羽を咎める。

「あれは第五機動隊の川合君だ。殉職者を、いくらなんでも――」

「黙れ」

言ったのは、来栖だった。

「同情、愛情、友情。全部捨てろ。訓令13号の遵守もだ。生き残れないぞ」


午前一時四十分。

上昇するエレベーターが十二階に到着した。増田から無線が入る。

〈おかしい。十二階の仮医務室から返答がない〉

扉が開く。

地獄が待っていた。

エレベーターホールが、灰人で埋め尽くされている。モノクロームの世界に、あちらこちらで真っ赤な花が咲く――灰人が大口を開けて、襲来してきたのだ。

「なんで！」

由羽は思わず叫び、『閉』ボタンを押そうとした。来栖が由羽の腕をつかむ。

「構え！」

来栖はすぐさま攻撃に出た。エレベーターの中に入ろうとする灰人を、次々と撃つ。だが、あとからあとからなだれ込んでくる。七階と六階の灰人と違うのは、彼らが、出動服やジャージ姿の、非番の警察官たちということだ。知った顔がいくつもある。

「前線対策本部！　十二階に感染が広がっている、どういうことだ！」

来栖は無線に叫びながら、先頭に立つ。先ほどと同じように一列になり、戦術的に灰人を制圧して前進する。だが、今回は怪我人がいる。由羽は長島の肩を再び支え、SST隊員たちに前後左右を守られながら、仮医務室へと前進していく。由羽の肩を借りる長島は、号泣していた。

赤い口を開けて襲いかかってくる灰人が、みんな警察官だからだ。

装備を身に着けている者は少ない。非番で、このフロアで休んでいた者たちばかりだ。ジャージ姿の者もいれば、スーツ姿の幹部もいた。出動服を着た者もいた。深夜に突如起こった非常事態に緊急招集を受けて、出動しようとしていたに違いない。

来栖が無線に叫ぶ。

「十二階を封鎖しろ！　灰人だらけだ、下の民間乗組員フロアになだれ込ませるな。十三階の前線対策本部も死守しろ！」

増田が改めて十一階と十三階の防水扉を閉めるよう無線で指示を出す。

由羽らは左舷側の船首部にあるスイートルームへ向かう。つい二時間前、由羽が酔い止めの処方のために並んでいた廊下を突き進む。ゴシック調の模様が入った廊下の壁紙には、数多の鮮血が飛び散っている。

由羽は結団式のときに来栖が言及していた話を思い出す。

〝ひとり減ったら、敵がひとり増えることになる〟

ジムへ長島の救助に行く直前、灰人は六百数十人と概算した。

十二階にいた第一次感染捜査隊の警察官の大部分が、感染していたとしたら――。

灰人は七百人近くに膨れ上がっていることになる。生きている者は民間の乗組員を含め、二百人にまで減っている可能性が高い。灰人はすでに、三倍の人数になっている。

仮医務室となっているスイートルームの中へ入った。後方を守っていた隊員たちが銃口の先で灰人を突いたり殴ったりして、やっと扉を閉めた。施錠する。

ひとまず呼吸を整えるが、ほっとすることはできない。

来栖がスイートルームの先へと突き進む。寝室を改造した診察スペースの前で、「クソ！」と立ちすくんだ。由羽は来栖の背中から仮診察室を見て、茫然とする。

血の海だった。

腹を引き裂かれ、内臓を食べられたＤＭＡＴの医師が、大の字になって床に倒れている。彼のはらわたを食べているのは、上半身裸の特警隊員だ。肩に包帯を巻いているが、治療の途中だったようで、ロール状の包帯が床に転がっている。血をいっぱいに吸っていた。どこか咬まれているに違いない。肩の怪我のことで頭がいっぱいで、咬み傷に気づかなかったのか――。

他、ＤＭＡＴの医師に食らいついているのは、この危険な第一次感染捜査隊に立候補した、ＤＭＡＴの看護師たちだ。もうひとりの医師も、別の看護師の腕にしゃぶりついていた。

来栖は「ふざけんなよ」と震えるようにつぶやき、がっくりうなだれる。

後ろにいたＳＳＴ隊員たちが、灰人と化した者たちの頭を撃ち抜いていく。来栖は医師を食べていた特警隊の隊員のズボンを、引き裂くような手つきで脱がした。ふくらはぎに歯形が残っていた。一度灰人ともみ合うとパニックになってしまう気持ちはよくわかる。他に怪我があれば咬まれた痛みに気づかないだろうし、緊張状態だとなおさらだ。気づかぬまま、怪我の治療のために十二階の仮医務室に来てしまい、発症してしまった。十二階でのクラスターの発生源はここだった。

閉ざした扉を叩く音や、唸り声が聞こえてくる。

まだまだ灰人がわいて出てきている。一体何人の仲間たちがやられたのか。

由羽は飛沫血痕の残るベッドに第一機動隊の長島を座らせ、応急処置をした。手が震えてしまう。

来栖が前線対策本部の増田に指示する。

「一旦、総員点呼する。生き残っている隊員の人数を把握し、態勢を立て直す」

〈わかった──無線で総員点呼を行う！〉

全員の無線から、点呼のやりとりが流れてきた。増田の声が増幅して聞こえる。由羽は、長島の傷口にガーゼを貼りながら、聞き耳を立てる。

〈警視庁刑事部特殊捜査係、係長、上月渉！〉

返事はない。早希の名前も呼ばれている。増田は返事のあった者の数を集計しているのだろう。SITは六人残っていた。

〈続いて、警視庁第一機動隊──〉

目の前の長島以外、返事がなかった。長島は氏名を呼ばれて「生きています！」と声を張り上げる。直後に涙をはらはらと流した。

〈第二機動隊！〉

こちらは全滅だった。全員非番で十二階の各部屋にいたはずだが、出動しようとしたところで灰人に囲まれたのだろう。

第三から九隊にはそれぞれ、二、三人の生き残りがいた。

警視庁側の犠牲者があまりにも多い。機動隊員の生存者は全部で三十人だった。警視庁ＳＡＴの隊員は、番号で読み上げられた。四個班三十四人が投入されていたが、生き残ったのは五名だった。

〈東京湾岸署、刑事課、天城由羽〉

由羽は、応答する。

「生きています」

なんてむなしい響きなのか――。

海上保安庁側の読み上げが始まろうとしたとき、悲鳴のような無線が割り込んだ。

〈こちら十一階船尾エレベーター前、灰人が来ました！　階段から次々と下りてきます！〉

十二階で感染した隊員たちが、階段で下に移動しているのだ。

封鎖が間に合わなかった。

十一階は民間乗組員のスペースだ。来栖が慌てた様子で増田に言う。

「各員に、絶対に扉を開けるなと船内放送を入れろ！」

もはや生き残った隊員の数を数えている暇も、態勢を整えている暇もなかった。来栖は全てのけん銃の弾倉を入れ替えながら、部下たちに出発を命じる。由羽は怪我人をひとり置いていくべきか否か、迷った。長島が気丈に言う。

「自分の身は自分で守ります。民間人の保護を最優先にしてください」

由羽は来栖についていくことにした。長島の貧弱な装備を見て、由羽は川合から奪ったベレッタを長島に渡した。

来栖が無線で一同に言う。

「ＳＳＴ六班は十一階の民間乗組員保護に向かう。状況により、追加支援願いたい！」

あちこちの隊の隊長から、返答がある。海上保安庁側はどこの隊員の誰が生き残っているのか確認はできなかったが、ＳＳＴは比較的多くの班が残っている様子だった。

訓令13号に対する姿勢が、そのまま、生死に直結している。


午前一時五十五分。

十一階に降りた。民間乗組員百名にあてがわれたフロアだ。

船の運航のため、一度に三十名弱が船の舵を取る船橋（せんきょう）や機関室に配置されていると聞いた。するとこのフロアには七十人余りの民間乗組員がいたはずだ。

来栖を先頭に、右舷側の廊下に出る。まっすぐ船尾まで二百メートル延びる廊下に、人が倒れている。その隙間を、のろのろと歩いたり転んだりする灰人が、十人ほど見える。

「感染が広がっている、外に出るな！」

来栖が叫びながら、先頭に立つ。十一階の廊下をふらつく灰人たちを、ダブルタップで仕留めていく。このフロアに出動服を着た者はいない。殆どが、Ｔシャツやジャージ姿の、非番の民間乗組員だった。由羽の目の前で、寝ぼけ眼の乗組員が目を細めて出てくる。

「中にいて！」

乗組員は目を見開き、慌てて部屋の中に閉じこもる。

廊下をうろつく灰人を、ＳＳＴが着実に制圧していく。

また前の扉が開いた。由羽は中にいるよう叫ぼうとして、悲鳴になった。灰人だ。由羽の目の前にいたＳＳＴ隊員に真横から体あたりする。虚を突かれた隊員が前のめりに転んだ隙に、灰人がふくらはぎに咬みついた。

「くそ！」

咬まれた隊員自ら灰人と化した乗組員の頭を撃ち抜く。スラックスの裾を捲り上げ、ふくらはぎを確認する。歯型はついていない。大丈夫だ、と誰にともなく口にした途端、背後の扉が開いた。灰人がにおいを嗅ぎつけ、飛び出してきたのだ。露出された隊員のふくらはぎめがけて、ほんの一瞬で足元に飛び込んでくる。筋肉で盛り上がった皮膚に灰人の白い歯がめり込み、血が溢れる。

「やられた……！」

隊員の叫びには、悔しげな色が混じっていた。

来栖がすぐさま戻ってきた。灰人の頭に発砲する。咬まれた隊員のヘルメットのシールドを上げた。考える隙を与えない速さで引き金を引く。隊員の右目が吹き飛び、真っ赤な血が噴き出してきた。

他の隊員たちのバラクラバの隙間から見える瞳に、動揺が見えた。

「行くぞ。隊列を崩すな」

目の前の半開きの扉から、感染者を背負うような恰好をした乗組員が「助けて」と転がり出てきた。首を咬まれている。来栖は、感染者も助けを求める乗組員も両方殺害した。

由羽はこれまでとは違う恐怖心で心拍が上がる。

来栖ほどの判断の速さで制圧していかないと、感染はこうも広がってしまう。だが、まだ発症していない者、仲間を殺すことができるか。いや、殺すべきだ。殺せなかったから、十二階の仮医務室で感染爆発が起きたのだ。

扉を叩く音がする。内側から声も聞こえてきた。

「どうなってんだ、感染が広がってるのか！」

来栖が叫び返す。

「廊下をクリーンアップしたら改めて救助に入る！　それまでは鍵をかけて、絶対に扉の外に出るな！」

船尾に辿り着く。由羽は改めて、二百メートルの直線の廊下を振り返る。五十体近い死体が転がっている。殆どが民間乗組員だ。全部で百名いたが、半分が感染してしまった。

もはや、船の航行を続けられる状況ではない。

台風が接近しているのに……。

来栖の無線は、鳴りっぱなしだった。

〈八階に灰人が来ています！　上から次々と……〉

〈八階の６０５号室に取り残されました！〉

〈訓令13号を破れません。遺書があります、家族に届けてください。さようなら〉

〈九階に逃げてきたが、どこの部屋なのかわからない！〉

悲鳴と、肉をちぎるような音が、報告の声の合間に聞こえてくる。

〈八階の船橋前に灰人が殺到している。閉じ込められた、応援を！〉

船橋――この豪華客船の操舵室（そうだしつ）のことだ。舵を握る操舵手や指示を出したり見張りをする航海士、他船との通信を行う通信士などが、十人近く常駐している。

船の運命を握る場所にまで、灰人が迫っている。

由羽は時計を見た。

午前二時になろうとしている。第二封鎖線の陥落は午前零時十九分だった。そこからまだ一時間半しか経っていない。

つい三時間前、由羽は上月と電話で軽薄ながらも深刻な話をし、陸に残る謙介の声にほっとし、そして来栖のことがわからない、と呑気に悩んでいた。

たった三時間で——世界が変わってしまった。

「SST六班、八階の船橋に向かう。これより、船橋にいる民間人の保護に入る」

来栖が無線で報告を上げながら、ヘルメットを脱いだ。こぼれた前髪ごと、腕で汗を拭う。背負っていた装備品を下ろし、部下に託し始めた。

「お前ら七名で船橋へ行ってくれ。乗組員の保護が先決だ。予備の弾倉は全て渡す」

あんたも持っているものを、と来栖が由羽に言った。

「来栖隊長は——」

部下のひとりが問うた。

「俺は、彼女と所用がある」

「オペレーション〈赤銅〉ですか」

誰かが言った。SST隊員は、意味を知っている顔だった。来栖は由羽を一瞥したあと、「改めて無線で指示を出す」とSST隊員に早口に言った。

隊員たちはエレベーターで船橋のある八階へ降りていく。

来栖は二丁の自動けん銃を持つのみとなった。MP5サブマシンガンと89式自動小銃は部下に渡してしまった。予備の弾倉もない。

「これから、なにするの」

「総員退避だ。まずは民間乗組員を避難させる。避難が完了したら……」

ちょっと待って、と由羽は割り込む。

「民間乗組員なしで、誰がどうやって、台風の接近する海で、こんな巨大な船を動かすの？」

海上保安官では操船が難しく、えい航も不可能だと、出発前に聞いている。この荒れた海上では、たとえもっと小さな船でも、船をロープで引くえい航は厳しいだろう。

「嵐に巻き込まれたら、バランスを崩して沈没するわ」

来栖は黙って由羽を見ている。まるでそれを望んでいるような顔だ。

「オペレーション赤銅って言うのは？」

「オペレーション赤銅のために、民間乗組員を避難させるんだ」

「――この船を沈める気ね？」

感染者ごと。

「そうだ。沈める。だが、ただで沈めるわけにはいかない」

あのウイルスは深海で感染が広がったのだ。感染者ごと船を沈めたら、沈没地点が震源地となり、ウイルスが海洋に広がる。

「赤銅色がどんな色か、知っているか？」

「赤と――」

「灰色が混ざった色だ」

由羽の脳裏に、のたうち回る矢本の最期が、浮かび上がった。

灰色は灰人、感染者を表しているはずだ。赤は――炎か。

「船を燃やすの？　感染者ごと燃やして、沈没させる……」

来栖が頷いた。

「手伝ってくれるか？」

「もちろん、やる」

来栖が無線を取り、前線対策本部の増田を呼ぶ。総員退避のアナウンスをするよう、指示した。

「民間乗組員の退避が完了次第、オペレーション赤銅を展開する」

増田は一瞬の絶句を挟んだが、反論はなかった。

〈巡視船しきしまに一報を入れる〉

来栖は無線口になにか言いかけたが、やめた。立ち上がった。由羽は尋ねる。

「なぜ巡視船しきしまに？」

「巡視船の船首部には、35ミリ連装機関砲の設備がある。俺たちは機関室に行くぞ。燃料タンクから重油を抜いて、各フロアにまく」

沈没する直前に、一瞬でこの船を燃やし尽くすためらしい。

「準備が整ったら、巡視船しきしまがクイーン・マム号への攻撃を開始する」

4

午前二時十分。

由羽は荷役口がある船の最下層の倉庫——船倉に来ていた。

薄暗い船倉にずらりと並ぶ飲料水タンクを見上げる。二リットル入りのポリタンクだ。ひとつのパレットに百個近く並んでいた。由羽は次々と蓋を回し取り、中の水を抜いていった。無駄に流れていく水を見て、急激に喉が渇く。注ぎ口に顔を近づけ、ゴクゴクと飲む。そのまま顔を洗った。

空っぽになった容器を台車に載せていく。複数個の空のタンクを積載した台車を押して、船倉の通路を走り、船尾部の巨大な空間に出た。

豪華客船の心臓部——機関室だ。

制御パネルが並ぶ。機関エンジンの数値をモニターする部屋には、メモ書き、指示書、湯気が上がったままのコーヒーが置きっぱなしになっていた。

由羽は台車からポリタンクが落ちないように手で押さえながら、制御室の廊下を突っ切り、エンジンルームに出た。

豪華客船は、一軒家ほどの大きさのエンジンを四基備えている。いちばん後ろのエンジンの脇に階段がついていて、ヘルメットをかぶった機関長が下りてくる。来栖が下船を促していた。

「これ以上船にとどまるのは危険です。お願いですから、早くあなたも避難を」

機関長はかなり渋ったが、最後は安全ヘルメットを取り、来栖に向き直る。

「ここはクイーン・マムの心臓部だ。どうぞ大事に、守ってやってください」

深く頭を下げる機関長の想いを、来栖は黙って受け止めている。由羽は見ていられなかった。この機関長は知らないのだ——。

この船がやがて巡視船しきしまの攻撃を受け、爆発炎上、沈没することを。

来栖は機関長がエンジンルームから出ていくのを見送り、顎を振って指示する。

「燃料タンクはこっちだ」

更に奥にある扉を抜けようとしたところで、四基のエンジンが大きく唸る音が聞こえてきた。振動が大きくなっていく。エンジン停止だ。

これから船橋——この船を操船する運転ルームが、空っぽになるのだ。停船するのだろう。

「台風に巻き込まれる前に、沈没させられる?」

「微妙なところだ。船には行き足がある」

停船したところで、船の全長の約八倍は進んでしまうらしい。この船の場合は二キロ近く進んでしまう。タイヤと地面の摩擦で急停車できる陸上の乗り物のようにはいかない。

「しかも、もう舵取りをする者はいない。いまこの船は積み荷が殆どない状態だ。バランスも悪い」

豪華客船の積み荷は、乗船客にあたる。五千人定員の船で、いまはその五分の一しか乗っていない状態だ。安全な船の航行のため、バラストタンクと呼ばれる容器に大量の海水を出し入れすることで船はバランスを保っている。この調整も、船の癖を知り尽くした乗組員でないと難しい。

「つまりこの船は、復原力が弱いと言っていいだろう」

傾いた船が元に戻る力を復原力という。クイーン・マム号は、一度大きく傾いたら、そのまま横倒しになって沈没するかもしれない。

急がねば。

来栖は、人の身長以上はある巨大な燃料タンクの壁を叩く。ステンレス素材だろうか、金属音がした。来栖は給油口を探すことなく、ステンレスの給油タンクに銃弾を六発、打ち込んだ。さらさらとした琥珀色の液体が流れてくる。由羽は慌ててポリタンクの口をつける。来栖は別の壁面に回り、再び銃弾を放つ。次々とポリタンクに重油を注いでいった。

「計算上、ワンフロアに二百リットルはまきたい」

ワンフロアにつき、十個のポリタンクが必要になる。量の多さに由羽は眩暈がする。

「一瞬で燃やし尽くす。先に沈没してしまったら、灰人を生きたまま海に沈めてしまうことになる」

この界隈の水深は数キロメートルはある。あとから海底に沈んだ船を探し、灰人を燃やし尽くしたかどうか確認する術はない。とどめを刺しに戻ることもできないのだ。一度沈めてしまったら、もうやり直しがきかない。だからこそ、確実に燃やし尽くしたいのだろう。

「全部で十四フロアある。ポリタンクは百四十個必要ね？」

由羽は改めて船倉へ走る。船倉の床は水びたしになっていた。水飛沫（みずしぶき）を上げながら走り、空っぽにしたポリタンクを台車に載せて、燃料ルームへ戻る。満タンになったポリタンクには蓋をして、改めて台車に積み上げていった。

ひとつの台車にポリタンクを十個置くと、荷崩れ寸前になった。来栖がロープで固定する。

「出来上がった荷から荷役用エレベーターの前に置いてこい」

「わかった」

二百リットルの重油は百七十キログラムある。由羽は台車を押すのに苦労した。エレベーターの前に置いて戻ったところで、来栖が代わってくれた。どんどん荷を積み、ロープで固定し運んでいく来栖は手際がいい。あっという間に、周囲に散乱していたポリタンクが片づいた。

この先は引火の危険があるので、発砲ができない。来栖は銃器を使えない状態で安全に灰人を排除する方法を考えていた。

「俺は接近戦でナイフを使えるが、あんたには無理だろう」

来栖はどこからか警杖（けいじょう）を持ってきた。警察も使う、百二十センチの棒だ。

「胸部を突いて跳ね返すことはできても、致命傷を与えることは難しそうね」

警杖は太さがあるので、これで灰人の眼球を突いて脳を破壊するのは相当な腕力が必要になる。重さもかなりあるので、女性が武器として扱うのは難しい。

「ナイフを先に括りつける？」

だが先端に固定できるものがない。長島のようにガムテープを使っても、何人かの灰人を突いたらすぐ外れてしまうだろう。

「ナイフで先端をとがらせるか」

「樫の木でできているのよ。難儀しながら削っている暇はないし。手斧は？」

「あれは振り下ろしたあと、頭蓋骨から引き抜くのに相当な腕力がいる。女性向けじゃない」

来栖はなにか思いついた様子で、警杖を持ってどこかへ消えた。三分で戻ってきた。来栖の手の警杖の先が鋭くとがっている。由羽は仰天した。

「どうやったの」

「機関室のグラインダーでとがらせた」

工具を削るグラインダーは、たいていの大型船に積んであるという。一度沖へ出ると簡単に陸には戻れないので、エンジンの手入れや修理をその場でやる必要があるからだ。さすが、来栖は船を知り尽くした海上保安官だ。船内にあるものでなんとかしようとする知恵に、由羽は感嘆する。

「あなた、本当になんでもできるのね」

来栖はたいしたことではないという顔で、重油の入ったタンクをロープで固定する。由羽の知らない結び方で、海の男らしい力強さがあった。

由羽は新しいタンクを注ぎ口の下に置き、琥珀色の重油のなめらかな流れを、見つめる。

――世の中の男を手玉に取るのは簡単だと思っていた。

由羽の匙加減ひとつで、どうとでもコントロールできるつまらない人間ばかりだと……。

来栖だけは違う。

やけに静かな時間が流れた。

高波が船体を叩きつける音が聞こえる。上階の灰人たちの騒動は届かない。来栖の無線だけが、それを伝える。

〈十階、特警五班、弾切れです！〉

〈だめだ、あいつら、雨後の筍のようにうじゃうじゃわいてくる！〉

〈八階、乗組員の誘導、失敗！　十名……いや、二十名やられました〉

〈八階の配置員は全滅している〉

〈閉じ込められました。死にます〉

〈もう十人以上、殺した。陸に帰ったら死刑だ。もう、無理だ〉

来栖は耐えるように無線を聞いている。由羽は、来栖の左肩に取り付けられた無線機のスイッチを切った。来栖が由羽を見据えた。由羽はきっぱり言う。

「あなたのこと」

「………」

「心から尊敬してる」

ポリタンクから、重油が溢れる音がした。由羽は慌てて向き直り、新たなポリタンクを穴の下に置く。満タンになったタンクの蓋を閉める。台車に積んだ。

「あのウイルスは」

来栖が由羽の背中に言った。由羽は振り返る。彼はとても悲し気な顔をしていた。さっき由羽が言った言葉を、否定するような表情だった。

「俺が作った」

由羽は背筋が粟立つ。ポリタンクから重油が溢れるのを横目に、茫然と立ち上がる。

「……どういう意味？」

「上月からどこまで聞いた」

由羽は視線を外した。エレベーターの中のパニックを、感情的にならぬよう、思い出す。

「私が――どこかの国が作った生物兵器を秘密裏に運んでいた移送船を、誤って臨検した。あなたはいったん生物兵器を海底に隠そうと……」

来栖は突然、笑い出した。

「生物兵器だと？　こんな突飛なウイルス、どこの国が作るというんだ。全然違う」

どういうことか。由羽が尋ねる暇もなく、来栖が続ける。

「米国の特殊部隊が奪取し、横田(よこた)基地までの移送を海保に依頼したのは、狂犬病ウイルスの致死性を低めた、ただの人工ウイルスだ。効果は狂犬病に毛が生えた程度のものだった」

国土内に多くの民族紛争を抱える某国の機関が作ったものだという。反体制を掲げる少数民族に感染させ、あえて凶暴な行動をさせる。反政府デモで暴れさせれば、警察や制圧部隊を残虐に攻撃するだろう。それを映像に残し、世界各国に配信することで、体制側への同情論を巻き起こす。民族統一の正当性を声高に謳(うた)うための「頭のおかしい研究者が作ったしょーもないウイルス」と来栖は表現した。某国はこの使えないウイルスを放置しており、テロリストの手に渡るのを危惧(きぐ)した米国が奪ったという。

「感染すると体だけが冬眠状態に陥ってしまうのは、狂犬病のように感染者を死にいたらしめないようにするためだ。一方で、その効果のために、変異スピードが促進されるようになったと聞いた」

「それじゃ――人を食うというのは？」

来栖は首を横に振る。

「そんな症状はなかった。あの時点までは」

ウイルスの奪取に成功した米国の特殊部隊が、海上輸送を担う日本側――来栖が作戦のため集めた部隊にウイルスを託し、海上輸送している途中までは。

「狂犬病に毛が生えただけのウイルスだった」

来栖は繰り返し、懺悔する。

「俺が、海に沈めて一旦隠すという愚かな判断を下したから、あんなウイルスが誕生した。ウイルスが、深海で変異したんだ」

相模湾の海底に沈み、いく種類もの深海生物に感染するうちに、変異が促されたのだろう、と来栖が推測する。

「ウイルスというのは、別種の動物に感染することで、大きく変異することがあるそうだ」

宿主(しゅくしゅ)が持つDNAの特性をコピーしながら、ウイルスもまた、進化するのだ。

「この世の生物の中で最も共食いが多い種は、なにか知っているか?」

話の流れから、由羽は理解する。

「魚類ね」

「ああ。一度に数千から数万の稚魚を誕生させる魚類は、稚魚のうちの何パーセントかは、強い稚魚の餌になる。餌になるためだけに生まれてくる稚魚が、一定数いるらしい」

相模湾の深海でまき散らされた狂犬病ウイルスの亜種は、魚類への感染を繰り返すうちに、『共食い』というDNAを取り込み、HSCCウイルスとなってこの世に誕生した――。

来栖がぽつりと言う。

「あんたひとりで背負い込むことはない。大部分は、俺の責任なんだ」

由羽の腹の底に、とてつもない深い悲しみが襲う。自分のせいであのウイルスが蔓延したと上月に指摘されたときよりも、苦しい。涙が溢れてきた。

「あんたを特別扱いしたのも、そのせいだ」

来栖が視線を外したまま続ける。

「あんたをクイーン・マム号に呼びつけ、第一次感染捜査隊に指名したのも――」

「私にも責任があるからよね」

「違う」

来栖は切れ長の瞳を少年のように不安そうに光らせ、由羽に言う。

「ひとりでは背負いきれなかったからだ」

罪悪感。

贖罪。

「俺は、あんたに尊敬される人間ではない」

一緒に背負う。由羽はそう伝えようとして――。

突然、床が大きく傾いた。由羽はバランスを崩して尻もちをついた。床が右舷側へ沈んでいく。船が波の谷の底に落ちたのだ。すでに船橋は空っぽだろう。通常なら、横波を受けないように船の向きを波に対して垂直にして、大波を乗り越える。だがいまこの船は、方々からわき上がる大波にただ弄ばれているだけの状態だ。傾き水平になるというのをさっきから繰り返していたが、今回は元に戻らない。どこまで傾くのか。機関室の中にあるものは全て固定されているが、台車がゴロゴロと転がり、積み上げたポリタンクが散らばる。

「まずいぞ――。つかまれ、大きな揺り戻しがくる!」

来栖が叫んだ。由羽は壁にあった手すりをつかんだが、重油のついた手は滑ってしまう。次の瞬間には、復原しようとする船が勢いをつけて、反対側へ倒れていく。由羽はポリタンクやこぼれた重油と共に、床を転がっていく。壁に叩きつけられる直前で、来栖に腕をつかまれ、引き寄せられる。

船体の外から、爪をひっかくような、金属がこすれ合う嫌な音が断続的に響いた。どっかーんという音や水飛沫の音と相まって、人の悲鳴や怒号が聞こえてきた。くぐもっていてなにを言っているのかはっきりとはわからないが、助けを求めるような声だった。舷側の向こう——海面から聞こえてくるようだ。

来栖が由羽の耳元で、嘆く。

「救命ボートが落下したんだ」

救命ボートは八階に設置されていた。八階で人員を乗せたあと、クレーンで海面に吊り下げられる。母船がバランスを崩したことで、どこかの接合部が外れ、人を乗せたまま落下したようだ。

突然、悲鳴や怒号が大きくなった。人々が船体の金属の板の向こうで、「灰人だ！」と叫ぶ声が明瞭に聞こえた。船体を叩く音もした。

「やめろ、やめてくれ、ああッ……！」

「痛い、痛いー！　助けてくれぇ！」

由羽は耐えられず、来栖の胸の中で体を丸め、耳を塞いだ。今度は船首の方向から、金属をひっかく大音響が響く。反対側の船中、船尾でも同じ音が繰り返される。

金属をこする音、落下して波に叩きつけられる音、人々の悲鳴が、延々と繰り返される。

目を閉じると、瞼の裏に情景が浮かぶ。救命ボートが次々と落下し、人が海面に船ごと叩きつけられて大怪我を負っている。その上から、灰人が降ってくる。海面で溺(おぼ)れかけた乗組員たちは襲われ、肉を食いちぎられ、海面が血で覆われていく……。

来栖は由羽を抱きとめたまま、無線で指示を出す。声は震えていた。

「こちら第一次感染捜査隊、来栖。後方支援部隊の各巡視船船長に告ぐ――」

来栖は喉から振り絞るような声で指令を続けた。

「灰人が次々と海面に落下している。生存者もだ。咬まれて感染が広がる。後方支援部隊はＱＭ号の両舷側に接近、海面の灰人が沈む前にひとり残らず、殲滅してくれ。生存者の救助は……」

来栖は苦悶に満ちた顔で、続ける。

「後回しだ」

了解という返事が、各巡視船の船長から返ってくる。

由羽は来栖の腕の中で、彼の顔を、見上げる。

来栖も由羽を見下ろしていた。

「あんたの質問には答えられないことが多かったが、どうしても、ひとつ、答えたいことがある」

――どうして海上保安官になったのか。

――こんなことをするために、海上保安官になったのか。

由羽が、ダンスホール・クラスターの現場で、ＳＳＴ隊員に投げかけた言葉だ。

来栖は目を赤くしている。涙は流さず、唇だけを震わせた。

「そんなはずはない。こんなことをするために、海上保安官になったはずがない……！」

由羽の目にいつの間にか涙が溢れていた。由羽は、目元をごしごしとこすった。

立ち上がる。打ちひしがれる来栖の腕を、つかんだ。

「時間がない」

来栖が恨めしげに、由羽を見上げる。立てないようだった。一度弱音を吐いたら、もう動けない。

それだけの絶望感の中で彼はたったひとり、耐え続けてきたのだ。来栖がどれだけ孤独の中でもがき、苦しみながら任務を遂行してきたのか。いま、由羽には痛いほどわかる。

由羽が彼のヤサに踏み込んだとき、来栖は団地の建物の前で、嘔吐していた。あの日は、巡視船いずの田島を殺害した日だった。ダンスホール・クラスターに対応した日も、矢本を殺害した日も、風呂をわかすように指示していた。唯一ひとりになれるその場所で、泣いていたのではないか。

今度は由羽が、先頭に立たねばならない。

由羽と来栖が誕生させてしまったウイルスなのだ。

二人で後始末をする。

由羽は来栖の顔を両手で包む。赤く潤んだ目をのぞき込んだ。強く、言い聞かせる。

「あれだけは絶対に蔓延させてはならない」

「……………」

「初めて会った日、私たち、約束したじゃない」

来栖の目が、涙をこらえようと、歪む。そして——由羽は深呼吸した。改めて伝える。

「生きて帰る。必ず」


午前二時五十分。

業務用エレベーターの中に、十個のポリタンクを積んだ台車を八台乗せる。

由羽と来栖は四階で降りた。灰人の数は少ない。殆どが、六階から溢れてきたダンスホール・クラスターの乗船客だった。破れたラメの衣装を着た女性が近づいてきた。これから重油をまく。発砲で着火する可能性があるので、もう銃器は使えない。来栖は灰人の頭をわしづかみにし、脇に放り投げただけで、道を空ける。

「走れ！」

由羽はポリタンクの蓋を次々に開けた。重油を垂れ流しながら台車を押して、走る。最初は重かったそれも、中身が流れて速力がつくうちに、軽くなっていく。前を走る来栖は、手に持ったナイフを襲いかかってくる灰人の眼球に突き刺し、排除していく。装備を持った灰人からは銃器も奪っていく。

ふいに来栖が立ち止まる。由羽に警杖を構えるように言い、顎で指示する。

「先に行ってろ」

医務室の前だった。辻村元海上保安庁長官以下五名の感染者が、閉じ込められている。

由羽は警杖を脇に挟み、中途を台車の取っ手に固定して前方に突き出しながら、台車を押して走った。背後からけん銃の音が十発聞こえてきた。由羽は船首エレベーターの前でUターンし、重油をまきながら、船尾エレベーター前に戻ってきた。来栖もやってくる。

「——辻村元長官を？」

来栖は静かに頷く。彼となにか特別な思い出があったのではと慮る。感染者が焼死するとき、苦しみ悶えることを来栖は知っている。一瞬で終わらせてやろうと温情をかけたのかと由羽は思ったが、来栖はさらりと言う。

「医務室は防火がしっかりしている。火が回らず生きたまま海底に沈んだら、困る」

来栖は冷淡に言った。自分を取り戻したようで、由羽はほっとする。

エレベーターに乗り、五階で降りた。三ツ星ホテルのようだったロビーの吹き抜け階段には、食い荒らされた警察官のバラバラ死体が点々と残っていた。階段の上を見上げる。七階あたりでシャンデリアが落下し、下敷きになった灰人がもがいていた。誰かがシャンデリアの吊り具を撃ち落としたのだろう。この吹き抜け階段で灰人と隊員の相当な攻防があったと想像する。

六階、七階は灰人の死体の山だった。

足を取られて転んだ灰人が、死体の海を泳ぐように蠢く。台車で進むのは不可能だった。由羽は両手にタンクを抱え、灰人をまたぎながら、進むしかない。前を走る来栖が灰人の排除だけでなく、死体をどけて道を作ってくれる。由羽は両手が塞がっている。万が一脇から誰か飛び出してきたら——と気が逸れた由羽は、吹き抜け階段の前で、足がもつれた。灰人の死体の上に転ぶ。落下したシャンデリアの隙間から顔を出した灰人が、由羽の足をつかんでいた。ＳＩＴの隊員——小峰だ。シャンデリアのクリスタルガラスをカツラのようにかぶり、落ちくぼんだ目で由羽に殺意を見せる。来栖が戻ってきて、小峰の左目にナイフを突き刺した。黒い血がクリスタルガラスに飛び散る。

八階に辿り着いた。

開けっ放しの各船室の窓から激しい風雨が吹き込み、廊下に湿気が蔓延していた。中途半端にぶら下がった救命ボートが何艇か見える。

廊下を突き進もうとした矢先、由羽はぎょっとした。

ここはまだ、クラスターまっただ中だった。

救命ボートが次々と落下したので、乗組員たちは救命ボートを降ろすことをあきらめ、部屋に逃げ込んだようだ。灰人は群れの力でドアを破壊し、乗組員を部屋から引きずり出そうとしていた。逃げまどう乗組員を十数人の灰人が取り囲み、食い荒らしているのも見える。

来栖は「まだまくな」と由羽に言い、灰人と化した特警隊員から89式自動小銃を奪った。安全レバーを引き、次々と灰人の頭を狙い撃ちする。前進しながら叫ぶ。

「生存者はエレベーターで屋上デッキへ上がれ！　いま、ヘリの救助を要請する！」

来栖は小銃を撃ちながら、民間乗組員を誘導し、十三階前線対策本部の増田とも連絡を取る。

「巡視船しきしまに、ヘリ救助を要請しろ！　まだ三十人近く民間乗組員が残っている！」

来栖の背後に迫る灰人が見えた。大きく両腕を広げている。由羽は咄嗟にシグを構え、灰人の後頭部を撃つ。一発目は頭蓋骨で弾が滑ったが、灰人が振り返ってくれたので、Tゾーンを狙い、ダブルタップで仕留める。由羽は手を上げて叫んだ。

「生存者はこっち！　十四階屋上デッキまで、私が誘導します！」

来栖が頼んだぞと目で訴える。由羽は大きく頷き返した。

由羽の大声に注目するのは、生存者だけではない。エレベーターの方へ、灰人もなだれ込んでくる。

由羽はシグを灰人に向け、ダブルタップでTゾーンを撃つ。

十年前に失った勘とセンスが、完璧に戻っていた。来栖の技術も加わった。確実に灰人を制圧していく。生存者二十名をエレベーターに詰め込み、扉を閉めた。箱が上昇した途端、「助かった」「ありがとう」と感謝の言葉が飛んできた。由羽は乗組員たちを振り返る。

自分でも思ってもみないほど、冷たい声が出た。

「正直に答えてください。咬まれた人はいませんか？」

一同がはっとしたように、目を逸らす。俺は咬まれていないと自信満々に首を横に振る者もいたし、日本語がわからず、隣の日本人に英訳を頼む東南アジア人もいた。

「咬まれた人は一旦、十二階で治療をしてから、救助します」

嘘をついた。

二つの手が挙がる。それぞれ腕と膝を咬まれていたが、洋服で隠していた。由羽は十四階屋上デッキに無傷の民間乗組員を降ろした。

巡視船しきしまに搭載されているヘリが、上空でホバリングしていた。厚生労働省の職員や、国立感染症研究所の感染症専門医たちが、救命胴衣や吊り具の装着を終え、救助の順番を待っている。由羽は先に民間乗組員を救助するように叫ぶ。駆け寄ってきた村上に彼らを託した。咬まれたと申告した二人と共に、エレベーターへ戻ろうとした。

「天城さん！」

振り返る。村上はこの状況下で意外に冷静な顔をしている。

「船内へ戻るんですか。救助ヘリが来ていますす」

「まだ任務が残っている」

由羽はエレベーターの扉を閉めようとする。なおも、村上は「天城さん」と食い下がる。

「なにか――ありました？　まるで、見違えるように。なんというか」

村上が言葉を濁した。由羽は無言でエレベーターの扉を閉めた。箱が下降するのを足に感じた途端、振り向きざまに、咬まれた二人の乗組員の顔に、銃弾を撃ち込んだ。

八階に戻る。扉が開いた。来栖がガソリンをまき終えて、戻ってきたところだ。生存している八人の乗組員を引き連れていた。由羽はたったいま射殺した乗組員をエレベーター内から蹴り出した。乗組員八人は変な顔をして、死体を見ている。来栖も乗ろうとしたが、「先に九階の処理を」と由羽は言って、閉め出した。

エレベーターが動き出す。

万が一、ヘリに揚収（ようしゅう）された者が発症したら、ヘリ内はパニックになり、墜落する。もしくは、救助先の巡視船で発症するかもしれない。今度は巡視船で感染が広がる。

先手を打たなくてはならなかった。

それは、来栖がこの一か月、お台場のバルで、クイーン・マム号で、率先してやってきたことだった。もう彼にはさせまい。

由羽はくるりと振り返る。

「咬まれた人はいませんか?」

返事はない。治療をすると嘘をついたら、三名が手を挙げた。由羽はシグの弾倉を取り出し、残りの弾の数を数えた。ちょうど三発、残っていた。


午前三時二十分。
九、十、十一階に重油をまき終え、十二階まで辿り着いた。
仮医務室でのクラスターで、多くの警察官が灰人となってしまったフロアだ。取り残された隊員たちが助けを求める無線を絶えず流していたが、いまは沈黙している。ずらりと並んだ部屋の殆どのドアが開いていた。灰人の姿も見えなかった。

「重油をまくのはあとにしよう。まずはひと回りして、生存者を探す」

来栖は前に進みながら、左右にある客室の中を確認し、「クリア!」と声をあげる。船尾にある部屋をのぞいたとき、壁に血の筋が幾重にも流れる浴室が見えた。バスタブの中に顔面血まみれの隊員の死体があった。警察手帳と遺書が便座の蓋の上に並べ置かれている。家族に渡さねばと由羽は遺書と警察手帳を尻ポケットにねじ込んだ。

「みなもう逃げたか」

船首エレベーター前で左舷側の通路へ向かう。仮医務室の前を通った。来栖はドアを開けてさっと中を確認する。由羽も続く。ジムから救出した第一機動隊の長島はどこへ行ったか――。

あちこち目をやって、驚く。

長島は、ゴシック調の飾り棚の上にいた。天井のすぐ下で寝そべっている。棚のガラス扉には大量の手型が残っていた。灰人がここに押し寄せ、上に逃げ込んだ長島を食おうとしていたに違いない。

長島はこめかみから血を流し、死んでいた。手にベレッタを握っている。

彼も自殺したようだ。

仮医務室に生存者はいなかった。通路に出る。

「この界隈に大量の灰人がいたはず。みなどこへ行ったの？」

「変だな……」

静寂が却って恐ろしい。また大きく、左舷側——船首から船尾に向かう由羽たちにとっては右側が、大きく沈む。船体がきしむ音が、死を待つのみのクイーン・マムの悲鳴のように聞こえる。遠くに、灰人が部屋から転がり出てきたのが見えた。

五十メートルほど先の廊下だ。灰人たちがふらふらと立ち上がり、再び死角に入る。彼らが入っていったのは、ランドリーだ。

「十二階のランドリーはどれくらいの広さがあった？」

「六畳分くらいはあったと思う」

「三、四十人はいるな」

「弾が全然足りないわ」

灰人が溢れる左舷側ではなく、右舷側通路を船尾に向かって引き返すことにした。船尾エレベーター前まで戻れば、重油の入ったポリタンクが置いてある。

「船尾エレベーター前に辿り着いたら、ポリタンクを持って、灰人に気づかれないように左舷側通路を全速力で走り抜けるぞ」

右舷側通路の二百メートルを走り、船尾エレベーター前まで戻った。由羽は息が上がっていた。来栖は由羽の疲労を察したのだろう、自ら台車を押す。四つあるタンクの蓋を次々と取った。

「行くぞ。ついてこい」

来栖は台車を押して走り出した。流れ出る重油は廊下の絨毯にすうっと吸い込まれていく。由羽は重油の跡を踏まないように気をつけながら走る。全速力のつもりだが、大腿筋は疲労で悲鳴を上げていた。台車を押す来栖に追いつくのがやっとだった。

ランドリー前にさしかかる。

蠢く灰人の背中が見え、由羽は思わず、息を止める。

仮医務室で自殺した長島の姿を見たせいか——由羽はランドリーを通り過ぎる一瞬、天井付近に目がいった。洗濯機や乾燥機が上下二段に連なる。天井と乾燥機の隙間に人がいた。

大前美玖だ。

由羽は立ち止まろうとして、体が前につんのめった。来栖が早く来いと言わんばかりに由羽の腕をつかむ。由羽は美玖を指さす。美玖は警棒で灰色の手を叩いたり、突いたりして、必死に抵抗している。狭いランドリーは、美玖を食おうとする灰人でぎゅうぎゅう詰めになっていた。

助けねばならない。だが、重油をまいてしまったので、銃器を使えない。来栖は警杖を由羽に託した。灰人の背中を、半長靴の足で蹴飛ばした。ひとりが海老反りになって倒れる。五人くらいが巻き込まれ一緒によろける。来栖はうつぶせに倒れた彼らのうなじを踏み蹴りして下顎を潰していく。何人かは下顎をぶら下げて由羽や来栖の足に咬みつこうとしたが、前歯があたるだけだ。簡単に蹴散らせるが、数が多すぎる。

「くそ、きりがない！」

来栖が叫び、ランドリールーム内の縦型洗濯機の上に飛び乗った。五つほど並ぶその上を器用に渡り歩き、感染者たちを一斉に煽る。奥の洗濯機を開けた。

「来い！」

煽られて近づいてきたひとりの灰人の襟ぐりをつかみ上げ、頭から洗濯機の中に突っ込んでいく。灰人は千鳥足で歩く様子からして、平衡感覚がないようだ。一度ひっくり返るとなかなか元に戻れず、洗濯機から足を生やした状態でもがいている。来栖は次々と洗濯機の中に灰人を頭から押し込んでいった。空いたスペースにやっと下り立つと、今度は大型乾燥機の扉を開ける。

「こっちだ！」

突進してきた灰人の頭を乾燥機の蓋で潰す。何人かはそのまま乾燥機の中に放り込む。五百リットル近くある乾燥機は、大人も入れる大きさだ。来栖はロックをかけて、出られないようにした。

来栖が灰人の相手をしている間に、由羽は背伸びして美玖の手を取った。

「ありがとう、由羽さん……！」

「咬まれてないね？」

「咬まれたら自殺するよう、隊長に指示されています。大丈夫です」

美玖が由羽の手を握り返し、軽やかに床の上に着地する。すかさず背後から襲いかかってきた灰人の顔面に肘鉄を食らわせた。倒れた灰人の目に、由羽が警杖を突き刺し、とどめを刺す。

「こっちよ！　屋上デッキで吊り上げ救助をやってる！」

由羽は船尾エレベーターを目指し、美玖の手を引いた。途端に、美玖が重油で足を滑らせた。前のめりに転んだ美玖に、次々と灰人が覆いかぶさる。

来栖が灰人をひとり、二人と引き剝がしていく。由羽も警杖を再び構えようとして――。灰人の灰色の手に髪や顔をつかまれた美玖が、帯革のけん銃に手を伸ばしたのが見えた。

「ダメ、美玖ちゃ――」

来栖も「やめろ、重油をまいた!」と叫ぶ。ほぼ同時に、美玖が引き金を引いてしまった。

「逃げろ……!」

来栖が由羽の手を引いて走った。由羽は警杖を落としてしまった。美玖が放った銃弾が絨毯にめり込み、火花が散っている。

引火、爆発する――。

衝撃波が先に来た。由羽と来栖はエレベーターホールに吹き飛ばされた。次にやってきたのは、オレンジの爆炎だ。廊下の空間に目いっぱい膨張し、迫ってくる。由羽は匍匐前進の来栖に抱えられ、エレベーターの箱の中に放り込まれた。ドドーンと大きな爆発音が鳴ったのは、その直後だ。

来栖はひざまずいた状態で、エレベーターの『閉』ボタンを押す。炎の触手を切断するように扉が閉まり、エレベーターが上昇を始めた。

助かった――。

美玖は助けられなかった。

美玖と最後に風呂に入ったのは、つい昨夜だった。

屈託なく笑いながら、大きな浴槽ですいすいと裸で泳いでいた。美玖が話していた、「全裸で温水スパのスライダーを逆走して役人から叱られた」無邪気な海上保安官たちは、どうしただろう。みんな食べられたのか。感染して仲間を食べているのか。

嘆いている暇はなかった。

大きな揺れが襲い、激しく箱が揺さぶられる。由羽は思わず来栖の胸に飛び込んだ。来栖も由羽を守るように、抱きとめてくれる。様子を窺うように、天井を見渡す。

上昇していたはずのエレベーターが、停まったのがわかった。

「停電？」

「明かりはついてる。爆風による揺れで、緊急停止したんだろう」

来栖が立ち上がり、エレベーター内の休憩椅子を中央に置いた。椅子の上に立ち、帯革のナイフを取る。ナイフの先を器用に回し、照明器具のネジをゆるめた。いくつか抜いたところで、照明器具が斜めに傾く。来栖はそれを両手でつかみ、力いっぱい揺らして外した。エレベーターの中の照明が落ちた。狭い箱を暗闇が支配する。来栖が帯革のライトを抜いて、由羽に渡す。

「天井を照らしてくれ」

言われた通りにする。来栖は由羽が照らす明かりを頼りに、再びナイフの先を、天井の隙間に滑らせていく。隙間に入れたナイフの先を来栖がぐりぐりと動かすうち、蓋がパカッと開いて、天井に四角い脱出口が現れる。

由羽が照らすライトの柱が、エレベーターの天井の先を貫く。限界がないのではないかと思うほど深い暗闇が広がる。太いワイヤーが何本も縦に走っているのが見えた。来栖が椅子の上でジャンプする。脱出口をつかむ。しばらく体勢を整えるようにしてぶら下がったあと、天井の上へとよじ登る。右腕が見えなくなり、やがて左肩が外に出ると、来栖の体はあっという間にエレベーターの箱の外に消えた。

「ライトをくれ」

天井の上へ足をついた来栖が、埃と油で真っ黒になった手を、脱出口から突き出す。由羽は椅子に上がり、ライトを渡した。

途端にエレベーターの箱の中が暗くなる。来栖の手元で揺れる光が、たまに周囲の光景を浮かび上がらせるだけだ。不安になる。

「ねえ……」

「大丈夫。置いていかない」

来栖が脱出口から顔をのぞかせ、力強く頷いた。カラビナのついたロープを穴から垂らす。

「帯革のベルトとカラビナを接続して、待ってろ」

来栖がグローブを嵌めて、極太のケーブルをつかんだのが見えた。握力と腕力だけで登り始める。来栖の半長靴の足が天井から離れた。二つの大腿筋でしっかりケーブルを絡めて、体重を支え、上腕筋を震わせて上がっていく。

由羽は手さぐりでロープの先のカラビナを二つ、帯革に取りつけた。上を見る。

来栖の帯革から垂れたロープが、由羽と繋がっている。心強いし、嬉しかった。

やがて来栖の体が暗闇に吸い込まれ、見えなくなった。ケーブルに沿うように延びていたロープが大きく揺れ、由羽の体にも振動を与える。扉のある方向に、ロープの先が水平に移動している。ンン、と来栖が唸る声が、かすかに聞こえてくる。

このひとつ上——十三階のエレベーターの外扉を、来栖が内側からこじ開けているようだ。

やがて、光が差し込む。十三階のフロアの明かりだ。

「クソ！」

暗闇から、来栖の悪態が聞こえてきた。

「来栖さん？」

ぐふっ、と誰かが呻く声がする。エレベーターの天井でドカンと音がし、箱が大きく縦に揺れた。由羽はよろける。天井の上に誰かが落下したのだ。

「来栖さん！」

由羽は椅子に上がりジャンプして、天井の脱出口の縁をつかんだ。なんとかぶら下がる。次の瞬間、ヒヤッと冷たいものが、指に触れたのがわかった。

灰色の指が、由羽の手首へ滑ってくる——。

由羽は咄嗟に手を振り払った。そのまま落下してしまう。椅子の背もたれに脇腹を強打し、椅子をひっくり返しながら、床の上に落ちた。直後に、脱出口から灰色の人間が落ちてきた。

由羽は慌てて太腿のホルスターからシグを抜く。

灰色の指をカーペットに這わせ、灰人がじわじわと近づいてくる。由羽は言葉を失った。

海上保安庁の、増田感染症対策官だ。

前線対策本部で指揮を執っていた。

東京国際クルーズターミナルの桟橋で初めて会った日から今日までのことが、走馬灯のように蘇る。知り合って三週間だが、上官であり、共に戦ってきた仲間だった。いまは生きたヒトの肌の色をしていない。目は焦点が定まらず、赤く熟れた口腔内で獣のように舌が暴れている。

次々と、天井になにかが叩きつけられる音がした。

「早く始末しろ！」

暗闇から、来栖の怒鳴り声が聞こえる。

次に天井の穴から落ちてきたのは、警視庁の比企感染症対策官だった。大きすぎるヘルメットをかぶり、防弾ベストをスーツの下に着用している。救命胴衣も身に着けていた。ヘリでの吊り上げ救助に備えての恰好だ。屋上デッキに避難するはずだったのだろう。民間乗組員の脱出を待ち、オペレーション赤銅の準備が整うまで、幹部たちは十三階で待機していたようだ。

誰ひとり逃げず、待っていてくれたのに――。

前線対策本部は、陥落したのだ。

由羽は、次々と落ちてくる幹部たちの顔に、銃弾を撃ち込むしかない。帯革に繋いだロープが上へ引っ張られる。

「上がってこい！　エレベーターの箱の上に出たら、壁を蹴りながら登れ！」

由羽は折り重なる灰人の上に、椅子を置いた。人とは思わない。上官だった人だとも、共に戦った仲間だとも、思わない。

思ったら、負ける。

この感染症に。

涙をこらえ、歯を食いしばる。

由羽は、お台場のバルや、ダンスホール・クラスターで起こった出来事を、思い出した。咬まれてしまった愛する人を守るため、助けるため、人々は感染した。〈訓令13号〉という天からのお達しを従順に守っていた隊員たちは、誰よりも早く感染した。目の前の仲間を見捨てられなかった隊員ほど、感染した。

これは『愛と遵守』という人類の美徳につけ込む、ウイルスなのだ。

冷酷になることでしか、このウイルスに勝つことができない。

由羽は交流を重ねてきた人々の死体を踏み潰す。椅子に乗った途端、すうっと体が沈む。かつて敬礼した人々の体に、椅子の脚が食い込んでいく。人の体の厚さの分だけ高くなったからか、脱出口に簡単に手が届いた。来栖がロープを引っ張ってくれている。すんなり箱の上に出られた。

三メートルほど上から、照明が差し込んでいる。十三階の天井の菊の文様が金色に輝いている。来栖の顔は逆光でよく見えない。由羽は壁を蹴り、宙に浮く。一歩、二歩、三歩と大きく蹴り上げるうち、来栖が差し伸べた手に届く。由羽は来栖の手をつかみ、十三階に引き上げられた。

「最後の仕上げだ」

来栖がエレベーターホールの先を見据える。

前線本部に常時集っていた、幹部クラスの海上保安官と警察官、約三十人が、牙を剥いて襲いかかってきた。


午前三時五十分。

トクトクトク——と耳に心地よい音を立てて注がれるつややかな琥珀色の液体は、このあとの惨劇を予想させないほどに、美しかった。

由羽は十三階船中にある全長二十メートルのプールに、ポリタンクの重油を次々と流し込んでいた。吹き抜けの先の数十メートル上空には、ついさっきまで巡視船しきしまのヘリのホバリングが見えていた。由羽と来栖を待つため、風雨をこらえるように上空にいた。来栖の合図でいなくなった。

「行くぞ……！」

遠くから、来栖の声がする。

由羽は空になったポリタンクをプールに放った。脇によけ、ガラスの壁に背中をつける。

来栖が三十人の灰人を引き連れて、船首方向から全速力で走ってきた。

走りながら後ろを向き「こっちだ！」と灰人たちを扇動する。このまま来栖もプールに落ちてしまいそうなほど、際どい走り方だ。由羽は目を逸らしたくなった。

来栖は走り幅飛びの選手のように、プールの縁を蹴って、大きく跳躍した。両腕で宙をかく。煽られた灰人たちが、次々とプールの中に落ちていく。

来栖がプール内に二つある噴水のうちのひとつにしがみついた。噴水はまっすぐ天に伸びて咲き誇る菊をかたどっている。葉の部分に手や足をかけ、来栖はなんとか落下を免(まぬが)れた。

半分くらいの灰人がプールに落ちたが、残り半分はプールサイドを回った。噴水にいる来栖に手を伸ばしている。由羽はすり足で灰人の背後に迫る。来栖に手を伸ばそうとしている灰人の臀部を蹴り、プールの底へ落としていった。

全員、落ちた。

由羽は来栖に手を伸ばす。来栖が由羽の手をつかみ、ジャンプして、プールサイドに戻ってきた。

灰人たちは、プールの中で重油に足を滑らせながら、蠢いている。何人かはプールサイドに上がろうとしたが、重油で滑り落下していく。

由羽は、プールの底に落としておいたソファのクッションに、シグの銃口を向ける。

爆炎で一挙に三十人の灰人をせん滅する。吹き抜けの先にヘリがいるのは危ないので、来栖が一度退去させたのだ。

これで終われる。

あとは屋上デッキに上がり、ヘリに吊り上げ救助してもらえれば、この船から出られる――。

由羽はほんの一瞬、隙があった。灰人が由羽の足首に手を伸ばしていると気がついたときには、もうシグの引き金を引いていた。

プールにオレンジの猛火が上がる。それは重油まみれの灰人の腕を導線にして、由羽の右足に引火した。あっと思う暇もなく、由羽の右足が燃え上がった。

目で見るその衝撃から一拍遅れて、猛烈な熱さと激痛が右足を襲う。由羽は絶叫して、プールサイドをのたうち回る。来栖がタクティカルジャケットを脱ぎ、右足にかける。両手で叩きながら、火を消す。防火素材でできたそれのおかげで火はすぐに消えたが、黒い煙がくすぶる。

「熱い、熱い……！」

由羽はあまりの激痛に、来栖の腕にしがみつく。

「大丈夫だ、落ち着け！」

来栖が足の前にしゃがみ、火が完全に消えたのを確認している。焦げたタクティカルジャケットを取り去る。

由羽は自分の足を見ていられず、顔を両手で覆う。スニーカーが溶けて、足にどろどろとまとわりついていた。溶けた樹脂素材のせいで、火が消えても由羽の足の皮膚を熱し続ける。来栖がナイフを握り、由羽のスニーカーを切り裂いている。ナイフが剝き出しの皮膚にあたり、由羽は激痛に全身を震わせる。

器用に動く来栖の左腕の向こうでは、かつての上官たちが、炎のプールで断末魔の叫び声を上げ、踊る。由羽は激痛に気を取られていたが、プールから上がる炎で顔も相当に熱い。来栖の額や頰、顎からも、次々と汗が垂れた。

「取るぞ。大丈夫、しきしまで応急手当てしてもらえる」

来栖がスニーカーを剝がす。由羽の足の皮膚がべろりと一緒に剝けた。痛みの絶叫を上げる暇もなく、由羽は来栖に担がれた。来栖が、プールサイドにある階段を駆け上がっていく。由羽は来栖の首にしがみつくので精一杯だ。意識が朦朧（もうろう）としていた。眼下に見える赤い爆炎と、蠢く黒い影が見えた。

獣の群衆が一斉におののくような、灰人の断末魔の悲鳴が聞こえる。

　来栖が階段を二段飛ばしで上がるたび、由羽の右足も膝下が跳ね上がり、視界に入ってくる。膝下にぼろをまとっているようだ。真っ赤に膨れ上がりじゅくじゅくとした右足は、ひと回り大きくなったように見える。由羽は卒倒しそうだ。

　歯を食いしばる。もう、下は見ない。上だけを見る。

　来栖の顎と頬のラインと、左耳が見えた。たまに由羽の顔をのぞき込んでいるのか、難しそうに引き結ばれた唇も見えた。

　やわらかいベッドのようなところに、優しく寝かされる。

「待ってろ」

　来栖が離れていく。遠くで待機していたヘリに向かって、手を振りながら合図している。ヘリが再び近づいてきた。プロペラの吹き下ろしの風が由羽にも吹きつける。真皮が剝き出しの右足は風があたるだけで激痛が走った。来栖は無線と両手を使った手信号でヘリと意思疎通を図っている。由羽が寝かされているのは、屋上デッキのバーにあった、ソファセットだった。

　来栖が黄色い吊り具を持って戻ってきた。カチャカチャと音を鳴らして、由羽の腰になにかを巻きつけている。

「すぐ出られるぞ。大丈夫だ」

　来栖は由羽の下半身に吊り具を装着した。爛れて真っ赤に膨れた右足にそれを通すとき、とても慎重な手つきになった。来栖に抱き上げられる。ヘリの真下に来た。ヘリのダウンウォッシュに由羽の乱れた髪が舞い上がる。猛烈に吹き下ろす風で、目を見開くのもやっとだ。来栖はヘリから垂れるロープを由羽の吊り具に手早く装着する。

来栖は右こぶしを天に突き上げた。円を描くように大きくこぶしを振り、合図する。

由羽の体が浮かび上がった。来栖の体から、離れていく。吊り上げられているのだ。

ふいに頬を撫でられた。

来栖の顔を見る。

「ありがとう」

来栖の言葉が、しん、と胸に沁みいる。

朦朧としていた由羽は、ハッと我に返る。

ありがとうって……。

なんで？

由羽は咄嗟に手を伸ばし、来栖の腕をつかもうとした。吊り上げられているから、手は腕をかすめ、泳いでしまう。つかめたのは、来栖の白いＴシャツの襟首だった。

「来栖さん、あとから来るのよね⁉」

来栖は答えない。じっと由羽を見つめ返すだけだ。由羽は、二か月交替のはずの感染捜査隊の隊長を、来栖が延々と引き受けるつもりだったことを、思い出した。

「来栖さん！　残る気なの⁉　なんで、どうして‼」

由羽の体が持ち上がっていく。由羽は、来栖の襟首をつかみ上げているような状態になった。いつだったか、来栖の船室で同じことをして、喧嘩をふっかけたことがあった。来栖はそのとき、由羽の手をかなり乱暴に振り払った。

いま――。

来栖は、由羽が絶対に離さないその手を、優しく両手で握った。指を丁寧に外していく。

「来栖さん!!」

由羽の指が完全に来栖の襟首から離れた。来栖も由羽の手をぱっと放した。

手も体も、どんどん来栖から遠ざかる。由羽は絶叫した。

「いやだ、来栖さん!!」

由羽はデッキから三メートル近い高さまで吊り上げられていた。

もう手が届かない。来栖の名前を連呼し続けるしかない。

彼を置いていくくらいなら、デッキに叩きつけられたって構わない。由羽は吊り具を外そうとした。

メッシュ素材の頑強な布に両足が通っていて、それにすっぽり上半身が包まれている状態だった。どの器具がどう接続しているのか、複雑すぎてわけがわからない。

由羽が器具を外そうともがいているうちに、来栖はくるりと背を向けて、船内へ戻ってしまった。

もうその姿は見えなくなった。

来栖はもうずっと前から——あのウイルスが誕生したと知ったときから、この船に、自分の一生を、命を、捧げるつもりだったのだろう。

この感染症で人生を失った人々と、共に。

船の全体像が視界におさまるほどの上空に吊り上げられても、由羽はその名前を、呼び続けた。

終章

　天城由羽をヘリに無事揚収したという無線連絡が、巡視船しきしまの搭載ヘリうみたかの操縦士から入った。

　来栖光はそれを、船首側にあるエレベーターの前で聞いていた。

「了解、右足の治療を早急にしてほしい。すぐしきしまに戻れ」

〈彼女を降ろしたら、来栖隊長の救助に向かう〉

　来栖は慌てて答える。

「戻ってこなくていい。海上保安官だぞ、ひとりで泳いで戻れる。暴風雨になってきたから、もうヘリは出すな。ご苦労様」

　十二階のランドリーで出た爆炎のせいで、船中と船尾のエレベーターは使用できなくなっていた。だが、火が出た現場から百メートル以上離れた船首側のエレベーターは動いてくれた。

　来栖は一気に四階まで降りて、自室へ戻る。入口の脇にある金庫の中のバックパックを肩に担ぎ、再び十三階へ戻る。

　エレベーターを一歩降りた。壁に手のひらほどの大きさの小型プラスチック爆弾を設置し、再びエレベーターに戻る。

　来栖は各階の壁に爆弾を取りつけていった。

　どこの階にも、灰人がうろついていた。もう制圧はしなかった。

来栖は四階の自室に再び戻った。デスクの上のタブレットを取り、システムを起動させた。船内は大揺れだが、家具類は固定されている。来栖は設置してきた爆弾全十個の起爆のためのＩＤをタブレットに打ち込んでいった。左肩に取りつけていた無線が鳴る。巡視船しきしまの運用司令長だった。

〈ＱＭ号が傾き始めている。早く許可を出してくれ。こっちは隊員を配置して、来栖隊長のゴーサインを待っている〉

「最後のヘリは戻ったか？」

とっくに巡視船しきしまのヘリ甲板に着陸しているらしい。来栖は現在地を訊かれた。

「あと十分待ってくれ。脱出に手間取っている」

答えをぼかし、来栖は尋ね返す。

「警視庁の女刑事は無事か？」

乗組員に確認しているのか、沈黙がある。やがて運用司令長が答える。

〈天城由羽君なら、とっくに巡視船に揚収している。足の怪我の応急処置をするところだ……〉

あきらめてくれたようだ。来栖はほっと胸を撫で下ろす。救助された彼女の様子は、訊かないことにした。嵐の中で吊り上げられながら泣き叫び、来栖を置いていくまいとした彼女の姿が、瞼の裏にくっきりと残っている。

彼女はなにも知らなかったのだ。

責任を負うのは、来栖だけでいい。

無線の向こうで、運用司令長が催促する。

〈お前も早く来い。本当に泳いで戻るつもりか？〉

「風が強すぎてもうヘリは危険だ。搭載艇は高波でひっくり返る。泳ぐ方が簡単だ。巡視船しきしままでの距離は？」

〈ざっと、五百メートルというところだ〉

「舞鶴の学生だって余裕だろう」

少し笑う声が漏れた。海での五マイル遠泳——約八キロの海中を泳ぎきらないと、海上保安官にはなれないのだ。来栖は腕時計を見た。朝の四時十五分になろうとしている。

「〇四三〇（マルヨンサンマル）に決行だ。ひとりで脱出する。俺のゴーサインは、待たなくていい」

来栖は無線を切った。電源も切り、デスクに置く。

今日の日の出の時刻は、朝の四時三十四分だ。

もう、太陽を見ることはないのだなと実感する。

怖くはない。

毎朝、これが最後かもしれないと覚悟を決めて、水平線を昇る太陽を見つめてきた。

来栖は立ち上がり、寝室を突っ切って洗面所に入る。ひどい顔をしていた。髭（ひげ）が伸び始めているし、重油や黒煙で顔が黒ずんでいた。顔を洗い、急いで髭を剃（そ）った。シャワーを三十秒だけ浴びて、新しい衣類に着替えた。

寝室のクローゼットを開けて、白の第二種制服を身に着ける。

この、青い海に映える美しい白い制服に憧（あこが）れて、海上保安官になった。

来栖は一分で着替えた。素早い整容（せいよう）と早着替えは、呉の海上保安大学校時代に先輩や教官にどやされながら、鍛えられた。大阪基地では、出動命令が出てから一分で装備を担いで基地を出るのが基本だった。

来栖は七三分けの前髪を整える。油分が残った手のおかげで、崩れがちな前髪は最後、ビシッと決まった。制帽をかぶる。改めて三秒だけ——海上保安官であることの誇りを胸に、自分の顔を見た。

寝室を抜け、執務室の椅子に座る。

時計を見た。四時二十分になっている。

十分後に、巡視船しきしまは攻撃開始だ。いまごろ、船首部に備えつけられた連装機関砲の前で、乗組員は涙をこらえ、射撃命令を待っているはずだ。自国の民間の船を攻撃しなくてはならない。感染した民間人、警察官、そして——仲間の海上保安官が残っている船を、爆破、沈没させなくてはならないのだ。

若い後輩たちに、一生の禍根になる任務を背負わせたくはない。

来栖はタブレットの画面を見た。

今度こそ、自分がこの起爆ボタンを押す。

自らの手で。

あの日は、できなかった。

疾風の如く浦賀水道に現れた、天城由羽という警視庁刑事のせいで。

来栖は浦賀水道からずっと北に離れた城南島にいたが、由羽の姿は、部下が眼鏡に仕込んだ小型CCDカメラ越しに、確認していた。由羽は警備艇で近づき、拡声器で停船命令を出していた。刑事とは思えないジーンズにネルシャツという恰好だった。青色系でまとめたマニッシュな服装なのに、東京湾の潮風に吹かれたおくれ毛に、しっかり女の気配が漂っていた。

内閣情報調査室にいる来栖は、警視庁に圧力をかけられる立場だ。現場の海上保安官も動かないようにした。税関も黙らせたのに、彼女は自分の正義だけを信じて、なにも知らずに、たったひとりで追い駆けてきた。

あきれや怒りを通り越して——来栖はどこかで、由羽のその姿に感嘆していた。

警視庁には、こんなにも気概のある女刑事がいるのか。

だから、起爆できなかったのだ。

あの船のキャビンの天井には、ついさっき来栖が仕かけてきたのと同じ型の爆弾が、仕込んであった。

ウイルスを奪還されそうになったら、船を爆破させ、ウイルスごと吹き飛ばせ——。

来栖は万が一のとき、自爆命令を受けていた。某国から奪取したウイルスだった。奪還に来る可能性は排除できず、テロリストが強奪に来る可能性もあった。東京オリンピックを前にその失態だけは絶対に許されない。

船に乗ってウイルスを移送していた海上保安庁ＳＳＴ特殊警備隊の隊員たちは、万が一のときに自爆して自沈を選ぶのは当然のこととされる。これまで何度も、公表されることのない秘匿任務を背負ってきたＳＳＴにとっては、最後の手段として常に提示されてきたことでもある。来栖は自爆に迷いはないし、任務のためなら、それが日本国民の安全のためなら、部下だって吹き飛ばす。

だが、なにも知らずに接近してきた勇敢な女刑事を巻き込むことはできなかった。

だから来栖は——。

強く目を閉じ、あのときの自分の選択を、深く、悔いる。

ウイルスを一旦海に沈めるという判断さえしなければ、ＨＳＣＣウイルスが誕生することはなかった。

いまこそ、起爆せねばならない。

そして、あのウイルスを誕生させた罪を、命に代えて償う。

来栖は強く閉じていた目を開けた。正面を向き、タブレットの画面に指を伸ばした。『det』——起爆の文字をタップしようとした。

ひた、ひた、という奇妙な音が、廊下の方から聞こえる。開けっ放しにしていたドアの出入口から見える廊下に、血の足跡が、ついていた。

天城由羽が立っている。

右足は血が滲み、真皮が剝き出しになっている。ガーゼをひっつけた右足を半分浮かせて、小鹿のように震えていた。治療を振り払って戻ってきたことが、容易に想像できた。

あきれたため息が先にくる。

「またあんたか。なんで戻ってきた……!」

由羽はとても低い声で答えた。

「ヘリ甲板に降りたらすぐに搭載艇出してもらって、引き返してきた」

ヘリの下で別れたときはあんなに泣いていたのに、いまの由羽は落ち着き払った顔だ。ちょうど良かった、という様子で肩をすくめてみせる。

「どうせあんたはここだろうなと思って」

ついさっきまで、「来栖さん、来栖さん」と親身になって身を寄せてきたのに、いまはかつてのようにぞんざいな言い方をする。

「あんたを四階から十四階へ引っ張っていってヘリで吊り上げるより、一階の船倉へ引きずり下ろして荷役口から搭載艇に押し込む方がラクでしょ。だから、しきしまの搭載艇を出すように頼んで、戻ってきた」

どうやら彼女は、自爆を決意した来栖に、怒っているようだ。

来栖は口を真一文字にして、鼻から大きく息を吐く。

「巡視船しきしまの攻撃まで、あと九分だ。早く行け」

由羽は気の強そうな顔で、来栖を睨みつけている。目が真っ赤になっていた。涙をこらえているから、怒っているような顔になるのか。いずれ〝一緒に逃げて来栖さん〟とさっきのように泣きつかれることはわかっていた。来栖は先に言う。

「ひとりで行ってくれないか」

「…………」

「俺が戻れないことは、あんたがいちばん、理解してくれるはずだ」

由羽は口元を固く結び、こぶしを握りしめている。右足を引きずって血のスタンプを床につけながら、来栖が座るデスクに近寄ってきた。左手を握りしめられる。由羽の手は暴風雨で濡れていた。髪の後れ毛からもぽたぽたと水滴が落ちてきて、来栖の制服の袖のラインも濡らす。いまにも、「私も一緒に死ぬ」「私にも責任がある」と泣きすがると思っていた。

困ったなとその顔を見上げたとき――違う、と気がついた。

由羽は容疑者を見る刑事の顔で、来栖を見ていた。

「来栖光」

かつてのようにフルネームで呼び捨てにする、容疑者扱いに戻っていた。

「訓令13号をことごとく破ったわね」

話の急な方向転換についていけず、来栖は眉をひそめる。

ただ――。

空気は変わっていた。その変化に気を取られ、来栖は元ＳＳＴ隊員として、あってはならぬミスを犯した。

　隙を見せてしまったのだ。

　気がつけば、左手に手錠をかけられていた。

　由羽が自分のことを棚に上げて、平気な顔で言う。

「出港前に偉い人たちが散々言ったでしょ。訓令13号を破った者は刑事罰もいとわない。つまり、あんたは殺人罪を犯したというわけ」

　由羽に右腕をつかまれる。反対側のワッパがギギッと音を立てて開かれ、来栖の右手首に落ちた。

　来栖は両手を拘束された。逮捕されたのだ。

「忘れた？　私は強行犯係の刑事だよ。殺人犯を逮捕する」

　彼女の体温で温められた手錠が、来栖の手首に重くのしかかる。だが『逮捕』という言葉の響きが持つ冷たく暗い現実が、どこにもなかった。由羽が、来栖のタブレットを小脇に抱える。自分で起爆するつもりなのだろう。来栖にはさせないという強い意志を、タブレットをつかむ由羽の手から感じ取る。

　来栖は、結局、感嘆してしまうのだ。

　この女の、知恵と度胸に。

　海上保安庁元特殊部隊員としての来栖の矜持を、由羽は警視庁刑事の矜持で潰しにかかる。

　何度でも言う――由羽が来栖に、説く。

「私たち警視庁の刑事は、あんたらＳＳＴみたいに、犯人を制圧のために射殺しない。生きたままとらえて、絶対に、連れて帰るから……！」

　凛（りん）とした口調は途中でもろくも崩れ、由羽は泣き出した。

来栖の目にも、涙がせり上がる。由羽が日付と時刻を口にし、逮捕の執行を宣言した。由羽はまた日付を間違えていたが、来栖はもう、指摘しなかった。

荷役口から由羽と見た朝日の美しさに、嗚咽が漏れたからだ。

HSCCウイルス、三か月連続で検出されず

七月に八百人近い感染者を乗せて爆発炎上、沈没したクイーン・マム号の沈没地点から半径十キロまでの地点、合計五百か所に於いて、海水、魚類、深海生物の調査を継続している海上保安庁の海洋情報部が、硫黄島沖のクイーン・マム号沈没地点の十回目のモニタリング検査結果を発表した。十月二十日時点で、HSCCウイルスは検出されなかったと報告した。

これを受けて日本政府は、HSCCの完全撲滅(ぼくめつ)を宣言した。

一方で、政府、東京都の関係者からは「東京オリンピックを延期する必要があったのか」という声も聞かれる。クイーン・マム号の沈没という結果に過剰反応した世界中からの開催反対圧力に屈した形で、開催一週間前に一年間の延期を決定したIOCに、日本中から失望の声が上がっている。

クイーン・マム号事件の余波、おさまらず

千人規模の犠牲者を出したクイーン・マム号事件の全貌が明らかになるにつれ、政府、並びに海上隔離措置を後押ししたと言われるJOCに強い逆風が吹いている。当初は第一次感染捜査隊の責任者であり、隊長である来栖光氏(三等海上保安監)に責任を負わせ幕引きを図った政府だが、警視庁が一連の来栖隊長の逮捕執行手続きに不備があったとし、逮捕を取り消したことをきっかけに、風向きが変わった。当日逮捕を執行した警察官は重傷を負って入院中であり、記者の取材に対し「逮捕を執行した際に、足が痛くて、日付を言い間違えた」と答えたという。

逮捕取り消し後、現場で命を落とした警察官の半数が訓令13号を守ったがゆえの自殺であった旨が、死の直前に遺族にかかってきた電話やメールで次々と明らかにされている。訓令13号の遵守を現場に

求めた内川誠一警視総監にも批判の声が高まっている。来栖隊長への同情論が膨れ上がったいま、彼の逮捕は見送られる可能性が高まってきた。

批判をかわす狙いか、内川誠一警視総監は二十日付で、以下の談話を発表した。

「警視庁としては、過酷な現場で命を削り、各隊員の命を守らんために感染者の殺害を率先して行った来栖隊長の判断に深い敬意を示し、また、今回の事案で命を落とした全ての民間人のみなさん、第一次感染捜査隊員に、哀悼(あいとう)の意を表します。今後とも、陸の警察、海の警察として、警視庁は海上保安庁と足並みを揃えていく所存です」

参考資料

『新型コロナ対応・民間臨時調査会　調査・検証報告書』　一般財団法人アジア・パシフィック・イニシアティブ著　ディスカヴァー・トゥエンティワン
『ゾンビ論』　伊東美和／山崎圭司／中原昌也著　洋泉社
『ゾンビ学』　岡本健著　人文書院
『ゾンビ襲来　国際政治理論で、その日に備える』　ダニエル・ドレズナー著　谷口功一／山田高敬訳　白水社
『ゾンビの作法　もしもゾンビになったら』　ジョン・オースティン著　兼光ダニエル真訳　太田出版
『ゾンビでわかる神経科学』　ティモシー・ヴァースタイネン／ブラッドリー・ヴォイテック著　鬼澤忍訳　太田出版
『蛇と虹　ゾンビの謎に挑む』　ウェイド・デイヴィス著　田中昌太郎訳　草思社
『詳解　感染症の予防及び感染症の患者に対する医療に関する法律　四訂版』　厚生労働省健康局結核感染症課監修　中央法規出版
『感染症と法の社会史　病がつくる社会』　西迫大祐著　新曜社
『感染症の世界史』　石弘之著　角川ソフィア文庫
『共食いの博物誌　動物から人間まで』　ビル・シャット著　藤井美佐子訳　太田出版
『ウイルス・細菌の図鑑　感染症がよくわかる重要微生物ガイド』　北里英郎／原和矢／中村正樹著　技術評論社

『図説　銃器用語事典』　小林宏明著　早川書房
『海上保安庁「装備」のすべて　海の治安と安全をつかさどる警備隊の実力に迫る』　柿谷哲也著　サイエンス・アイ新書
『最新　日本の対テロ特殊部隊』　菊池雅之／柿谷哲也著　三修社
『ＳＡＳ・特殊部隊式　図解徒手格闘術マニュアル』　マーティン・Ｊ・ドハティ著　坂崎竜訳　原書房
ＤＶＤ「イスラエル軍特殊部隊用格闘術コマンドー・クラヴ・マガ」　モニ・アイザック指導　ＢＡＢジャパン

取材協力／海上保安庁

本作品は書下ろしです。

吉川英梨（よしかわ・えり）

1977年、埼玉県生まれ。2008年「私の結婚に関する予言38」で第3回日本ラブストーリー大賞エンタテインメント特別賞を受賞しデビュー。著書に「新東京水上警察」シリーズ（講談社文庫）、「女性秘匿捜査官・原麻希」シリーズ（宝島社文庫）、「警視庁53教場」シリーズ（角川文庫）、「十三階」シリーズ（双葉社）、『海蝶』（講談社）、『新宿特別区警察署　Lの捜査官』（KADOKAWA）など多数。

感染捜査（かんせんそうさ）

2021年5月30日　初版1刷発行

著　者　吉川英梨
発行者　鈴木広和
発行所　株式会社 光文社
〒112-8011　東京都文京区音羽1-16-6
電話　編　集　部　03-5395-8254
　　　書籍販売部　03-5395-8116
　　　業　務　部　03-5395-8125
URL　光　文　社　https://www.kobunsha.com/

組　版　萩原印刷
印刷所　新藤慶昌堂
製本所　ナショナル製本

落丁・乱丁本は業務部へご連絡くだされば、お取り替えいたします。

ISBN978-4-334-91405-9